朱樹
中外戲劇選集（下）

朱樹——著

臺灣商務印書館

目錄

貞德
—天主的女兒—
（五幕話劇）

可與莎士比亞的《亨利六世》、
席勒的《奧爾良的姑娘》、
蕭伯納的《聖女貞德》等
同類貞德題材相媲美

紀念法國民族英雄貞德誕生600週年
殉難580週年

序言

貞德，這位法國最了不起的民族英雄，力挽百年戰爭狂瀾的傳奇式人物，與愚昧、專橫、恐怖的神權統治搏鬥的殉道者，劃破中世紀漫漫長夜的曙光般的偉人，雖只活了短短的十九年華，卻以其劃時代的功績和描繪不盡的戰鬥精神，在人類歷史上寫下了光輝燦爛的篇章。因而，她不只是屬於法國的，而是屬於所有國家的；她不僅是愛國主義、民族主義、人道主義的象徵，而且是光明、文明、真理、正義的化身和人類真善美的楷模。所以，幾百年來她成為作家、藝術家、哲學家、歷史學家等文化精英取之不盡，汲之不竭的創作源泉和思想寶庫。

就戲劇來說，莎士比亞、席勒、蕭伯納等大戲劇家都為我們描繪了貞德的不朽形象，留下了流芳後世的燦爛詩篇。那麼，在他們之後，我還能作些什麼呢？又能說出什麼新鮮的東西，添上有意義的一筆呢？

我以為構成客觀世界的萬事萬物之所以絢麗多姿，生動活潑，就因為我們對它的認識沒有窮盡，也不可能窮盡；倘使窮盡了，它的生命也就停滯了，完了。同樣，我們對貞德的認識也不會窮盡。偉大藝術家的傑出之處就在於他比任何人更能精深博大地深入到她的心靈深處，獨具慧眼地揭示她靈魂的本質，栩栩如生地描繪她的形象。然而，每一個時代、每一個藝術家、每一位戰士都能從她身上找到時代精神、創作靈感和戰鬥力量。這就是我寫貞德劇本的一個原因。

其次，我在研閱關於貞德的浩如煙海的豐富資料、拜讀了戲劇大師的作品後，皆感到有點不滿足。誠然，莎士比亞的《亨利六世》、席勒的《奧爾良姑娘》、蕭伯納的《聖女貞德》都是戲劇寶庫中的明珠。它們以貞德為主人公的劇作都為作者贏得了巨大的聲譽，起到了甚至超出戲劇的作用。比如莎士比亞因《亨利六世》三部曲這個宏篇巨構奠定了他那劇壇新星的地位。席勒的《奧爾良姑娘》展現了作者巨大的才華，成為十八世紀後期德國人民反封建、反壓迫，爭取祖國統一，民族獨立的一面旗幟。蕭伯納被授予諾貝爾文學獎的一個主要因素，應歸功於他創作的唯一悲劇《聖女貞德》。其內涵就不是三言二語所能說透的了。但毋庸諱言，由於諸種原因，大師們的劇作確實存在瑕疵之處，儘管是瑕不掩瑜，但畢竟有損作品的完美。莎氏在《亨利六世》（上集）中不顧歷史事實，把貞德塑造成一個招神弄鬼、施展妖術、虛榮、說謊、淫蕩的女巫形象。造成這種令人遺憾的缺陷，僅僅像蕭伯納所言的這是他根據不可信的「傳聞」的說法，是不夠的。主要是由於莎氏初上劇壇，持有狹隘的民族主義立場，而在藝術上又不成熟的緣故。因此，貞德及法國一方的人物塑造都有平面感，漫畫化的通病。《奧爾良姑娘》則趨向另一極端，雖然，席氏同莎氏一樣，都不遵守古典主義藝術的清規戒律，但作為德國狂飆運動主將的席氏走得更遠，他不僅被浪漫主義弄得神魂顛倒，把貞德處理成三角、多角戀愛的重要角色。這樣做似乎是作者想通過事業和愛情這對矛盾來深化主人公的性格，不幸的是，反倒弄巧成拙了。

更令人扼腕的是：他過於追求戲劇功利主義的結果，而把貞德在宗教法庭上受審的一幕砍去了，代之是貞德神話般地捐軀疆場！主人公被人為拔高了，但她的靈魂卻喪失了一半。其實，就貞德的精神力量而言，她的後半部分業績更動人、更燦爛、更有意義。

蕭氏的《聖女貞德》的成功之處，正是他避免了莎氏、席氏的同類題材的缺陷。他出色地展現了女英雄貞德的這一大氣磅礴，歷史華彩段的悲壯場面，當然，我們並不認為：作為塑造歷史人物的「真史劇」忠於歷史，忠於歷史人物就是衡量劇本水準的圭臬；我們更明瞭藝術的真實和生活的真實不是一回事、作為藝術創作的歷史劇和紀實歷史人物的傳記是有所區別的。但我們畢竟見到歷史上的貞德及事蹟較之莎氏、席氏劇作中的那個「貞德」更真實、更生動、更豐富、更有魅力呀！蕭氏劇作的美中不足有以下幾處：——貞德活動的舞臺展現得不夠寬廣，作者未能把主人公放在更寬廣、更複雜的環境中去反映。也許作者是將注意力集中在貞德與宗教法庭鬥爭的場面，然而忽略了她那反侵略鬥爭的一面，其實這兩者是不可分割的整體。也許作者的戲劇觀使他偏重理性而非感性、偏重對話而非行動、偏重討論而不是用情節、矛盾的激化，把劇情推向高潮，讓主人公的性格、思想在「風口浪尖」得到完美的體現，使我們的心靈隨之激越、跌宕。全劇除了個別兩場以外，給人的感覺卻是冷峻有餘、熱情不足。二，最後一場「跋」是畫蛇添足、弄巧成拙的敗筆！作者為何多此一舉？是想告訴人們：貞德最後是平反昭雪，被封為聖人的，從而給觀眾以一個皆大歡喜、光明的尾巴？可惜，這樣做破壞了悲劇的基調。是當初那些殺害她的人終於向她懺悔，表示改惡從善，洗心革面，從而顯示了聖女的寬容嗎？但結尾並沒有給人這種印象；倒是顯露了劇作的致命傷：調和與妥協！誠如瑞典皇家學院諾貝爾獎委員會主席佩爾・哈爾施特隆先生所指出的那樣：劇作缺乏時間概念。儘管作者在每幕戲前都標明具體日期，而且場景給人一種靜止的畫面感，這是三。四，結構鬆散，無關劇情的瑣屑之事沖淡了內容；用宣言代替藝術等。

不言而喻，指出大作家劇作的白璧微瑕，未必能使拙作就此完美。因為願望是一回事，實踐能否成功又是一回事；文藝批評是一回事，創作是另一回事。況且，這難免不是一孔之見，令人貽笑大方。

編寫拙作，五幕話劇《天主的女兒》是我強烈的夙願。二十餘年前，我就寫了有關貞德的一些詩篇。隨著時光的流逝，在醞釀該劇的過程中，創作思想進一步深化。敝意只要人類社會還存在階級、國家、民族；只要世界存在假、惡、醜與真、善、美的鬥爭，那麼貞德這個不朽形象對我們始終是有其積極意義的。

最後，我就把一首拙詩，作為此文的結束語。

瘋狂的火蛇撲噬我全身，
地獄的慘像在我腳下豁現。
教士呀，別指望我低下頭顱，
恐懼加劇在你們的眼簾。
我沒有罪過需要懺悔，
我是被僭稱為「主的法官」所殺害。

有一天，我要把罪魁禍首拖上天國的法庭，
讓主來審判你們的彌天大罪！

夢裏閃耀奧爾良的光輝，
故鄉的星星漸漸暗淡。
西風呀，請吹去我雙親的悲哀，
鮮花、羔羊、仙女樹都會給他們慰安。

淚流滿臉的同胞，
不要為我痛哭，當著敵人的笑臉。
只要國土上還有一條豺狼，
我依然戰鬥在人民中間。

仁慈的主啊，我向你最後禱告：
你純真女兒的唯一心願，
在把我化為灰燼的烈火中，
願祖國新生在你的藍天！

二〇〇六年秋，筆者通過法國駐華使館文化處，將拙作《天主的女兒》贈送給希拉克總統。今天，正值中法兩國在政治、經濟、文化等各個領域等全面合作和進一步交往，在「少女貞德」誕生六百週年、殉難五百八十週年之際，筆者謹以此心禮獻給偉大的法國人民，並紀念這位人類歷史上最了不起的殉道者！

二〇一二年元月
中國・蘇州

貞德的品格是獨特的。它可以受一切時代標準來衡量而用不著對它的結果有所疑慮，用任何一種標準來評判也罷，憑一切標準來評判也罷，她仍然是無可訾議的，她仍然是理想地完美的；她仍然佔有人類造詣所能達到的最崇高的地位，比任何其他凡人所能達到的更加崇高的地位。

——（美）**馬克・吐溫**

貞德遠遠超越於普通人之上，在一千年裏無人能同她相媲美。關於她的審訊記錄給我們提供的細節，經過幾百年光陰的銷蝕仍躍然紙上。我們每一代人都可以根據她的言語對她作出公斷。她完美地體現了人類本性的善良和勇敢、不可征服的勇氣、無限豐富的感情、單純者的美德、正直人的智慧，這一切都在她身上放出了光彩。她解放了養育自己的土地，因此贏得了光榮。每個軍人都應該讀一讀她的故事，思索一下這個真正政治家的言論和行動……

——（英）**溫斯頓・邱吉爾**

人物表

貞德　（一四一二～一四三一）農家女　法蘭西民族英雄
查理　法國王太子，後為查理七世
杜努瓦　奧爾良公爵私生子，法國名將
拉伊爾　法國將軍
尤蘭特　查理的岳母，西西里皇后
特雷姆伊　法國宮廷大臣，親王
夏特雷　理姆斯大主教
腓力普　綽號「善人」，勃艮第公爵
沃爾維克　伯爵，英國貝德福德公爵特使
波福　牧師，英國溫徹斯特紅衣主教特使
科雄　博衛城主教，宗教法庭主持人
梅特爾　多明我會修士，宗教法庭主審官

波貝爾　神學修士，宗教法庭法官
羅澤賴爾　牧師會修士，竊聽者
德拉木爾　方濟各會修士，宗教法庭法官
于佩蘭　修道院長，宗教法庭法官
塞勒恩　教士
阿貝爾　腓力普特使
聖米迦勒　天使
少男少女、侍從、朝臣、侍衛、教士、士兵、老軍官、群眾、副官、特使、法官、劊子手等

時間：中世紀一四二八年～一四三一年
地點：巴黎

序幕

〔一四二八年。〕

〔法國東部馬斯河畔的一個小村・東萊米村。〕

〔村莊坐落在斜坡上，坡地前方是一片寬廣的草場，環抱它的是明燦燦的橡樹林，草場上盛開鮮豔的野花。〕

〔春回大地的景象，一條小溪在草場上緩緩流過。〕

〔左邊，一座小教堂掩映在林中，白色的尖塔閃閃發光。〕

〔草場中間，屹立著一棵高大的山毛櫸，它那華蓋似的樹冠融和著日光，將斑駁的光影篩在地上。〕

〔一群少男少女手持花冠，圍著山毛櫸唱歌，跳舞，但顯得心不在焉，不時地張望。〕

〔一個穿紅衣裙的少女匆匆上。〕

〔人們熱情地歡呼：「貞德！」「貞德！」「貞德！」〕

少男甲 你又來晚了，小美人！咱們的舞會可少不了你這高傲的皇后，喔，是可愛的公主！

少女甲 嗤，她可不像你一天到晚東闖西蕩、遊手好閒，只曉得啦啦啦，蓬嚓嚓，找人談戀愛。貞德要放羊、織布、打掃、洗衣、做飯、祈禱……村裏誰都比不上她勤勞、能幹、虛心、信仰天主、孝順父母、愛護兄弟姐妹。

少男乙 瞧你們誇的，把貞德羞得像朵紅玫瑰呢！不過，天主也喜歡她。

少女乙 天主的女兒！天主的女兒！貞德快來跳舞吧！

〔貞德歡快地與眾人手挽手地圍樹跳舞。〕

少男甲 （俯向貞德）我多麼愛你，貞德。世界上我只愛你一個人，我只為你一個人活著。

〔貞德含羞不語，一股勁地跳舞。〕

〔人們累壞了，漸漸離隊在草場上休息。最後只剩貞德一個人不知疲倦地跳舞，舞姿熱情奔放，優美動人。〕

〔人們目不轉睛，嘖嘖稱羨。〕

少男乙 多美，她舞得像一陣風，春天的風！

少女甲 她舞得像一團火，山野的火！

少女乙 不，她舞得像一位仙女，圍著仙女樹跳舞的仙女！

少男甲 （驚喜地）《布勒芒的仙女樹》！(1)讓貞德給咱們唱支歌！

眾共鳴：「對！《布勒芒的仙女樹》！《布勒芒的仙女樹》！」

〔貞德落落大方，邊舞邊引吭高歌；歌喉美妙委婉，鶯聲嚦嚦。〕

貞德 （唱）

是什麼東西把你的葉兒保養得這般青翠，
布勒芒的仙女樹？
是兒童們的眼淚！他們帶著每人的辛酸，
你安慰他們，鼓舞他們受傷的心！
卻暗藏起一滴淚；
這就治好了你的病，生出一片嫩葉。

眾人 （唱和，起立，將花環戴到貞德的頸項上）

當我們在異鄉飄泊的時候，
日思夜想要和你一見，
啊，湧現到我們眼前來吧！

貞德 （邊唱邊將頸項上的花環掛在山毛櫸的枝幹上）

是什麼東西把你培育得這般茂盛，
布勒芒的仙女樹？

是兒童們的愛情！他們愛你已經長久；
千真萬確，一千年，
他們用讚美和歌唱滋養你、
溫暖你的心，保持它年輕一千年的青春！

〔天上襲來烏雲、天邊響起雷聲。〕

少女甲　（驚叫）天要下雨了，快跑！（下）

少男甲　快，貞德！快，親愛的！（下）

〔眾人一哄而散地逃下。〕

貞德　（忘情地繼續歌舞）
當我們在異鄉飄泊的時候，
日思夜想要和你一見，
啊，湧現到我們眼前來吧！

〔貞德聽到一隻小鳥在哀啼，撲打著翅膀。不知是哪個淘氣鬼惡作劇，將它綁在枝頭上。貞德忙解下繩索，將它放飛。〕

〔蒼穹暗了下來，急風迅雨，電閃雷鳴。〕

〔貞德的歌聲更加嘹亮，動人。〕

貞德（唱）
保持蔥蘢，長留在我們年輕的心靈，
布勒芒的仙女樹！
我們便會永遠年輕，
一任它韶華飛逝！

〔貞德瞧見一株幼樹吹倒在地，忙將它扶起，用木棍撐住。〕

貞德（唱，感情愈加深沉）
當我們在異鄉漂泊的時候，
日思夜想要和你一見，
啊，湧現到我們眼前來吧！
……

〔貞德唱罷，淚水漣漣，泣不成聲，渾身戰慄。〕

〔黑暗中響起一個炸雷：「貞德！」〕

〔在教堂門口出現了一個白色的人影。〕

貞德（驚呼）聖米迦勒！（忙揩去淚水，跪倒在地，雙手合十，喃喃祈禱）(2)

〔白色的人影朝貞德移來，現出聖米迦勒的形象：身著盔甲、手持寶劍，遍體發光。〕

〔一瞬間，風停雨止、雲開日出、鳥雀歡唱、夕照如金。〕

聖米迦勒 （威嚴地）你是「天主的女兒」嗎，貞德？

貞德 （微微一震，但隨即堅定地）我是天主的女兒！

聖米迦勒 天主要你去完成拯救法蘭西的使命，你卻延宕時日，耽誤戰機。難道唱歌、跳舞比天主的使命更神聖、更至高無上？

貞德 不不……天主啊！

聖米迦勒 就在你狂歌酣舞之時，法蘭西的敵人——英國侵略者的鐵蹄，又在殘踏祖國的胸膛，他們鐵箍般地圍困了奧爾良達三個月之久。現在，他們將以十倍的瘋狂，傾其全力朝這位血染征袍、創傷累累的勇士以最後的打擊。剛才覆蓋在你頭上的烏雲，其實是蝗蟲般地鋪天蓋地向奧爾良猛攻的英國軍隊；那狂風暴雨、電閃雷鳴則是侵略者傾瀉在奧爾良城頭的槍林彈雨、矢石戰火。呵，孤軍奮戰的奧爾良已經到了生死存亡的關頭！

貞德 （不忍聽聞，掩面哭泣）天哪！天哪！

聖米迦勒 死，對奧爾良來說，為國捐軀，理所當然。但是，奧爾良——法國南方的門戶，一旦失守，那將從歐洲的版圖上從此抹去由克洛維創建的、查理大帝奠定的法蘭西帝國。(3)壯麗的山河、聖潔的教堂、繁華的城市、豐饒的田園、和平的生活都將化為烏有，千百個像你故鄉東萊米這樣美好的村鎮將灰飛湮滅。酷愛自由、虔敬天主、襟懷坦蕩、天性似火的法蘭西人將淪為奴隸，世世代代做奴隸的命運。魔鬼和死神將驅使你們，縱然到世界彼岸也不能逃離苦海，而在地獄裏受硫磺火的燒灼和各種酷刑的折磨，直到末日審判！

貞德 （感情迸發）讓我去！讓我立刻去解救奧爾良！

聖米迦勒 （示意貞德起立）你先回答我，貞德。我第一次跟你相見在什麼時候？

貞德 三年前的今天，我正好是十三歲。稍後，聖瑪格麗特和聖卡洛林也來了。(4)

聖米迦勒 這就是說三年來我和你每次相見，總是告訴你法蘭西的情況：往昔的光榮、舊日的偉舉、英雄的業績；但更多的是關於你同胞的苦難、祖國的屈辱、王室的腐敗、元戎宿將的低能……使曾經以自由作桂冠、榮譽為戰袍的法蘭西，在百年戰爭中被英國人打得一敗塗地，奄奄一息。(5)

貞德 是的，戰爭打了好幾代人了，聖米迦勒。從來的戰爭沒有打得這麼長、這麼慘、這麼叫人痛心；我每次聽了，總是把痛苦、憤怒、憂傷和著淚水強自咽入心頭。名義上的法國已經被英國人和賣國賊勃艮第的腓力普瓜分了；實際上的法國，王太子查理(6)只有布日周圍的土地，陷在兩個強敵的夾縫裏。

聖米迦勒 我們對你顯示、和你會話，並不是為了高談闊論、消愁解悶？也不是讓疾惡如

貞德　仇、抵禦外侮的行動停留在口頭。我們是接受天主的使命，隨著年深月久天主慈愛的光芒沐浴你、浸濡你，融入你的肌體、你的血液，使你柔弱渺小的心靈變得剛強、偉大起來。三個月前，英國貝德福德公爵揮師南下，所向披靡，兵臨奧爾良城下。我們覺得時機成熟了。貞德，那時我又是怎樣對你說的？

聖米迦勒　您說：「時候到了，貞德，行動起來吧！天主在大千世界、芸芸眾生中選中了你擔任拯救法蘭西的重任。百年的尋覓、三年的交談，天主認為只有你才能力挽狂瀾，解圍奧爾良、在巴黎贏得大捷、去理姆斯為查理加冕，戰鬥到法蘭西土地上沒有一條毒蛇、豺狼！」當時我聽了為幸福而啜泣，因責任重大而戰慄。您安慰我說：「天主選中你，因為你真誠、善良、溫雅、無私、勇敢、堅韌、心靈和容顏一般美好，意志同信仰一樣堅定、智慧隨星光一起閃耀。如同耶穌是天主的兒子，你貞德則是天主的女兒。你拯救了法蘭西，法蘭西將會發揚光大你的精神、美德！」我默默地感恩，祈禱。

貞德　三個月了，沒有跨出一步！我倒瞧見你忙於瑣碎的家務、沉溺於少男少女的玩耍、陶醉於求愛者的甜言蜜語……我懷疑你對天主的信仰是否虔誠？

聖米迦勒　不，這不是事實。（啜泣地）這是事實，這是事實……讓天主懲罰我吧。

貞德　天主懲罰你一個人，並不能改變一萬個人的厄運！

聖米迦勒　您要我怎麼樣？我該怎麼辦？聖米迦勒？

聖米迦勒 立即行動，全身戎裝、拿起武器、打擊敵人！

貞德 哎……我是那麼弱小，我從來沒有離開過家鄉和父母的懷抱；我連一頭羔羊也不忍心看它流血，敵人卻是屠殺了千萬頭綿羊的兇殘可怕的戰神——

聖米迦勒 （打斷）你是熟稔天主的聖經的，貞德。請回答我：是誰打敗了強大的敵寇，非列士人的首領、巨人般的歌利亞？又是誰把岌岌可危、四分五裂的祖國從蠻族的手裏解放出來，締造了以色列的黃金時代？

貞德 啊？是大衛，放羊娃大衛！他扳動了甩石機的機頭，射出的彈丸打中了歌利亞的腦袋，重建了猶太—以色列王國。(7)

聖米迦勒 那麼，同樣是放羊娃的你為什麼就不能效前驅呢？而且你已經十六歲——是位大姑娘了。

貞德 我是個女孩子，聖米迦勒。請指點我：我，我怎能同他們，那些陌生男人，粗暴、野蠻、無法無天的武夫一起生活，作伴、行軍、打仗？我又怎能使那些傲慢、任性、好戰的將領服從我的指揮？別說帶兵打仗，我就連使槍弄劍、騎馬揮旗這些最起碼的本領也不會。我擔心的不是遭到人們的嘲笑、蔑視和屈辱，我怕的是辜負了天主的恩惠和重託，永遠也不會得到天主和父老同胞的寬恕。

聖米迦勒 我不是來聽你的祈求的，你也別想用眼淚打消天主的旨意。你必須行動，天主

貞德　會幫助你的，貞德！我要是剪短頭髮，穿上男人的服裝，世人會說些什麼呢？教會明文禁止，說這是大逆不道的醜行。

聖米迦勒　沒有人能非議你，也沒有人敢禁止你。人間的教會是戰鬥教會，它只是天主的僕人、工具；只有天上的教會——凱旋教會才是神聖而萬能的。它給了你無上的榮耀，讓你的心直接和天主交流、對話；就連教皇、紅衣主教，天主也沒有賜予這種福分。

貞德　感謝天主的賜福。可是我不識字，沒有讀過書，我怎能看懂來往的公文、起草軍書、發布命令、彙報戰況、談判、辯論、說服？天使啊，您瞧，我是多麼幼稚、無知！

聖米迦勒　恰恰相反，你考慮得很周到，貞德。只要你勇敢、剛強、富有犧牲精神，堅信自己確實是天主派來的解放者，你就能做到這一切。你不是已經給了天主印證？你的天賦的口才和無私的品格就是最有力的武器。

貞德　是的，沒有天主的啟示，我什麼事也做不成。從我一生下地，我第一句學會的話就是「感恩天主」、我第一聲讚美就是聖母瑪利亞、我早晨醒來第一件事就是祈禱，我要永遠做一個虔誠的天主教徒。

聖米迦勒　（語重心長地）貞德，從現在起，你必須用冰冷的鋼甲裹起你那稚嫩的身體，縱使胸膛裏燃燒著如火的愛情和熾熱的情慾，你也應該將它撲滅。你必須告別你過去的一切：牧場、田園、仙女樹、故鄉溫暖的懷抱、雙親膝下的承歡、同胞手足、嬉戲和勞作；無憂無慮的生活將與你無緣、自由自在的日子會一去不返。你必須忘掉你是怯弱的女性，你享受不到做母親和天倫之樂的權利，你的生命中將沒有鮮花、沒有春天，代替你懷抱中羔羊的將是利劍和軍旗，更換你心愛的東西將是殺戮、焚燒、災禍、叛賣、不義和醜惡的行徑。你要作好這一切準備呀，貞德！

貞德　（震驚）啊！我願意去完成天主的使命，但為什麼要剝奪這一切？這太不公平、太殘酷了！

聖米迦勒　你竟敢這樣指責天主，這會遭到天譴的？天主洞燭你的意志不夠堅定，所以才命我來向你重述天啟。果然，我一來就見到你把天主的鈞旨拋到雲霄之外。我將回去覆命，並向天主建議，撤銷對你的授命！

貞德　（跪下）不，不要……我求求您，好天使！

聖米迦勒　天主會多麼痛心和憤怒！就像當初天主把不肖的亞當和夏娃逐出樂園，並降下洪水和烈火。如果你也叫天主失望的話，他會棄自甘墮落的法國人不顧！

貞德　我不知道……我不配作天主的女兒……我不是一個好天主教徒……我有罪，法國人的罪過。三個月了，我沒有在天主的召喚下行動起來，我辜負了天主，辜

負了您和兩位聖女……（掩面哭泣）

聖米迦勒 起來吧，好女兒，天主是無所不知的。你的心跡像清泉一樣反映在天主的慧眼裏。事實上，三個月來你比以往更虔誠、勤勞、孝順、更熱愛生活了。因為你預感到，你即將去執行重大使命，儘管直到今天天主才通過我正式向你下達旨令。貞德，你是無罪的！剛才我責備你，用那種無情的口吻、陰沉的腔調、冷酷的語氣使你深受屈辱，只是我有意的考驗。鐵石只有經過千錘百鍊才能成為無堅不摧的寶劍、幼樹只有經過風吹雨打才能成為頂天立地的大木。孩子，像摩西把淪為奴隸的猶太人從法老的魔掌下救出來那樣，去拯救你的同胞吧！

貞德 （起立，喜悅地）天主啊，拿去我的生命、貢獻我的一切，以實現您的天命。阿門！

聖米迦勒 （微笑）不。縱使你的生命會像春花般夭折，你卻給法蘭西帶來了春天；縱使你的青春會像堅果般裹住，你卻給法蘭西帶來了綠色。你比任何一個女子幸福、你比任何一個男人光榮，法國的子孫後代將從你那兒獲得更溫柔更博大的愛；追求光明和幸福的人將從你那兒汲取戰勝黑暗和邪惡的力量。

貞德 我還什麼也沒有做，以後我也不會做什麼，我是個卑微的人。榮耀歸於主！

聖米迦勒 天主的戰士，到勃庫魯去吧，去找領主波德列庫爾上尉，請求他保護你去希農

貞德　覲見王太子查理，解放奧爾良。是，聖米迦勒。我明天就動身。（先後下）

——**幕落**

第一幕

〔希農。法國王太子查理行宮。〕

〔雖狹小但花俏的覲見廳。廳堂的裝飾、臺上的王座、門窗的帷幔無不顯現出一個偏安一角的小王朝的景象。〕

〔廳堂的一邊通往行宮的小禮拜堂。淒迷的玻璃窗、懸蕩的蜘蛛網、灰暗的牆壁、模糊不清的基督受難像，造成一種陰沉、落寞的氛圍。〕

〔廳堂的另一邊通向御書房。它的一角，除了書架上一排排精裝的書籍顯得齊整外，室內處處給人凌亂懶散，無人理會的印象。〕

〔查理在御書房的座椅裏看一張字紙。瘦弱的形象、萎靡的神態表明他內心的不安、激動。〕

〔離座走動。〕

查理　見，還是不見？這倒並不是一件等閒視之的小事，它不像人們決定是否去參加一個舞會、觀看一場戲劇、出席一次宴遊……或許它只是在一潭死水裏濺起一星微波，為的是嘲弄它的腐朽和寂滅；也可能它是起於青萍之梢的狂飆，將掀起驚天動地、烈烈轟轟的壯觀，在我們最為忽視、難以置信的地方。歷史上不常常有這種情形：一個國家的存亡、一頂王冠的更替、一場戰役的勝負，竟係於一樁微不足道的瑣事、疏於一個不曾計算的偶然、出於一個失之交臂的機緣？閃電般地抓住這千載難逢的良機，就扼住了命運女巫的喉嚨！啊，人生的種種煩惱和不幸將隨之煙消雲散，因為人們對勝利女神的垂青者也崇拜如神。唉，天主會賜福給一個被瘋子父王剝奪了繼承權的流浪漢、一個被蕩婦母親遺棄了的私生子、一個被霸主海盜窮追猛打的喪家犬、一個被梟雄惡魔落井下石的可憐蟲、一個被他的臣下欺侮、被他的子民唾棄的苦命人嗎？就連一個小小的領主，勃庫魯的臭上尉也敢飛揚跋扈地對王太子我發號施令，硬要我接受一個荒誕不經的事實：把一個又蠢又醜、又狂妄又無知的鄉下女人當作是天主的使者！……在這個殘酷而絕望的世紀，在這個天災人禍的國家，一個天性善良的人是不可能成為他自己的主人；在他頭上戴著三重荊冠：戰爭、貧窮、教會。連天主也無可奈何。見，還是不見？這個令人頭昏腦脹，理不清的一團亂麻，最好還是像一隻髒手套那樣丟掉！（將字紙一團丟於地）

〔尤蘭特上。〕

尤蘭特 就你一個人，查理？你好像不大舒服？

查理 你嚇了我一跳，岳母！（趕緊拾起字紙）我有點兒頭痛。

尤蘭特 是為那件事吧？

查理 不不，我已經擺脫了。

尤蘭特 啊，你是說你不想召見那位天主的女兒？但願這不是真的。

查理 我已經決定不見她了。

尤蘭特 為什麼？為什麼？

查理 我剛剛展開眉頭，你就別讓憂愁再上我心頭，好岳母！

尤蘭特 唉，你真是個長不大的孩子！如果你生在尋常百姓家，我還能原諒你；然而，你是位國王呀，一位需要你去光復河山的法國國王！

查理 我算什麼國王？我落到這般地步，猶如困獸般地局促在區區一隅的小朝廷裏，還要受他們的鳥氣，把我當成白癡、傀儡。在我無所作為、窮愁潦倒的時候別提我想苦中作樂，散散心、解解悶、舉辦舞會、欣賞歌劇，給心愛的王妃、你的女兒送一串項鏈都辦不到。瞧瞧！我甚至身上沒有一件像樣的衣服、餐桌上沒有一塊可口的豬排。我不得不借貸度日，更可悲的是我空擔著國王的名義，而一點也沒有國王的權力；一個教區的牧師也比我更有權威。我派不出一支軍隊去救奧爾良的水火，私生子杜努瓦將軍頻頻告急，但叫我有什麼辦法？我還欠著大兵的餉銀！去徵稅、收捐嗎？貪官污吏會乘機中飽私囊，發國難財，而且被戰火和饑火弄得惱火的老百姓會像火上加油地對我傾瀉怒火。從前，「紮克雷」暴亂的悲劇又會重演(8)。可怕呀！可怕呀！

尤蘭特 查理，你在這種腐敗的氛圍裏生活得過久了，我的女兒又無力幫助你；你變得又聾又瞎，心靈扭曲得像患軟骨病的孩子。你一點也不瞭解外面的世界。

查理　我知道你指的是什麼；但別指望一個侏儒會變成巨人。我不想在祖國的創口上再捅上一刀，我也不再在王冠上插一根笑柄；我寧可拿我的權杖去換一根牧羊棍，和我的王妃隱退泉林，安度晚年。

尤蘭特　你不感到可恥嗎，陛下？一個被你的寵臣和酷吏、被你的敵人和叛賊弄得家破人亡、饑寒交迫的農民，卻一心一意起來恢復你作為國王的權力，而你卻想逃之夭夭，使那班投降派額手稱慶，使你光榮的祖先死不瞑目。你必須召見那位從東萊米來的姑娘——天主的女兒貞德！

查理　哼？一個大字不識，只會放羊、燒飯，又粗又蠢的瘋丫頭！

尤蘭特　你難道沒有聽說天主派她來拯救法蘭西的消息，像春雷一般轟傳遠近、鼓舞人心，你駐蹕的希農城也熱鬧得賽過節日似的，每天都有成群結隊的人到她下榻的旅館歡呼她的到來，瞻仰她的風采，盼望陛下早日召見她？與你的一孔之見相反，她是多麼聰慧、勇敢、堅毅。她曾兩次要她的叔叔陪同去見上尉，她對上尉說她是天主派來的，她要求派一隊士兵護送去希農覲見王太子查理。第一次，粗魯而兇狠的上尉幾乎抽了她鞭子，要不是她叔叔磕頭求饒，說他侄女是犯了瘋病。不久姑娘獨自去了，她不再是懇求上尉，儼然是統帥責備、警告下屬：要是他再不護送她出發，一旦奧爾良陷落、法蘭西覆滅，他就要負全部責任！貞德甚至預言：「昨天奧爾良打了敗仗。」果然一天後得到了證實。上尉馬上照辦。

查理 （獨白）信上倒寫著呢。（試探地）你也相信這種無稽之談，母后？

尤蘭特 起先，我跟你一樣不加輕信。但我對護送她的一位高貴爵士的詳細盤問中，知道了她的好多次預言都得到了證實。好奇心促使我喬裝改扮前去窺探她的音容。啊！

查理 怎麼樣，母后？

尤蘭特 她竟是這樣一位純潔、姣美、嫻雅，絕世的少女！

查理 真的？

尤蘭特 想想吧，這是奇蹟中的奇蹟！一個從來沒有見過世面、沒有受過教育，馬兒也不會騎、姓名也不會寫的鄉下姑娘，她又是如此安分、羞怯、謙虛。但為了重振國威，把法蘭西從血泊裏扯起，接受了天主的託付，把萬鈞之力的重擔壓在柔嫩的肩頭，用使慣牧羊棍的小手拿起冰冷而沉重的刀槍，依依不捨地對她的家鄉和雙親不辭而別。叫人難以想像的是：從她家鄉到這兒，這一百五十里格的艱難長征她是怎麼闖過來的？這是塊虎狼橫行、瘴癘彌漫、盜匪出沒、殺人劫掠如同兒戲的敵戰區呀！她和她的衛隊總共才六個人，卻到達了目的地。當那些剽悍、魁梧的勇士一個個筋疲力盡、面黃肌瘦地累垮了；唯有她貞德面龐紅潤、精神飽滿、綺思妙緒地對來訪者娓娓而談她的使命呢。

查理　讓我再考慮考慮，親愛的岳母。

尤蘭特　你該學會判斷，我的孩子。如果她不是天主派來的，這一切怎麼可能呢？即使她不是天主派來的又有什麼相干？憑她有如此崇高的信念和精神，身為國王你也應該接見她。

查理　我會作出正確的抉擇。

尤蘭特　在我的一生中，還沒有見過像她那樣完美的女性，她使法蘭西卑賤的女人引以為自豪，使高傲的男子漢自慚形穢，使冥頑不靈的低能兒開啟心智，明辯是非。

查理　我決定接見，母后！這是上尉派專使送來的信。

尤蘭特　（推開信箋）貞德本人比上尉的公文動人百倍。不過，你不要三心二意呀！

查理　從現在起，我不再是從前那個提線木偶了。

尤蘭特　祝福你，查理。（下）

查理　（喊）侍從！侍從！（出御書房）

〔侍從上。〕

查理　該死的奴僕！莫非你是聾子瞎子，心靈扭曲得像患軟骨病的孩子？

侍從　是，陛下。

查理　傳我的命令，要旺多姆伯爵帶儀仗隊去貞德——從東萊米村來的貞德的下榻處歡迎，說法蘭西國王查理召見天主派來的使者——少女貞德。

侍從　這……

查理　快去！慢，走那邊，避開耳目！（入內，侍從從另一邊下）

〔老態龍鍾，身穿華服的特雷姆伊和心寬體胖，著簇新法衣的夏特雷相偕而上。兩人趾高氣揚，目中無人。〕

特雷姆伊　他怎麼啦，叫咱們吃閉門羹？

夏特雷　天主的僕人要保護羔羊，他卻躲著牧羊人。

查理　（瞥見，驚慌）啊，一條獵狗！一頭狐狸！（壯膽）你是國王！（轉念，連忙從書架上抽出一本書，入座，佯裝讀書）

〔特雷姆伊和夏特雷闖入御書房。〕

查理　（起立）啊，兩位大人駕到，我有失遠迎，還望海涵，不知兩位有何貴幹？

特雷姆伊　查理！你應該召見我們，而不是由我們來擔當「干擾聖聽」的罪名。

查理　你這是什麼意思，宮廷大臣閣下？

夏特雷 我們叨煩殿下是……殿下怎麼用起功來了？（乘其不備，奪過書看了下封面，然後還給驚慌的查理）是湯瑪斯・阿奎那的《神學大全》？(9)好極！好極！殿下如此虔誠，可知有一件大不敬的事？

特雷姆伊 還轉彎抹角讓他猜啞謎幹什麼？乾脆說：那封信！那封信！

夏特雷 是勃庫魯領主波德利庫爾上尉給你的親筆信。為了證實在殿下的京城裏已引起騷亂的那個女人是魔鬼附身的女巫，我以天主的名義要殿下展示這封信。

查理 為什麼不直接去找姑娘本人，以證明你們對天主的虔誠？

特雷姆伊 什麼，你在跟誰說話，小耗子？我們是全法國兩位德高望重、舉足輕重的大人物。一位是——

查理 （搶說）將他的祖國寧贈友邦，不與家奴的宮廷大臣特雷姆伊親王，另一位是將他的錢袋瞧得比天主更崇拜的大主教夏特雷大人；他們都是乞丐似地查理王太子的大債主！

特雷姆伊、夏特雷 （異口同聲）瘋了瘋了！小流氓！異教徒！

查理 你們嚇唬不了我，我要召見貞德！

特雷姆伊 （氣咻咻地）大主教你瞧瞧：那個鄉下女人瘋了，勃庫魯的領主瘋了，連王太子也瘋了！

夏特雷　（油汗滿臉）他瘋……瘋了也不要緊……國會會廢黜他，教會也有責任對他行使權利。

查理　（色厲內荏）你、你們欺人太甚！

夏特雷　跪下！跪下向天主懺悔吧，殿下！請求仁慈的主赦免你的罪過，並發誓永不接見她；把她交給主的奴僕——教會。

查理　不，我不能呀。

特雷姆伊　一定是那條母狼幹的好事；剛才溜出去的好像是她。懺悔！懺悔，雜種！

查理　（不由自主地下跪，合十）我向仁慈的主祈禱，我犯了罪……

〔幕後的聲音：「滾開，別擋我！你們這班引誘國王墮落的小人，當心我的鬼頭刀劈碎你們的天靈蓋！」〕

〔拉伊爾戎裝持刀上，魁偉、粗獷。〕

拉伊爾　國王！國王！你這窩囊廢，不瞧瞧今天是什麼日頭，還躲在豬窩裏和你的姘頭鬼混？（入內）

夏特雷　啊，撒旦從地獄裏殺出來啦！

查理　救救我！救救我，拉伊爾！

拉伊爾 什麼，你們這兩個奸賊又在欺侮查理這孩子？好歹他是瓦羅亞王朝的嫡親的法國國王！(10)

〔兩人欲逃，一個被其揪住，一個被踩住。〕

夏特雷 我的主呀！我的主呀！

特雷姆伊 將軍饒命！陛下開恩！

查理 （大笑）天主的代理人碰到魔王就只好乖乖投降，看在我的份上饒了他們，好將軍。

拉伊爾 法蘭西的救星已經站在你的家門口了，你還心甘情願地蹭在豬窩裏受他們的鳥氣？耍花槍，老狐狸！

〔拉伊爾放了他們，他倆垂手侍立，戰戰兢兢。〕

查理 我要見她，他們不許。

拉伊爾 哼！原來是你們這兩個賣國賊幹的勾當！我先斬了他們，陛下。（拔刀，他倆抓住查理作盾牌）

特雷姆伊 誤會，誤會！我、我們只不過是想證實少女貞德確實是天主派來的法蘭西救星。

夏特雷 我要陛下祈禱的正是祈求天主賜福給貞德。

查理　拉伊爾你犯不著與這種小人之輩計較。你們不是要看上尉的信嗎？拿去！（丟信，他倆閱信。）你怎麼來得這樣及時，我的保護神？

拉伊爾　陛下，我對你按兵不動，見死不救憋了一肚子火，我這回來本是向你興師問罪的。我也聽到了貞德的神話，我是不信一個無知的村姑能掌握戰爭這門最高貴最艱難的學問；我打了一輩子仗也沒有打出個名堂。在我快近希農的十字路口，突然發現我的小部隊陷入了敵人的兩支驍騎的包圍之中，任憑我用撒旦的名義警告、用大刀教訓手下的笨蛋都無法擺脫災星。就在我快下地獄的當口，出現了一位女戰神，好漂亮、勇敢的雅典娜！轉眼，得意揚揚的敵人輪到他們呼爹喊娘下地獄啦。這位救護神就是貞德。我完全相信，她是天主派來的！

特雷姆伊　（揮揮信紙）陛下，你早些拿出這封信來，我們不是皆大歡喜、普天同慶了嗎？

查理　你在說風涼話，爵爺。我告訴你這是奇蹟！

夏特雷　天主創造奇蹟，奇蹟出於信仰。

拉伊爾　騙子手！你以為老子是個只會舞刀弄槍的粗坯，蠢得連黑與白、豺狼與羔羊也分不清？你是大主教，最有信仰，你倒變出幾個奇蹟來，讓我飽飽眼福。

夏特雷　（慌亂地）……我我絕沒有這個意思，將軍。教會方面同意國王的旨意，不過……但是……然而……

拉伊爾　你又在耍花槍，老狐狸！

夏特雷　一個女人穿男人的衣服，這是對天主的褻瀆。

拉伊爾　她是個戰士，不受教會的烏束縛！

查理　（驚喜地）聽，聽！她來了！召各位大臣上朝就班！侍從呢？宮廷大臣，執行你的使命！

特雷姆伊　是，國王陛下！（朝外喊）各位大臣上朝就班！侍衛入殿值勤！

〔朝臣們入覲見廳，分左右兩邊就列。〕

〔侍衛入殿值勤。〕

〔侍從興沖沖上。〕

侍從　報告陛下，少女貞德奉旨見駕，已在殿外等候。

查理　召見，以皇家禮儀歡迎！（侍從下）

〔內喇叭奏軍樂，鳴放禮炮。〕

查理　（欲登寶座，轉念對一位相貌堂堂、頗有威儀的朝臣）儒昂侯爵，你跟我替換一下，我要做最後證實。（兩人易位）

〔貞德剪短頭髮，身著戎裝，英氣勃勃，禮儀適度地入內，朝御座走去。〕

〔眾大臣又驚又喜，嘖嘖稱羨：「太美了！」「太美了！」〕

拉伊爾 就是她！雅典娜！

夏特雷 太醜了！不成體統。

特雷姆伊 肅靜！肅靜！你們不看見國王陛下莊嚴的臉上，已對你們表示不滿了嗎？

假太子 （和藹地對貞德）您就是天主派來的使者嗎？我很高興在這兒接見您。

貞德 （朝他盯視，眾人緊張地注視貞德，她嚴肅地）不要對天主的使命開拙劣的玩笑，儒昂侯爵！

〔朝堂上起了一陣騷動。〕

〔貞德朝兩邊朝臣掃視，立刻展眉淺笑地走到查理面前，跪下，以天賦的優美嗓音說。〕

貞德 仁慈至愛的王太子，天主賜福你和你的王國。

查理 啊，您弄錯了！我不是國王，他才是真正的國王。

貞德 不，我以天主的名義斷言你是國王；任何人都不能僭奪你的法蘭西國王的名位。

〔儒昂侯爵羞愧地離開御座，回到朝臣的班列。〕

查理 你叫什麼名字？你要做什麼？

貞德 我叫貞德，人家都稱呼我為「少女貞德」，我是天主派來實現他的意旨的。殿下，你有沒有聽見過這樣的傳說：「法蘭西因一個婦人而遭到敗亡，但又因一個童貞女使它復活？」

查理　我聽說過，那是八百年前一位高人的預言。那個斷送法國前途的女人，就是我的母親伊莎貝拉王后。

貞德　那個童貞女就是我貞德，殿下。言歸正傳。天主要你給我軍隊，我就能解放奧爾良；天主還要讓我在理姆斯為殿下舉行加冕禮，那時候你才是真正的法蘭西國王。

〔朝堂上掀起一股歡欣、熱烈的氣氛。〕

查理　（激動地）起來吧，少女貞德。（挽起貞德，莊重地）大家聽見沒有，天主通過她莊嚴地宣布：我查理，將作為一位法蘭西國王擔負起神聖的使命?!

拉伊爾　（喊）少女貞德萬歲！

〔朝臣們呼喊：少女貞德萬歲！國王萬歲！〕

〔查理似有心事，揮手讓朝臣退下。〕

〔查理和貞德走到廳堂一角低聲交談。〕

貞德　我知道你要說什麼，殿下。你對我心存懷疑，你想要我再給你一個印證。好吧，你剛才在默禱祈求天主的恩惠：如果命中注定沒有坐王位的份，也請求天主能

查理 讓你知道，免得白費心思，辜負了百姓的期望。

貞德 （驚喜）啊，夠啦，夠啦！別再要什麼印證了！您傳達的意旨正是來自天主本身。你內心一直感到痛苦不安的，外面都說你不是查理六世的親生子。(11)（查理吃驚）你祈求天主指點，究竟是或者不是嫡裔？不要折磨自己的心靈了。我告訴你，你確實是法國國王的合法繼承人，天主是這樣說的！你還祈求天主，倘使奧爾良陷落就保佑你和王妃逃到蘇格蘭或者西班牙。查理，你必須成為天主的助手！

查理 （激動喜悅之情難以言表。半晌，朝外喊）召全體大臣！召全體大臣！

〔眾朝臣上，按原位就班。〕

查理 我、正統的法蘭西國王、偉大的加洛林王朝的高貴後裔、英明的查理五世的光榮子孫，仁慈的查理六世的合法繼承人！今天，我無比榮耀地握著這位天主女兒的纖手，向諸位——我忠心的臣僕頒令：少女貞德被授為法蘭西軍隊的總司令，所有王侯將軍都得服從她的指揮。我允准她的請求，立即援救奧爾良！

〔眾人反應不同：有的欣喜、有的驚訝、有的漠然、有的羨妒。〕

查理 安靜！安靜！我還有話說。

〔侍衛將一柄寶劍，一襲盔甲奉上。〕

查理　我授予貞德這把象徵權威的寶劍、並賞給她這副用純鋼和白銀製成的盔甲。

貞德　感謝殿下恩賜，我領受這副戰甲。但天主給我準備好一柄更鋒利更出色的寶劍。它藏在費爾包城聖凱塞琳神壇下面，是查理大帝的一個勇士的。請陛下派人取來，它將使法蘭西從失敗走向勝利。

查理　又是奇蹟！侍衛，立即去把它取來，奉獻給這位高貴的騎士、法國軍隊的總司令。

侍衛　是，國王陛下！（下）

拉伊爾　（歡呼）萬歲！萬歲！

特雷姆伊　（發難）你沒有徵得我和大主教的同意，就自作主張，查理？誰知道她的「奇蹟」不是來自女巫，她所謂「天主的啟示」不是來自惡魔？

夏特雷　大公爵說得完全正確，任何不經教會驗證的事均屬非法；少女貞德必須經過徹底的調查和宗教法庭的判決！

查理　啊，你們……（洩氣地對貞德）我說的一切都不算數，別叫我當空架子的國王了，我願意到你家鄉和你一起牧羊。

貞德　別說傻話了，鼓起您的勇氣，陛下。天主會幫助我們的！

拉伊爾　（怒氣衝衝）狼心狗肺的亂臣賊子！該下地獄的邪教士！你們把法國出賣了，這位小戰神要救法國，你們卻想捆牢她的手腳。調查？判決？你們來調查我的

貞德　這把大刀夠不夠鋒利？你們來瞧瞧它對你們的判決！（揮刀）

夏特雷　（擋住）別魯莽、將軍！（走到夏特雷面前，真誠地）你是天主在人間的代理人，大主教。我深信慈悲的你也會像天主一樣祝福、幫助我和國王查理完成主的事業，我願意接受教會的審查和判決。

夏特雷　（感動）我祝福你，好孩子。別怕，跟我來吧，我們就像談家常那樣先扯談幾個問題。啊，教友們都來了嗎？

〔于佩蘭等幾位教友上。〕

夏特雷　于佩蘭院長、塞魁恩教士，讓我們來幫助貞德。至於陛下和諸位大人都可以前來旁聽，但不能有越規舉動。

〔夏特雷、貞德和聖職人員進入小禮拜堂。〕

〔夏特雷、于佩蘭、塞魁恩等人登上講壇。〕

〔貞德像個被告似地站在壇下。〕

〔查理、拉伊爾、特雷姆伊和眾朝臣站在門口。〕

夏特雷　（跟于佩蘭，塞魁恩低語，威嚴地）貞德！你聽著！你自稱是天主的女兒；那麼回答我，人類不是因為其始祖犯有「原罪」而將受到永恆的懲罰嗎？人的靈魂只有當天主通過他那揚善罰惡的慈悲，和他在人間的工具——教會的神聖工作才能得到拯救？而人不能擺脫自己的災難，這是命中注定的：人的肉體是速朽的，只有到了彼岸世界他的靈魂才能得救，邪惡的要被打入地獄。難道你對這個真理還有懷疑？只有天主才能創造奇蹟，而天主是不可接近、無法交流的。先賢聖哲、宏儒碩學都如此教誨。不朽的奧古斯丁在《上帝之城》裏指明：「信仰是上帝通過耶穌基督賜給我們的恩典，用他本身的正義，而不是我們的正義。」傑出的安瑟倫在他的《獨白篇》中論斷(12)上帝和教會高於一切！偉大的湯瑪斯・阿奎那在其經典巨著《神學大全》又闡明了什麼呢？他的精微要義是……（眾驚歎其博學）啊，貞德，你對我所引證的一切卻茫然不解、一無所知！

貞德 天主的聖經比你所有從書本、文章裏引證的更清楚、更有序、也更有價值！

（夏特雷語塞，眾哄笑）

于佩蘭 你口口聲聲宣稱：是天主有意要把法國從英國人的奴役下解放出來，而且你並不否認天主是萬能的。既然如此，為什麼天主自己不創造奇蹟，而要一個鄉下姑娘率領軍隊去解圍奧爾良呢？

〔人叢中一陣吃驚，騷動。〕

貞德 天主幫助有信念的人，法蘭西兒女不甘心做奴隸，天主就會使他們獲得勝利。

〔于佩蘭面有愧色，人們鬆了口氣。〕

塞魁恩　（怒容滿面，從座位上躍起，直指貞德）你！你這個招搖撞騙者！天主和教會不願讓任何人相信你，除非你能拿出印證來！拿出你的印證！

〔眾人驚恐，夏特雷、塞魁恩、特雷姆伊得意揚揚。〕

貞德　（被激怒）我不是到這兒來炫耀印證、賣弄奇蹟的！送我去奧爾良，我會給你足夠的印證。送我去奧爾良！

〔人們熱烈鼓掌。歡呼：「去奧爾良！去奧爾良！」〕

〔夏特雷見貌變色，特雷姆伊面色陰沉。〕

〔同下。〕

——幕落

第二幕

〔盧瓦河畔的奧爾良。〕

〔奧爾良城一角。城門緊閉，守衛的甲乙士兵在晨寒中顫抖，街上寂無人煙。〕

〔城外。通過一座高懸的吊橋，是一片開闊地，橋下奔騰著深沉而湍急的流水。〕

〔遠方天幕上密布著圍困奧爾良的許多要塞。其中一個龐大而可怖地矗立。〕

〔陰暗的早晨。格外沉寂的氣氛，預示著一場鏖戰在即。〕

〔一矮胖、粗魯的年老軍官率一隊士兵跑步上。〕

〔士兵甲的聲音：「口令！」〕

老軍官　混蛋！我是城防官高古。

士兵乙　是，大人。（立正，敬禮）口令！

老軍官　（兩記耳光打得對方趔趔趄趄）滾他媽的口令！（對全體士兵命令）軍事會議命令，奧爾良五座城門統統關閉！這座勃艮第門從今天起不准任何人進出！本大人親自坐鎮。換防！全體分兩列嚴加把守！

〔士兵們除甲乙外，齊聲地：「遵命，大人！」〕

士兵甲 大人，天主派來的救星……少女貞德不是召喚我們進攻？

老軍官 （暴怒地）把你的臭嘴和城門一樣永遠閉住！（用劍鞘打他的嘴臉，甲乙逃下）

〔英姿颯爽、氣宇軒昂的貞德，頭盔上飄揚著白羽飾，身著銀鎧甲、腰佩寶劍而上。〕

〔奧爾良總督杜努瓦高大、年輕、謹慎。兩人一前一後走來，似乎話不投機。〕

杜努瓦 ……既然天主的「聲音」預言你今天出師不利，你就不能拿自己的生命去冒險。你不是普通一兵，而是法蘭西軍隊統帥，我要對你的安全負責！

貞德 我多謝你的關心，總督閣下。今天一早，你的任務就是來保護我的個人安全？

杜努瓦 不不。我們要攻克英國人的鋼鐵堡壘：土拉斯堡。

貞德 （嘲諷地）太好了，總督與我的行動完全一致！

杜努瓦 是……軍事會議是這樣決定的，總司令閣下。

貞德 （突然手指城門口的森嚴警衛）哪是怎麼回事呀，將軍閣下，請你給我上上軍事課？

杜努瓦 （一怔）……是這樣的，包圍我城的英軍據點有上百個，是總司令閣下親自拔除了其中幾個重要據點：聖約翰布朗堡、聖奧古斯都堡……旗開得勝、初戰告捷，大長了我們的志氣，整個城市都沸騰起來了。到處是歡聲笑語、彩旗鮮花；

萬人空巷、淚花滿臉的同胞跪在你行進的路上爭相吻你的軍旗、寶劍、馬靴，企求你的賜福——

貞德 （打斷）我不是來聽恭維話的，總督大人！

杜努瓦 土拉斯堡是敵人最大最頑固的工事，英軍的司令部就在堡內。你記得那個兇神惡煞司令官塔爾博對你的謾罵和侮辱，把你先禮後兵遞交的和平協議撕成碎片？他狂妄地揚言，要活捉你，並當著你的臉血洗奧爾良。不，奧爾良城是固若金湯、巋然不動的。

貞德 你什麼也沒有回答我的問題，私生子！還是讓我來揭穿它吧。你們根本不想出擊，更別吹攻打土拉斯堡了，你們被嚇怕了，犯了恐英病，只要敵人動一動指頭、發一發脾氣。你們不是把初次勝利當成是更大勝利的基石，而是把它當成烏龜殼縮了進去。閣下，這是作繭自縛、自取滅亡！

杜努瓦 不能硬來、總司令閣下。包圍奧爾良的是敵人最精銳最善戰的部隊，塔爾博又是百戰不殆的常勝將軍，他們擁有第一流的戰術和世界上最先進的武器，他們有力的大弓所發射的旋轉箭能在二百五十碼距離內擊穿對方最堅固的鎧甲，他們的驃騎兵曾把我們自詡無敵的騎兵團全部摧毀。他們的步兵像黑王子那樣勇敢、頑強，(13)眾寡懸殊、置於死地反而背水一戰，大獲全勝！克勒西戰役，普瓦提埃戰役，使法國蒙受極大的恥辱。只有我們也像敵人打一個漂亮的阿金庫爾之戰(14)才能摔倒百年戰爭的巨人；讓查理曼大帝復活、叫賢人查理長生(15)，才有希望重振軍威。這就需要等待時機、等待、第三個還是等待！

貞德 等到我們被敵人活活困死、餓死、卡死？七個月的滋味還沒有嘗夠？你們向國王告急、哀求、威脅，你們絕望到打算放棄軍人的天職、你們可恥地要老百姓也一樣不戰而降，卑躬屈膝地跪在敵人腳下，獻出城市的鑰匙！

杜努瓦 我們是以其人之道還治其人之身，用圍困反圍困，等候拉伊爾將軍率領的援軍到來。

貞德 別再自欺欺人啦，別再對我耍詭計啦！我們必須叫英國人滾蛋，現在！

杜努瓦 （一反常態）你瘋了！你不能胡來！你根本不懂打仗的事！你攻下的那些要塞不能證明你有軍事才幹，而是出於僥倖，是烏合之眾的老百姓的蠻幹。軍事會議禁止你這種瘋狂而愚蠢的行動！

貞德 （吃驚）啊……（痛苦地）我是僥倖、蠻幹、瘋狂，對打仗不學無術、一竅不通。我；一個牧羊女怎麼能指揮三軍？你們一個個都是元戎宿將，驍騎勇士！我活該受騙、架空：我的部下對我陽奉陰違、我的將領對我粗暴無禮，我身為總司令卻調不動一支小小的聯隊，連制訂作戰計畫的大事也被排除在外，甚至軍事會議也對我封鎖消息、製造假像，連我的知心好友也責備我是一無所長的蠢女人……還是回去拿我的牧羊棍吧。

杜努瓦 我錯了，不該刺傷你的心，處罰我吧！少女貞德，軍事會議確實對你持有偏見，作偽、按兵不動，而且要我阻止你的行動；我抗爭、警告、抵制，但都失去作用。他們是多數，實權掌握在宮廷大臣派來的指揮官手中，我是個軍人必須絕對服從，只有一支成不了大事的炮兵部隊才歸我調遣。

貞德 原諒我，杜努瓦。原諒我的急躁、嘲笑人、少不更事、一委屈就失望的缺點。你總是那麼好脾氣，記得我們初次見面的情景：我率領軍隊，滿載糧食和彈藥從希農前來援救奧爾良，快到目的地時我發現被騙了。你們利用我不會看地圖的弱點，把我引向盧瓦爾河的南岸而不是北岸。當時我氣惱，委屈得幾乎要哭：你們為什麼不讓我直接跟敵人交鋒？為什麼要讓我繞開英國人的堡壘？難道我只是個運輸的後勤兵？我一見你就把一肚子的委屈火山般地發洩到你的頭上。

杜努瓦 你在人稠廣眾中把我罵得狗血噴頭。罵我是「膽小鬼」、「奧爾良的恥辱」、「假傳王命者」……我只得認罪。

貞德 後來我才知道你是好人。用我們家鄉的話來說，你成了替罪羊；是國王要你這麼幹的，我錯怪了你。在那孤軍奮戰、忍饑挨餓，被敵包圍的日日夜夜裏，你帶領奧爾良人頂住內外壓力堅守孤城。你為什麼不對我說清？這還是我從老百姓和戰士那兒得知的。

杜努瓦 對我們說來，你就是法蘭西。

貞德 不要褻瀆法蘭西，我們都是她的兒女！

〔街上影影綽綽出現了群眾，其中有士兵甲乙，他們情緒激昂，手持長槍、大刀、棍棒等武器。〕

〔貞德立即揮舞手中的小旗，旗上繡有在雲天的天主，旗的背面繡有百合花。〕

貞德　（高呼）跟我來，勇士們！

杜努瓦　（一怔）總司令？總司令！

貞德　我命令你支援炮火，將軍閣下！

杜努瓦　是，總司令！（下）

〔群眾在貞德的率領下奔向城門。〕

老軍官　站住！站住！你們幹什麼？想造反、叛亂？

〔守城士兵劍拔弩張，如臨大敵。〕

貞德　請開門，高古少校！

〔群眾呼應：「開門！開門！」〕

老軍官　唷，大人是你？這兒不是你待的地方，你應該跟婦女們待在家裏繪畫繡花。

〔士兵們哄笑。〕

士兵甲　你們這些畜生，竟敢欺侮總司令！

貞德　把門打開，我們要出去攻打土拉斯堡！

老軍官　我的任務是不准任何人出門！軍事會議授權我這樣做，我絕對服從！

士兵乙　是軍事會議的命令作數，還是總司令的命令算數？

老軍官　我不管！只有軍事會議才能撤銷我的職務。

貞德　我是法蘭西軍隊的最高統帥，除了國王，誰也沒有比這更高的權力。我命令你開門，否則你就完蛋！

老軍官　我不能——（貞德拔劍指著他）哎，我派人去軍事會議？我去請示指揮官？我不能離開。你你去拿長官的手諭來。

〔群眾鬧烘烘地叫嚷：「開門！開門！」〕

群眾甲　你們這些軍官老爺，橫一個服從、豎一個命令，只會在烏龜殼裏守守守，就是不敢跟英國佬幹一仗；左一個計畫、右一個策略，當老百姓自己起來跟敵人拚搏，你們又把我們當作土匪、暴徒。老百姓白白養肥了你們這些豬！（眾哄笑）

群眾乙　喂，當官的！你們看見敵人嚇得掉了魂，對付老百姓倒挺有辦法。來來來！

老軍官　流氓！壞蛋！暴徒！我要把你們統統絞死、殺頭！

貞德　別跟他廢話。（揮旗，吶喊）跟我衝鋒！

〔官兵們猝不及防，被群眾抗戰的怒潮衝潰。〕

〔群眾打開城門，跟貞德衝出城去。〕

〔貞德一馬當先，劍舉青空。剎那，排雷般的轟響震撼沉寂而黑暗的天空。〕

〔借著炮火的閃光，天幕上敵據點一一擊落。〕

〔隆隆炮聲中，夾雜著群眾的吶喊、歡呼聲：「聖昂尼堡攻下了！」「又砸爛一個烏龜殼！」「殺呀！衝呀！」〕

貞德的聲音　向土拉斯堡進攻！……拿雲梯來！拿雲梯來！戰士們，跟我殺上城樓……塔爾博，快投降吧！我保證你的生命安全、個人財產……啊！

士兵甲的聲音　少女貞德中箭了……總司令跌下去了……快救她吧，她要被敵人俘虜啦！

英國人的聲音　哈哈，女巫重傷啦！法國人完了！……快捉住她！把這個娼妓帶到營帳裏給大家慰勞慰勞，據說還是處女呢！

士兵乙的聲音　兄弟們！我們拚死也不能讓貞德被捉去，她就是法蘭西！

群眾的聲音　法蘭西！法蘭西！

士兵甲的聲音　總司令已經安全了，讓我來守護她。

〔布景移去，天光放亮。〕

〔貞德躺在戰場一角的地上，神志昏迷，痛苦地呻吟，鮮血染紅了肩頭。〕

〔士兵甲乙等人守護她，神情焦慮、憂傷。〕

士兵甲　箭頭還在肩胛裏……

貞德　（囈語）痛呵，痛……進攻……攻進去了……不殺俘虜，士兵是無罪的……天主……祈求他們的靈魂……進攻……

士兵乙　（安慰）是的，進攻，進攻……我們的人是在進攻！

貞德　（微微睜開眼睛）路易軍士……我這是怎麼啦？

士兵甲　（拿起斷箭）就是這支該死的箭射中了你，你從城頭上掉到城壕裏，傷勢很重。必須休息，大人。

貞德　唔……為什麼都待在這兒？我不需要看護，快去。日落前一定要攻下土拉斯堡……快去呀！（又陷入昏迷。）

士兵乙　（高呼）為了少女貞德，進攻！（留士兵甲看護，其他人跟著士兵乙衝鋒，下。）

〔響起軍號，吹退兵號〕

貞德　（驚醒）這是什麼聲音？

士兵甲　是杜努瓦將軍命令退兵，大人。

〔士兵乙帶著人們上，倉皇、狼狽。〕

士兵乙　我們失利了，英國人反撲過來了。快退進城去，總司令！（欲與士兵甲抬貞德）

貞德　（推開）撤銷退兵令！傳令要總督用炮火掩護我反攻！（躍起）跟我衝鋒，勇士們！

〔群眾和敗退的士兵猶如倒湧的江潮跟貞德前進，同下。〕

〔排炮齊鳴，戰火紛飛，炮聲火光中：〕

〔杜努瓦將軍上。〕

〔拉伊爾率援軍上。與前者會合，並肩進攻，下。〕

〔英國人潰不成軍，丟盔棄甲地狼狽逃下。〕

〔號角奏凱旋樂。狂歡的群眾抬著貞德上，後面跟著威風凜凜的杜努瓦和拉伊爾。〕

〔群眾一邊高呼：「奧爾良解放了！」「少女貞德萬歲！」〕

〔貞德疲憊、歡欣、羞澀。〕

〔奧爾良市民蜂擁而上，一邊歡呼：「奧爾良少女！奧爾良少女！」朝貞德迎去。〕

——**幕落**

第三幕

〔一四二九年七月。〕

〔法國北方古城理姆斯。〕

〔壯觀的理姆斯大教堂。大教堂的一室，兩邊有高高的拱形門洞；一邊，大教堂的崇高側形令人生畏地聳立著；從另一邊望出去，可以瞧見夏日蔥蘢的原野、在暖風中搖曳的莊稼、載歌載舞的人們。〕

〔從外面投進來的一束陽光，使大教堂在石室前邊的地上造成一個長長的投影。〕

〔石室簡陋、陰暗，一無長物，懸掛著一座耶穌受難像。〕

〔貞德身穿華貴的白袍，露出裏面的銀甲；她跪在像前祈禱，虔誠、平靜的面龐流溢著愉悅的神采。〕

〔大教堂的風琴演奏與唱詩班的合唱接近尾聲，但嫋嫋餘音還在迴盪。〕

貞德 榮耀歸於您，天主！您賜福的法蘭西英雄兒女像百川匯海地集合在您的旗幟下，向敵人發起猛攻。隨著奧爾良的解放、巴泰的大捷，勝利的號角、讚美的歌曲、凱旋的鐘聲，響徹在北國的原野，古城理姆斯重又回到了祖國的懷抱。

歡騰的城市用鮮花、彩帶、國旗、節日的盛裝將自己打扮像待嫁的新娘，手捧十字架迎接王師的到來。人們載歌載舞從四面八方湧向聖利邁大教堂，他們那蒼白的面龐由於重重喜事而神采煥發，感謝天主在惠賜的洪福上又加了新的福澤：讓國王查理在這兒舉行加冕大典。啊，法蘭西的這個曾被人輕視、遭人唾棄的王太子，將變成「勝利的查理」、「高貴的查理」、「神聖的查理七世」啦！仁慈的天主啊，當您從天上的寶座俯視人間，瞧見那最為動人的一幕而露出慈藹的笑容時，神采奕奕、舉止莊重的王太子在宣誓，塗聖油之後，接過王冕，戴到頭上的一瞬間，千萬顆停歇的心臟迸發出如雷的歡呼，無數白鴿在風琴的陣陣轟鳴、唱詩班的滾滾洪流中，在隆隆的禮炮聲和全城鏗鏘的鐘聲中，飛出大教堂，飛往清明高遠的天空、飛到天主您的身邊。偉大的天主啊，您授予我的雙重使命：解奧爾良之圍和在理姆斯為國王加冕，我把它完成了。昔日不可一世的英國人像泥足巨人訇然倒地、土崩瓦解；無恥的勃艮第公爵物傷其類、見危思遷，願意向國王、他的兄弟伸出和解的手來。聖潔的橄欖枝將代替血腥的刀槍，彌漫的戰煙將被普照大地的陽光和春風驅散；滿目瘡痍、屍骨累累的戰場將變成豐收的田野。少女貞德也要脫下這襲雖光榮但沉重的鎧甲，像自由的小鳥飛回到山青水秀、明媚的故鄉和雙親溫暖的懷抱……聽聽！遠處傳來委婉動人的歌聲和悠揚悅耳的笛聲：啊，銀溪流、橡樹林、繁花如錦的牧場、咩咩歡叫的羔羊、輕歌曼舞的少男少女、仙女樹、布勒芒的仙女樹。（不由自主地輕聲哼起來，淚水奪眶而出）：

當我們在異鄉漂泊的時候，
日思夜想要和你一見，
啊，湧現到我們眼前來吧！

〔貞德解下佩劍。〕

〔忽然，飄來一個白色人影，整個石室沐浴在光輝中。〕

貞德　（充滿喜悅）你來了，聖米迦勒！我在最困難的時候，得到天主的幫助；在最蒙昧的時候，得到天主的啟示；在最不幸的時候，得到天主的恩惠。今天，在這普天同慶的節日裏，你來，一定是帶給我天主的恩准，好天使。

聖米迦勒　在天之父已經聽到你至誠的祈禱，貞德。他讚美你完成的兩項奇蹟，他讓我帶給你的福份，即便是帝王的封賞和人間所有的榮華富貴都無法比擬：你的名字將刻在歷史的豐碑上，與法蘭西融為一體，萬古長存；你的榮耀將超過克洛維和查理大帝。天主又通過人民的心口授於你不朽的稱號：「天主的女兒」、「法蘭西救星」、「奧爾良姑娘！」

貞德　我不要功名利祿、尊榮至福！把那些權柄、名位、頭銜、封號、俸祿，世人所追求、渴望的東西全都拿去，賞給那些應該得到它的將軍和戰士們：奧爾良總督、亞倫遜公爵、拉伊爾將軍、聖脫拉伊將軍、路易軍士……我唯一的心願是回到故鄉。我把這柄沒有沾過一滴汙血的寶劍奉回到你的手上，聖米迦勒。

聖米迦勒　不要做出魯莽的舉動，不要拒絕天主的賜福，貞德！（推開）

貞德　（驚惶）你是說慈悲的天主不許我解甲歸田，而永遠和殘酷的戰神為伍？你是說命運將剝奪我過自由和平生活的權利？你是說我的一生中的確沒有鮮花、春天、愛情和做女性的幸福？啊，我已經完成了天主的偉大事業。我不是把一個最不振作的太子扶上王位、讓一個最為沮喪的民族成為勇士、把一個最為驕橫的強敵打翻在地、使一個最為貪婪的貴族改惡從善？我做了這一切，卻連一個在世人看來微不足道的心願也不獲許諾。這是為什麼？

聖米迦勒　別這樣埋怨天主。是的，你立下了莫大功勞，以後不會有人超過你了。可是，是誰使你立下豐功偉績？是誰使你獲得如此殊榮？又是誰使你創造奇蹟？

貞德　是……天主。

聖米迦勒　對，是天主！天主在什麼時候，什麼地方對你啟示過、答應過，說只要完成這兩項使命後你就能回去過卑微的凡人生活？（貞德默然）天主並沒有對你作過這樣的承諾。相反，天主一開始就要你的心靈作好最嚴峻的準備。天主通過我的傳達，對你這樣說了：「解圍奧爾良，在巴泰贏得大捷，在理姆斯為查理加冕，」但是天主又說：「戰鬥到法蘭西土地上沒有一條毒蛇、豺狼！」

貞德　天主是這樣說的。

聖米迦勒　現在，難道法蘭西土地上就沒有侵略者了嗎？勃艮第公爵真的棄邪歸正了嗎？

法國人民已經擺脫亡國奴的命運了嗎？查理七世就此成為一個真正的國王了嗎？

貞德　（震驚）天主啊，寬恕我，寬恕我……聖米迦勒，我求你！

聖米迦勒　是什麼東西蒙住了你的眼睛？巴黎—法國的首都，還在英國人手裏，根據《特魯瓦條約》，英王亨利六世、一個才十歲的孩子明年年底將在巴黎加冕，兼為法國國王。(16)

貞德　（驚叫）這不合法，法國不能有兩個國王！

聖米迦勒　用什麼來證明它是非法的呢？條約是查理七世的父王簽的。

貞德　天主的正義之劍！打到巴黎去，直到法蘭西沒有一個侵略者！

聖米迦勒　你很好地領會了天主的旨意，貞德。你知道天主要你為法蘭西作出最大的犧牲。

貞德　（黯然神傷，反映她那沉重交戰的心靈。良久，平靜地）我願意去做。

聖米迦勒　天主是不會遺棄你的，孩子。（下）

〔身穿嶄新戰袍的杜努瓦和拉伊爾從一邊上。邊喚著：「貞德！」「貞德！」〕

杜努瓦　啊，你在這兒祈禱，貞德？陛下在找你呢。

拉伊爾　祈禱！祈禱！貞德，我的這支土匪兵被你祈禱成天兵天將；什麼事都幹不了的

貞德 窩囊廢被你祈禱成煞有其事的國王；大卸八塊的法蘭西被你祈禱得鮮蹦活跳、生龍活虎了！而你還祈禱、祈禱？老百姓要拜謝你這位聖女，國王要給你封官許願呢。

榮耀歸於天主、歸於國王、歸於將軍！

〔身穿禮服的國王和特雷姆伊、夏特雷從另一邊上，眾呼喚著：「貞德！」「貞德！」〕

查理 你把我找苦了，親愛的！唷，你們兩位捷足先登是向她求婚吧？她是這麼漂亮、純潔、高雅，連我也要向她求婚了，小美人。

杜努瓦 我是向她求過婚的，陛下。可是她拒絕了。

查理 啊！嫌你的血統不夠高貴？你是堂堂正正的奧爾良公爵的私生子！

拉伊爾 連你也配不上；她是天主的女兒！

查理 喔？只要她紆尊降貴，我願意給她戴上王冠，拉伊爾。你說對不對，爵爺？

特雷姆伊 陛下你侮辱了我，我們剛剛為你加冕。

夏特雷 你應該像一位國王，陛下。

查理 什麼？做了國王就不能說笑話？不能露真情，不能有自由、愛情、人生的樂趣；一切都得循規蹈矩、一本正經，像個受檢閱的大兵？你們也管得太過分了：把我的岳母趕回西西里、不讓王妃留在我身邊、還對我指手劃腳。剛才那種又冗長又煩瑣的加冕禮真夠我受的！

夏特雷 陛下，陛下，你這是對天主的大不敬！對教會的大不敬！

查理 總是你們有理、正確，那還跟著我幹什麼？只有她才是我所信賴的！貞德，你又是這樣謙恭、善良、真誠；我加冕後第一件要做的事，就是褒獎你的功勞。你卻悄悄地躲到一邊向天主禱告；而百官們吵吵嚷嚷爭權奪利，對我論功行賞的褒獎大為不滿。

拉伊爾 他媽的，我對你的偏心叫我下地獄也不會滿意！宮廷大臣憑什麼你給他最多的俸祿？大主教又是憑什麼你把理姆斯周圍的土地、牲口、農奴都賞給他？就憑他倆會拍馬屁？會嚇唬你？教你怎樣尋歡作樂？混帳！

特雷姆伊 反了反了！這是叛逆行為，國王陛下！他早就擁兵自重、居心不良。

夏特雷 他污蔑我不要緊，攻擊教會就不是小事了。

杜努瓦 你們這樣嚷嚷不覺得可恥嗎？請問兩位大臣：當我們促使陛下振作時，你們做了些什麼？當我們解放奧爾良時，你們又做了些什麼？當我們在巴泰浴血奮戰，大敗敵軍，直搗理姆斯時，你們更做了些什麼？你們什麼正經事也沒有做！做的卻是退卻和叛賣，侵冒大功、搶摘戰果！做的卻是把功臣宿將貶低得一錢不值、置於死地！向英國人和勃艮第的腓力普討好！

特雷姆伊、夏特雷 （齊道）抗議！抗議！

拉伊爾 痛快！痛快！

查理 好了好了！為了公正起見，我哪一方也不偏袒。但我必須指出：就在你們這般反唇相譏、丟人現眼、各自出醜的當口，只有一個人虛懷若谷、沉默寡言、玉潔冰清地祈禱上蒼，如同團欒的明月放出柔和而明亮的光輝；而在國王處於生死存亡、千鈞一髮的關頭，她總是挺身而出、捨生忘死、舌戰群儒、衝鋒陷陣，猶如疾風迅雷無堅不摧。這個人就是少女貞德——法蘭西的救星！

拉伊爾 （高呼）法蘭西救星！少女貞德萬歲！

〔杜努瓦和特雷姆伊、夏特雷呼喊：「少女貞德——法蘭西的救星！」「國王陛下萬歲！」〕

貞德 （羞澀而真誠地）我確實沒有做什麼，陛下和各位大臣。

查理 聽聽她說的：「我確實沒有做什麼」——你們雙方都該感到無地自容！好姑娘，祖國和人民對你感激不盡；請提出你的要求，哪怕要我的一半國土，我也會毫不猶豫地答應的。

貞德 我什麼也不需要，陛下。

查理 「我什麼也不需要」——啊，又是多麼令人歎為觀止的美德！不，你的國王回答你，你提的任何要求我都滿足你。說吧，貞德！

貞德 要是陛下仁慈的福澤能夠像陽光一樣普施於卑微的草葉，那麼我懇求您免除我故鄉的捐稅。一位鄉親給我捎來了不幸的消息：連年的戰禍、敵人的蹂躪、土匪的騷擾，已使家鄉陷入了困苦的處境……（下跪，悲不自禁）

特雷姆伊 （感動）你應該滿足貞德這一完全合理的要求，陛下！

查理 （對他擺手）你接下去說，貞德。把你所有的要求都說出來，沒有什麼不好意思的。

夏特雷 你應該先答應她的要求，陛下。不能光打雷，不下雨。

查理 我又不是小孩！（轉對貞德）但願沒有嚇著你，親愛的。他們自以為比我英明、比我仁慈寬厚？我知道怎樣作一個真正的國王，這是你教我的。說吧，貞德，我欠你的情是難以償還的。

拉伊爾 （對杜努瓦）國王開始懂事啦。

貞德 我再也沒有什麼要求啦，陛下。

查理 （激動，思索，莊重地）她貞德，這位神人共譽、了不起的少女，她使一個王國再生，一個民族復活，立下了無與倫比的功勞，而所要求的酬報竟是如此微不足道，而且這種要求不是為了自己，完全是為著別人！我笨嘴拙舌，羞澀的詞囊，使我難以用言語表達我對她那崇高精神和無上美德的欽佩之情。宮廷大臣閣下，你記下來。我鄭重宣布：「法蘭西國王查理七世成全少女貞德的願望，她的故鄉東萊米村永遠免除賦稅！」

查理　我再宣布（拔出佩劍，輕輕放在貞德肩上）少女貞德封為法蘭西貴族——伯爵。憑這爵位授予式，而且你的兄弟、親屬以及子孫後代都能分享這個榮譽。從今以後你可以像王室一樣自由使用百合紋章，你將榮獲「都麗」這樣神聖的名字。

〔眾歡呼：「萬歲！」「萬歲！」〕

〔驚歎和羡妒在眾人中掀起了一陣騷動。〕

特雷姆伊　唷？這是從來沒有過的事。連我、國王的叔父、親王也沒有享受到這種恩惠。

夏特雷　誰叫你不是貞德。

貞德　我實在不應該得到這樣大的獎賞，陛下。還是讓我叫「少女貞德」。

查理　任何褒獎對你都算不了什麼，貞德！起來吧。

貞德　感謝陛下恩典。（起立）

查理　加冕結束了、封賞完畢了、和平到來了。在我離開理姆斯到各地去接受子民的祝福之前，我將作出一項重大決定：解散軍隊。（一陣喧譁）我以國王的權威命令你們肅靜！解散軍隊是一項英明決策。我的兄弟菲力普公爵已迷途知返、

特雷姆伊　幡然悔悟：這回加冕禮他也派了特使前來祝賀，還送來許多珍貴的禮物。而英軍的慘敗和他們王室的內訌使其無力再染指我國。人民的願望高於一切！他們渴望安居樂業、重建家園；再維持一支在和平時期變得遊手好閒的軍隊，只會增加不勝重負的人民的負擔，再說國庫一無所有，王室負債累累……

夏特雷　陛下的決策是英明、理智、合法的。

拉伊爾　天主保佑你，陛下。

貞德　用我的刀劍發言：國王的決定是傻瓜行為、瘋子舉動、叛徒勾當！

拉伊爾　（激昂地）陛下，擺在您面前的一件最合理、最緊迫的大事是——打到巴黎去！

〔查理驚愕。特雷姆伊、夏特雷惶恐。〕

拉伊爾、杜努瓦　（呼應）打到巴黎去！

查理　（不悅地）這也是天主要求你的，貞德？

貞德　剛才我向天主祈求，讓我回到故鄉東萊米，天使米迦勒卻用反問的口氣責備我……

查理　（驚）你要還鄉！區區小事，為什麼不向我提出來？我可以成全你。

特雷姆伊　你在恩典裏就添上這一條吧，仁慈的陛下。

夏特雷　（和藹地）教會也樂意成全你，孩子。祈禱吧。

貞德　感謝陛下和兩位大人的慈悲。我是多麼希望立刻回到我的故鄉，穿上牧羊女的衣裳，像從前一樣放羊勞作、遊戲、夢想、生活。我的天性厭惡粗野、喧囂、爭鬥；打仗和政治與我格格不入，流血和災難叫我觸目驚心；我彷彿生來就是溫馴、柔弱的羔羊、小鳥。一曲牧歌也會叫我柔腸百轉、淚水滾滾……即使在戰鬥最激烈的時候，我也沒有讓我的寶劍沾上一滴汙血；戎事最倥傯的時候，我也沒有忽略向天主全心禱告。

杜努瓦　你不能解散軍隊，更不能放走貞德，陛下：她是我們軍隊的統帥、王國的支柱，勝利的保證。

查理　我當然不會這麼蠢，私生子。放走了這位天主的女兒，我們不是又要墮落了嗎？哈哈。

貞德　天主的聲音還對我說：「戰鬥到法蘭西土地上沒有一條毒蛇、豺狼。」

特雷姆伊　就算天主是這樣說的，但他並沒有說過：「打到巴黎去！」

夏特雷　捏造天主的旨意，這可是大逆不道的行為，貞德。

貞德　天主的啟示已經說明了一切。難道還要天主親自來教你們牙牙學語、說文解字嗎？目前敵人在巴黎的防守十分薄弱，那裏的父老同胞日日夜夜盼望王師北去；只要我軍不失時機，乘勝追擊，定能馬到成功！那時侯英國的亨利王兼併你的王冠的美夢就此破滅。

杜努瓦 答應她吧，陛下。她的預見比凡人的目光敏銳、遠大。

查理 哎……這樣重大的事我不能感情用事。讓我回去再計議吧，親愛的貞德，跟我一起去全國各地與人民歡度節日。

貞德 （下跪）不能再拖延了，陛下。我們已經錯過了許多寶貴的時機，要不然全國都解放了。陛下，我求您！我只有一年多時間了。

查理 （不解地）「一年多時間」？

貞德 我只能再活一年多的日子了。

查理 什麼？你這是開玩笑，貞德？像你這樣矯健勇敢、熱愛生命、燦如朝霞、天主恩寵的人，死神怎麼敢勾你去？

貞德 我不知道怎樣死法，但我確實知道到時候我一定會死去。如果在臨死前的一年裏，我能完成天主的使命，死而無憾。

查理 （感動至深地）我任命你為大元帥，都麗女士。

特雷姆伊 （嚷嚷）軍事會議！召開軍事會議！事關法蘭西命運的頭等大事，陛下你不能貿然答應，別忘了是我們向勃艮第公爵發出和平倡議的。如果你重開戰釁，大動干戈，不僅使你陷於不仁不義，被天下人笑話的窘境，而且你將把惱羞成怒的腓力普推回到英國人一邊去。到那時你別說當國王，就連希農的小朝廷也保不住，只好像喪家犬似地逃往國外。讓軍事會議決定！

貞德 軍事會議？軍事會議？軍事會議的正經事就是研究怎樣叛賣和拖延！你們還想用這種骯髒而拙劣的伎倆讓敵人喘氣，捲土重來，使我們的大業前功盡棄，功敗垂成？如果再開這樣的軍事會議，我要用攻打巴黎的狂飆掀翻它！

〔杜努瓦和拉伊爾叫好。〕

特雷姆伊 陛下！（見他不理）我完全是為法蘭西利益考慮。（橫怒地）貞德你瞎了眼沒有：往巴黎去的路上英國人的堡壘多如天上的星星，你要把國王陛下的軍隊往地獄裏送嗎？

貞德 大人，賢明的你大概忘了：從東萊米到希農、從布日到奧爾良、從劍那到理姆斯，一路上像野草荊棘布滿了英國人的堡壘？你大概忘了這些叫你驚恐萬狀的烏龜殼又是怎樣被我軍打爛的？拿下巴黎就會治好你的健忘症、恐英病！

特雷姆伊 （氣急敗壞）你你無法無天！我們不能輕舉妄動、撕毀協議。公爵殿下答應將巴黎放在陛下你的腳下，只要我們給他一錢不值的兩個禮拜的休戰日期。

〔杜努瓦和拉伊爾吃驚：「叛徒！」「叛徒！」〕

貞德　閣下，你背著全軍將士、背著法國人民在幹這種勾當！所以你才口口聲聲、不遺餘力地為腓力普賣力。你乾脆和盤托出：誰叫你幹的？還是你自己的主意？

杜努瓦　大元帥的話擊中了要害。陛下，您必須當機立斷，否則就我一個人也要跟大元帥去攻打巴黎。

拉伊爾　我們三個以一當百、以百當萬，先造他媽的反！

特雷姆伊　（驚懼）大大主教……你為何不說句公道話？

夏特雷　我是個教會人士，不干涉你們的俗事，請閣下諒解。

特雷姆伊　老狐狸！陛下陛下，你不是說過……

查理　（喝斷）我說過什麼，奸賊！向巴黎進軍！（舉劍）

〔貞德、杜努瓦、拉伊爾舉劍和國王的劍相碰：「向巴黎進軍！」〕

——幕落

第四幕

〔一四三〇年六月。〕

〔巴黎貢比涅附近的一個小城堡——帕魯伯，城堡孤零零地坐落在小山丘上。〕

〔城堡的一角，倒映在塞納河裏，士兵在周圍巡邏。〕

〔它的前邊是一片開闊的草地。〕

〔又是夏日的景象。〕

〔年富力強、短小精悍的勃艮第公爵腓力普，身著戎裝，一副軍人氣概，他不時用馬鞭抽打草地。〕

〔副官小心翼翼地跟在其後。〕

腓力普　……英國人？英國人？我對英國人不感興趣。叫約翰牛走開，別老用它的犄角纏住我！

副官　大人，貝德福德公爵——

腓力普　（打斷）他給了你什麼好處？你是我的僕人，而我可不是他的雇傭兵。你以為我得過他的實惠而應當感恩戴德？你以為我是個大傻瓜？不不！我為英國人所

副官　做的犧牲真是太多太多了，他們卻對我忘恩負義、作威作福，叫我受騙上當。我饒不了他們！在這塊土地上是勃艮第的腓力普作主，而不是什麼貝德福德老混蛋。當然，更不是查理這個沒頭腦的雜種、懦夫！

腓力普　爵爺，一年前您在查理加冕時用的緩兵之計高明極了，他真的以為您承認他是法國國王查理七世，而且將巴黎送到他手上作為見面禮呢。

副官　（大笑）蠢貨！這個蠢貨！……直到正式向他宣戰時他還沒有明白過來，更不必說我用的計策是一箭雙鵰。

腓力普　（不解）又對付英國人？

副官　我打這張王牌，是給老狐狸貝德福德瞧的！如果他不給我實惠，嘿嘿，我就要跟他的仇人查理言歸於好。這一招果然靈驗：價值四萬金里佛的財貨不費吹灰之力地倒入我的口袋，(17)我正愁沒有錢花呢。

腓力普　全法國沒有一個人的聰明才智、文治武功比得上您大人。但不過，為什麼同樣一注錢財，你卻白白放棄呢，大人？

副官　放棄？你在胡說些什麼？我為英國人打仗已弄得傾家蕩產啦！我巴不得英國人能把佛蘭德斯和布列塔尼地區給我作為補償。

腓力普　是貞德，戰俘貞德的贖金！

副官　廢話！胡鬧！這算什麼好主意？我早就跟查理做這筆買賣了。

副官　這個好主意是大人自己想出來的，合情、合理、合法。根據慣例，凡是在交戰中一方被另一方俘虜的人都有權贖還。贖金的價格根據俘虜職銜的大小而定，比如親王的贖金非常昂貴，僅次於國王的標價，是一萬金里佛。貞德雖說是伯爵，但她的尊榮地位並不低於親王、公爵，她是法國軍隊的大元帥，哎哎，恕小人失言，大人才是法國軍隊的最高統帥；她被查理特別允准用百合紋章裝飾她和她的家族的姓氏呢。因此，她的贖金也是一萬金里佛——

腓力普　（喝斷）我不是來聽知了的叫聲！

副官　是，大人。小人說這件事並未兌現。從貞德被咱們俘獲至今已兩個月了，而大人要對方拿錢來贖也一個月了，別說一塊金幣；連一個影子也不見。

腓力普　等待！等待！我們必須學會等待！等到查理這蠢貨不好意思、問心有愧，拿出錢來為止。

副官　要是他不拿錢來贖呢？要是他陽奉陰違呢？要是他也像咱使緩兵之計呢？甚至拋棄貞德？

腓力普　哈哈，誰使你變得這麼有頭腦，是英國人嗎？還是那個婊子？至少我沒有教你。我告訴你的是，她是個雙方都在爭奪的大賭注！你不必為豐滿我的錢袋瞎操心，我親愛的副官。

副官　萬一這筆買賣不成，我想是不是跟沃爾維克伯爵和波福牧師談談？

腓力普　你這樣大賣力氣地為英國人說話，究竟為什麼？我絕不跟英國人談判，賣主求榮的傢伙！我不會把女俘貞德出賣給英國人。照時髦的說法，我是法國人，我身上流的是查理曷的血液，而貞德也可說是法國人吧。我怎麼能把自己的同胞、自己的女兒出賣給她的手下敗將、而我也瞧不起的英國佬呢？你既然拿我的俸祿為他們做好事，那麼乾脆做到底，我允許你向他們轉達我的旨意：勃艮第公爵還沒有卑鄙到如此地步：為了金錢竟出賣自己的靈魂！

副官　我錯了，爵爺。

腓力普　在拯救貞德這件事上？我要讓世人去比較、評論這兩者吧：我跟查理哪一個是善人，惡人？哪一個是英雄，狗熊？哪一個急公好義，忘恩負義？

副官　是大人。我立即去打發英國佬。

腓力普　不，等待是給他們的最好答覆。給我備馬，中尉！

副官　遵命，大人！（下）

腓力普　這個笨蛋只配給我餵馬！一大早難得有遛馬的好興致都被敗壞了。這整整兩個月，我過的簡直不是貴人的生活：像看守金羊毛的毒龍那樣一眼不眨地看守貞德，提心吊膽、沒日沒夜，我必須防止她逃跑，又得警惕人劫獄，一有失算就麻煩多了。我倒不怕英國人和教會對我說三道四，唯一能管我的老子即使不被查理暗殺，我也要叫他讓位。可是，那筆大大的贖金，眼看快要到手的錢財卻要長翅膀飛掉……天主啊，我祈求你幫我做成那筆生意，我會給你修教堂、造雕像；要是真像該詛咒的中尉說的……天哪，我快要發瘋！嘿，等得越久我叫他付出的代價越大……哎，不祥的預感使我高興的心急速地沉落。完了，完了！我越來越感到不對頭……呵哈，只有白癡才不給自己留條後路。任何要想發大財、辦大事的人，都必須掌握腳踏兩頭船這個傳家本領！成功的秘訣把副官也蒙在鼓裏。

〔侍從上。〕

侍從 報告大人，特使阿貝爾先生回來了！

腓力普 （喜形於色）快，快請他到這兒來！給我們來兩杯酒，不要香檳，要威士忌。

〔侍從下。〕

〔阿貝爾上。侍從端上兩杯酒。〕

阿貝爾 （單腿跪見）阿貝爾參見大人！

腓力普 （熱情地）不必拘禮，來，我敬你一杯！咱們一起去打獵，今天的天氣好極了……如果你感到旅途辛苦，也就不必勉強了。

〔侍從下。〕

阿貝爾 為大人赴湯蹈火，阿貝爾萬死不辭……這杯酒小人則不敢喝。

腓力普 什麼？不乾了它，你就是瞧不起我。

阿貝爾 謝大人的恩典，小人（杯到唇邊）……他們不一……（話音未落，他的酒杯即被腓力普一鞭擊碎。）

腓力普 （暴怒地）報憂不報喜，你這顆掃帚星！（又是一鞭）

阿貝爾 大人開恩！大人饒命！（下跪，捂著被抽傷的臉部，嚇得戰戰兢兢）

腓力普 說！否則我叫你下地獄！（舞旋馬鞭）

阿貝爾 （惶恐地）大、大人，容小人如實稟告。小人奉大人的手諭趕到里昂，查理在那兒駐蹕。貞德被俘的消息比我到的更快，我瞧見許多人在宮門外哭喊，請求查理快用金錢贖還「天主的女兒」，他們是這樣稱呼她的，連拉伊爾也在裏面。他大聲嚷嚷：「要是國王不去救她，我就殺了國王！」

腓力普 這不是很好嗎？

阿貝爾 我將帶去的兩份厚禮分贈大主教和宮廷大臣，希望通過他倆讓我向查理面呈大人您的手書，早日做成這筆買賣。夏特雷這個老鬼似乎還嫌禮輕，倒是特雷姆伊滿口答應，說國王無意背約，一心一意要和殿下修好結盟，叫我耐心等待。

腓力普 我實在瞧不出有任何不好的兆頭，定是你操之過急、逼人太甚，把好事弄糟了，你這個殺胚兒！

阿貝爾　大人不不，小人不敢輕舉妄動……小人按您的指示耐心地等呀等呀，每天除了到親王那兒去聽聽回音外，我又在酒店、妓院、劇場、市場、人叢中探聽消息。有時候道聽途說比官方的報導來得迅速和可靠。有的說國王為貞德的被俘難過得吃不下飯，睡不著覺，每天唉聲歎氣、捶胸頓足地追悔不已：讓那個姑娘拿雞蛋去碰石頭，只帶了六百個兵去攻打巴黎。有的說國王病倒在床，打擊太慘重了，他痛恨自己在加冕後犯了兩個不容寬恕的錯誤：解散軍隊，撤去了杜努瓦、拉伊爾、亞倫遜等將軍的兵權；更大的過錯就是沒有及時援救貞德，釀成了悲劇。失去了「法蘭西的救星」叫他國王孤家寡人怎麼辦？他寧願拿他的王國去贖還貞德的自由……後來爆發的一條新聞壓倒了那些傳言：深謀遠慮的國王查理日夜在緊張地召開軍事會議，研究最佳方案，在萬一勃艮第人出爾反爾，拒絕贖還俘虜的情況下，他將御駕親征、統率兵馬、拚死一搏，也要救回少女貞德。

腓力普　哈哈……我會「拒絕贖還」？你在跟我開大大的玩笑，阿貝爾？快把那結果說出來，別讓我心中的魔鬼跳出來！

阿貝爾　終於召見的日子到了。國王和大主教、宮廷大臣在王宮小會議室接見了我，他在一陣客套之後回到了正題。哎！我永遠也不會忘記一個人能在這種場合說出那樣沒有心肝的話來，如果世界上還有人不懂什麼叫忘恩負義、恩將仇報的話，那麼我告訴他：篡位者瓦盧里的查理，就是無情無義、冷酷自私、禽獸不如的無恥之尤！

腓力普　（怒吼）你說謊！阿貝爾！

阿貝爾　查理他振振有辭，毫不臉紅地對我說：「我沒有錢！她是惹是生非、自作自受、以卵擊石，被公爵殿下英勇的部將俘虜，而且破壞了我和王兄含辛茹苦建立起來的和平事業。誠然，為了友誼我應該立刻救她，但身為國王就得權衡利弊，全盤考慮：贖還貞德還有否價值？她能否給我國帶來和平？她能否保證不再添麻煩？……值得懷疑。不管世人怎樣誤解我、責備我，為了法蘭西、為了人民，我只得忍辱負重，忍痛割愛了。」

腓力普　（戰慄地）該千刀萬剮的猶大！比猶大還該下地獄！（揮舞馬鞭，對方嚇得跳起來）

阿貝爾　（戰戰兢兢）我反覆強調拯救貞德的極大價值，我嚴厲呵斥查理的卑鄙無恥，可是，這一切對一個小丑來說毫無用處。他嘻皮笑臉地回答，請我原諒，他忙得很：他還要去打獵、作小夜曲、舉辦化裝舞會、與伯爵夫人約會等。

腓力普　（暴跳如雷）下流鬼！無賴！惡棍！當我蹲在陰森、潮濕、老鼠和臭蟲橫行、呼吸不到一點新鮮空氣的石牢裏，為窩囊廢看管這塊法國王冠上最燦爛的寶石，他卻把跳舞、打獵、與娼妓縱慾看得比拯救女英雄更重要?!我勃艮第的腓力普、被人家惡毒地咒罵為「背叛者腓力普」、「野心家腓力普」、「惡人腓

阿貝爾　力普」，還不會作出這種傷天害理、天誅地滅的勾當。我與那個被父母拋棄、狗彘不如的私生子查理相比，顯得多麼高貴、仁慈、善良！從此，我將以「善人腓力普」的綽號而流芳百世，他則以「下流的查理」而遺臭萬年！

腓力普　「善人腓力普」、「下流的查理」！大人，您的比喻妙極了！這種雋永、精闢、具有特殊魅力的名號會使大人名垂千古的。

阿貝爾　不中用的馬屁精！我的貴重禮物難道是白送的嗎？

腓力普　憑良心說，他們倆位很想玉成這種美事，中間還能撈點油水。可是，他倆對貞德的害怕心理給您幫了倒忙。宮廷大臣說：「她太狂妄自大了，心目中沒有國王，有朝一日會成為賤民暴亂的首領。這對法國、英國、奧爾良、勃艮第都是極大的隱患。」

阿貝爾　這倒言之有理。大主教的意見呢？

腓力普　他說：「我們覺悟了，她是個惡魔。她從來不把教會放在眼裏，口口聲聲以天主的名義頤指氣使、為非作歹。既然她是天主的女兒，是戰無不勝的，那麼，她一定能拯救自己。」

阿貝爾　就這樣——完了？

腓力普　最後，「下流的查理」這樣對我說：「為了使我的王兄、公爵殿下不至於失望，我請你轉達對他的問候和祝福，並建議他跟英國人談判，他們一定樂意做這筆交易。」兩位大人也欣然贊同。

腓力普 贊同個屁！我是雞飛蛋打一場空。

〔副官上。〕

副官 您的坐騎備好了，大人。

腓力普 我還以為你被野豬咬死了呢？（粗暴地）中尉，去把兩個英國佬叫來！

副官 大人您不是叫我婉轉地回絕他們？

腓力普 回絕？我是叫你去等死！滾！你們都給我滾！（揮舞馬鞭，兩人逃下）

〔侍從上。〕

侍從 報告大人，博衛城主教科雄大人到！

〔科雄上。他年近六旬，肥頭胖腦、大腹便便、傲慢、奸詐、冷酷。〕

〔侍從端來兩把椅子。下〕

腓力普 （親熱地擁抱對方）見到你非常高興，老朋友。什麼風把你吹來的？

科雄 天主的凱旋之風，殿下。

腓力普 「凱旋之風」？

科雄　你俘虜了那個牧羊女，證明了這是天主的勝利。她把神、俗兩界攪得幾乎不可收拾！

腓力普　你光臨敝處就是為祝福這個？

〔侍從上。〕

侍從　報告大人，英國沃爾維克伯爵大人和波福牧師大人到！

〔沃爾維克和波福上，前者是個頗有騎士風度的軍事長官，後者是個好鬥、愚蠢的傢伙。〕

〔侍從又端來兩把椅子，下。〕

沃爾維克、波福　（齊道）見到尊貴的公爵殿下感到十分榮幸！

腓力普　常來常往的都是自己人，請坐，坐！

〔科雄以及沃爾維克、波福皆入座。〕

波福　你也在這兒，尊敬的主教大人？

沃爾維克　（一驚）主教大人一向在博衛城的教區忙於上帝的事業，今天怎麼有空大駕光臨？

科雄　有勞兩位動問，我正是為教會裏的一點事情而來。

〔沃爾維克和波福放下心來。〕

腓力普　（開門見山地）我請你們來是談判關於女戰俘貞德的問題。

波福　（驚恐地忙以目示意）大人是否……

腓力普　放心吧，科雄大人是我的老朋友，我們已有多年的友誼啦，他當上主教還是叨我的光呢，他對於世俗的事絲毫不感興趣。

科雄　是的……即使是精神王國的事也忙得我筋疲力竭了。

波福　（憤慨）英王的叔公、溫徹斯特紅衣主教大人對你遲遲不交出女巫貞德深為不滿。她在貢比涅被俘的第三天，巴黎宗教裁判所就命令你把她交出。(18)但你竟敢違抗巴黎宗教裁判所的鈞旨，就連羅馬教皇也對它表示尊重。

沃爾維克　（語氣緩和，但言辭尖銳）尊敬的公爵殿下，英王的叔父、總管法國的事務大臣、總司令貝得福德公爵大人，對你蔑視兩國友誼和庇護戰犯的行徑深表遺憾。如果你對我們的要求置若罔聞、一拖再拖，並且採取這種傲慢無禮的態度，我們將立即停止援助。

腓力普　（被激怒）什麼？什麼？我好意請你們來作客是為了挨軍棍？你們放明白些：這兒不是英國、也不是希農！你們是在我的土地上——強大的勃艮第公國，跟我親王、公爵、「善人腓力普」，是的，善人腓力普講話！你們有什麼資格管我？有什麼權利干涉我的內政？貞德是勃艮第出身的人，是我的事，與你們無關？是我打敗了貞德這幫自稱天兵天將的烏合之眾，活捉了這個兇神惡煞的女人，粉碎了她那不可戰勝的神話。理所當然應該由我來處置她，我要怎麼樣就怎麼樣！

波福 我和伯爵大人不是以個人名義說話，而是代表英王和政府向你提出抗議！

沃爾維克 我補充一點，還有全體英國貴族。

波福 對，還應加上全體主教大人！

腓力普 （霍地起立）叫你們的國王、貴族、主教統統去見鬼吧！可恥可恥！驕橫的英國戰神被一個小小的牧羊女打得一敗塗地：奧爾良城下，你們的司令官孛羅史貝裏去見了上帝；巴泰一戰，塔爾博像小雞似地被法國人捉去；在巴黎城頭，你們聽到貞德進攻的消息棄城而逃、望風披靡，即使增派援軍，也是讓我去當炮灰，你們坐收勝利果實！

沃爾維克 在打敗敵人的過程中，是我們英國人作出了犧牲，付出了最大的代價。姑且不論在巴黎保衛戰中，英國給了你一支由教皇親自批准的援軍和價值四萬金里佛珍寶的軍餉；值得一提的是，貝得福德公爵代表英王贈給你的兩份厚禮，以褒獎你對英王室的效忠和增進兩國的友誼所做出的貢獻：任命你為法國軍隊的總司令；將布利和香檳地區交給你管轄。

波福 人總要講點良心吧，大人？

腓力普 良心個屁！我要的是武器、裝備、軍餉，而不是總司令的空頭銜；我要的是稅收、糧食、錢幣，而不是得不到一點實惠的盜匪窩。你們自己在那兒站不住腳跟，卻要我去站崗放哨為你們火中取栗；你們喋喋不休地標榜是我的大恩人，卻朝虔誠的腓力普心窩捅上一刀：奪走了他在低地國家的所有收益！

沃爾維克 這是護國公格洛斯特的過失，貝得福德公爵大人、溫徹斯特紅衣主教大人都已譴責他了。

腓力普 我可不管你們內部的狗咬狗，我只知道英國人欠我一大筆債務！

波福 你敢這樣侮辱神聖的英王兼法王亨利六世以及兩位尊貴的大人？科雄主教大人，你怎麼對這種狂妄無禮的行為不聞不問？你是英國皇家委員會成員，公爵大人的知心朋友。

腓力普 主教大人是法國人，只對我和蘭斯大主教夏特雷大人負責！

〔在他們舌戰的時間裏，科雄始終坐在椅子裏閉目養神，昏昏欲睡。〕

科雄 （驚醒）你們……在說什麼？旅途太勞累了，又是這樣的大熱天……（又要打盹）

波福 （大聲）主教大人，由於腓力普的蓄意包庇，女巫貞德兩次越獄逃跑，教會和英國政府命令他立即交出女巫！

腓力普 誰的命令也不算數，我只聽命金錢！

波福　你必須無條件交出女巫！

沃爾維克　你一而再、再而三地侮辱英王和全體英國貴族，我作為一個軍人必須跟你決鬥！（踢倒椅子，拔劍）

腓力普　（踢倒椅子，拔劍）我奉陪，混蛋！（決鬥）

波福　（踢倒椅子，鼓譟）開除教籍！開除教籍，惡人腓力普！

科雄　（大喝）住手！（起立）你們都瘋了，還不住手？我以亨利國王陛下、貝德福德公爵和溫徹斯特紅衣主教的名義命令你們住手！

〔腓力普等三人均驚愕。〕

科雄　（威嚴）我授權宣布：英王以及英國國會、政務會決定接受尊敬而高貴的勃艮第公爵腓力普殿下的提議，英國願意償付女巫貞德的贖金，英國政府並授命我擔任與公爵殿下談判的全權代表！

腓力普　（狂喜）萬歲！你確實給我帶來了上帝的凱旋之風，主教大人！（擁抱科雄，幾乎使對方喘不過氣來）

波福　證據！證據！剛才你還說只是為教會的一點小事而來？騙子手！

沃爾維克　當心點，我要把你絞死，瞌睡豬！我才是英國的全權代表！

科雄　（拿出公文，傲慢地）國王的手諭、委任狀，請兩位大人過目……不過，這是

機密檔案，你們無權閱看，請諒解。（兩人氣噎）

腓力普 主教大人，喔，全權代表閣下，請坐。來兩杯法國香檳，侍從！你是英國特使嘛！（與科雄重又落座）

科雄 不必，酒是魔鬼的玩意，大人！這回我接受這項特殊使命，既榮耀又感到責任重大。協議一經簽訂，咱們就一手交錢一手交貨。

腓力普 我以名譽擔保把女仔貞德不傷一根汗毛地讓你帶走，英國人打算怎麼處理她？

科雄 這你就用不著操心了，腓力普。但我可以透露一點消息給你，以報老朋友的幫助之意：女仔交給英方之後將由宗教法庭審判她。

沃爾維克 （嚷道）軍事法庭！軍事法庭！她必須處以絞刑！因為她是個惡魔。從前，她在英國化身為瓦特·泰勒，在法國化身為吉奧·喀爾[19]對我封建領主暴動，燒殺搶掠，瘋狂地叫囂：「消滅一切貴族，直到最後一個！」現在則化身為貞德，抵抗兩國的共同事業。

波福 將她燒死，她是個罪惡昭彰、神人共誅的女巫！

科雄 貞德不是惡魔，也不是女巫；而是異端。[20]

〔腓力普等人均困惑不解。〕

波福 她是女巫！否則她怎麼能製造出奇蹟：認出王太子、打敗塔爾博、為查理加冕……老百姓追隨她、膜拜她就像聖母、耶穌基督一樣。她被俘後還能從六、七十英尺高的塔樓上跳下，卻絲毫沒有受傷。

科雄　不論叫「奇蹟」也好、還是稱「妖術」也好，這都不能說明她是女巫或者惡魔，只是表明她確實有些特異功能。而那班鬼迷心竅、一窩蜂的群氓盲從她，是由於她盜用了天主的旨意：其實這是撒旦的主意。

波福　我不管她是女巫、惡魔還是異端，反正都得被綁在火刑柱上活活燒死！

科雄　不！我們必須分清異端和女巫、惡魔之間的區別，波福牧師。惡魔是魔鬼惡的化身，是撒旦、地獄之王、死神、大誘惑者、天主的競爭者，他們佔有基督徒的靈魂，或者裝扮成主、天使，教唆引誘人犯罪。女巫則是魔鬼與婦女性交、亂倫的兒女，即她的後裔和代理人，你們周圍的巫師、魔法師、佔卜者都屬於此列。他（她）們的罪惡勾當同樣不可容忍：興妖作怪、招災降禍、狂歡縱慾、殺嬰吃人等等。異端就不同了，異端初初看來是最無害、最虔誠的，似乎只是與我們在教義和信仰天主的看法上有分歧而已。異端者也絕不如蠢人心目中所想像的那樣，和那些面目可憎、窮兇極惡、淫蕩下流、明火執仗的女巫、惡魔以及盜賊形同一流。恰恰相反，他們往往是善良的基督徒，不論在上流社會中，還是平民階層中，他們給人的印象是無可指摘、深孚眾望的：德行高尚、學識淵博、忠於職守、信仰虔誠、好善樂施、苦修乞食……在你們面前，關在那座要塞地下室裏的貞德，在世人看來是多麼溫雅、善良、純潔、無私、虔敬，彷彿人類的一切美德都體現在她身上。她立下了那麼大的「功勞」，使你們英國人狼狽不堪、聞風喪膽，陷入絕境……

沃爾維克　（插嘴）我們沒有失敗，她用的是妖術。從戰略的角度來看——

科雄　（打斷）我對戰略不感興趣，我關心的是異端！她又是一個異端，難道不是這樣嗎？她無視教會的禁令，穿上男人的衣服直接跟所謂的「天主」交流；她以「天主的女兒」詐騙作惡，她肆意曲解只有教會才有權解釋的《聖經》等等。比起女巫和惡魔，異端是更陰險、狡猾、兇殘的敵人。前者則是引誘墮落的毒蛇、反叛天主而被打跨的惡天使、教人淫慾的黑貓；而後者則是披著羊皮的狼、饞涎教會利益的豹、假天主之名而僭奪天主寶座的異教徒，是天主最大最危險的敵人。因此，我們必須嚴懲異端者，決不寬容！

腓力普　異端者、思想犯的罪就這麼嚴重、這麼危險？對貞德的懲罰太過火了吧，主教大人？

科雄　你未免太渾渾噩噩了，大人。一個殺人放火、強姦偷盜、罪惡累累的慣犯，危害所及不過是一角世俗之地，受害者只是一小撮人。異端影響的卻是整個精神世界、基督王國。至高無上的神權基礎動搖了，那麼賴以支柱的世俗王國也將倒塌，人類的末日就會降臨！

沃爾維克 我同意波福牧師的主張，判處異端者貞德火刑！

科雄 不！異端是殘酷的，教會是仁慈的；異端是墮落，教會是拯救。只有世俗政權才淺薄、殘忍地消滅一個人的肉體，而教會從來不幹這種勾當；它的使命是拯救一個人的靈魂，讓她回到主的懷抱。博學而虔信的牧師大人，難道你連這點起碼的教理知識也茫然不知嗎？

波福 哼！如果你不是持有巴黎大學和巴黎宗教裁判所的印信，我真要懷疑你就是異端！教會的天才博士湯瑪斯・阿奎那強調必須清除異端，他說：「不但應該把他們逐出教會，而且還要處以火刑，從世界上消滅掉。」事實上三百年來教會一直對異端處以火刑，我們英國教會三十年前就頒布了《燒死異端分子令》。只有火才能使迷誤的人豁然開朗，使其走上真理之路。而你主教大人卻急欲廢除火刑，拯救異端，你究竟是什麼人？

沃爾維克 不許你對主教大人如此無禮，波福！但是我也得提醒你大人，你的使命只是將貞德從公爵殿下那兒引渡到我們英國人手裏。

科雄 誰也沒有權責問我幹什麼？為什麼？正是你們兩位大人險些敗壞了引渡異端者貞德的大事。好了，我還要花大氣力跟公爵大人正式談判呢。為了使你們有所安慰，我申明兩條：為了我們共同的事業，應該團結一致；第二、宗教裁判所認為：拯救一個人的靈魂比燒死一個人的肉體更有益，證明天主的成功，預示了精神王國的不朽。如果異端者頑固不化而判處火刑，那只是世俗法庭的事；教會從不流血、從不殺生。請你們記住！

腓力普　要是後來證明她不是異端，而她已經被燒死了呢？

科雄　如果無辜者遭到不公正的判決，那麼他不應該埋怨教會的決定；如果偽證促成了對他的判決，那麼他應該心悅誠服地接受判決，為他能為真理而死感到無上幸福。教會始終是仁慈和正確的！

腓力普　那麼王權就永遠是殘酷和錯誤的了，你們是正義的審判官，我們是血腥的劊子手？

科雄　（半真半假地）這可是異端嫌疑呀，大人？

腓力普　（一驚）異端？他媽的！談判、談判！

〔沃爾維克和波福下。〕

科雄　輪到你我唇槍舌劍了，老朋友！哈哈。

腓力普　讓戰神讓位給財神，老江湖！哈哈。

——**幕落**

第五幕

〔一四三一年五月三十日。〕

〔盧昂・布夫萊堡，茫茫黑夜。〕

〔舞臺一角是座石牢。一盞如豆的油燈掛在壁上，發出微弱的光亮，靠牆擺著一張板床。〕

〔貞德腳鐐手銬地被吊鎖著，「大」字形地赤足站在地上。她依然穿著男人服裝，黑色緊身衣緊緊包裹她那因寒冷、乏力、折磨而戰慄的軀體，衣褲有的地方被撕破。〕

〔貞德頭顱低垂，全身軟癱。〕

〔一陣沉重的開門聲把她驚醒。她抬起頭來，無限蒼白、哀愁的臉上交織一種既是希望又是恐懼的複雜表情。〕

〔羅澤賴爾上。他身材高大、神容秀美，衣袍粗陋，一副悲天憫人的模樣。〕

貞德　（驚喜地）是你，神父？親愛的羅澤賴爾神父，你終於來了！（激動地想去迎接對方，囚禁的鐐銬使她意識到自己的處境；她痛苦地牟拉腦袋，淚水漣漣）

羅澤賴爾　（驚駭地過去，將貞德抱在懷裏）啊，他們怎麼能這樣折磨你？真叫人難以相信……可憐的孩子，天主保佑你。阿門！

貞德　是的，是的……他們老是這麼折磨我、懲罰我，千方百計、日以繼夜……他們六十二個人，個個都是教會裏最有學問、最有威望、最有經驗、也最會算計人的審判官，對付我一個人！我是那麼孱弱、幼稚、孤立無援。我對於宗教裁判、法律程序一無所知，他們不讓我請辯護律師，他們硬要給我指派一個律師來——這是覆著花毯的沼澤，我拒絕了。他們六十二個人像披堅執銳、百戰不殆的沙場老將，對付我一個被解除武裝的俘虜，輪番進攻。這不公平呀，實在不公平！神父，我每天都得腳鐐手銬地站在冰冷或火烤的石頭上，經受八到十個小時的審訊，而且拒絕給我喝一口水，吃一小塊麵包，更別說領聖餐、望彌撒了。(21)更難堪的是當我筋疲力竭地回到牢裏，他們讓看守我的士兵侮辱我。瞧！這兒，那兒都是我拚死反抗而留下的傷痕。我常常從惡夢中驚醒，瞌睡得要命的眼睛才闔上一會，我擔心終有一天會被強暴，他們都是眼冒慾火、身強力壯的大兵，與其這樣還不如死了的好。他們為什麼要這樣對待我，他們中也有法國人？我可沒有虧待法國呀！

羅澤賴爾　要活下去，孩子！你是無辜的。知道你為法蘭西竟吃了這麼大的苦頭，我的心差不多要碎了。來，讓我們向天主祈福吧，貞德啊，我幾乎忘了……（掏出鑰匙，打開貞德手上的鎖鏈。）

貞德　（詫異地）他們怎麼肯放你進來，神父？連大法官于佩蘭院長也不讓看我；他因為同情我，已被降為一般法官了。

羅澤賴爾　他們奈何我不得，我是直接聽命於巴黎大學的！你知道巴黎大學是教會在法蘭

貞德　西和整個歐羅巴的代理人，連英國溫徹斯特紅衣主教也不敢違拗它。由於我的極其虔誠、謙卑和剛直，又是在你故鄉的教區擔任過聖職，對你十分瞭解，所以才得到它的器重。它是極其公正賢明的，你的幾次懺悔和在審判期間所受的不公正待遇我都如實作了反映。它對你的不幸深表同情、對你忠於主的信仰表示讚賞，對教會法庭的過火作法表示不滿。為此，我再赴盧昂。

比這還要嚴重得多：今天早晨，科雄像條狼狗一般，帶了幾個法官衝進牢裏，多少天的逼供失敗氣得他發狂。他們把我帶到一座陰森可怕的塔樓裏，那裏擺滿了各種刑具：拷問架、行刑凳、燒紅的烙鐵、浸透鹽水的皮鞭……兩個劊子手把我按倒在行刑臺上，轉動絞盤，科雄站在旁邊喊道：「招出這一切，否則叫你肢體碎裂！我數到三。開始！一、二——」

羅澤賴爾　（驚叫）這是絕對不允許的！教會禁止逼供、禁止使用暴力！

貞德　我回答科雄：「要說的我全都說了，即使把我粉身碎骨、焚屍揚灰，我也不會再告訴你什麼。如果我在酷刑下不由自主地說了不該說的事，以後我將利用一切機會控訴，說這是你們用酷刑而造成的假供！」

羅澤賴爾　（驚喜）啊，你回答得比我想像的還要好，孩子。我真不知道接著他們該怎麼辦？你一下子使他們陷入了進退兩難的窘況，貞德你到底傷了沒有？

貞德　科雄的臉氣得像豬肝一般，半晌說不出話，他對一旁堅持用刑的法官喝道：

羅澤賴爾　「你們都是蠢豬。」他自己才是頭號蠢豬呢！

貞德　哈哈，頭號蠢豬！頭號蠢豬！（突然，傳來一聲似乎被壓抑的咳嗽聲。他驚慌地忙以手指示意）噓……

羅澤賴爾　（爽朗大笑）哈哈……讓他們偷聽好了，我不在乎。科雄是頭又兇狠又不中用的頭號大——蠢——豬！

貞德　我還以為是看守的打鼾聲？原來是野貓逮老鼠。我急欲聽下文呢，貞德。

羅澤賴爾　他們只得把我押回牢房，為了報復，便把我這麼吊著。明天一早我就去找那幫傢伙，警告他們：貞德必須得到公正的待遇，而且應該容許領聖餐。我還得盡早回去覆命。

貞德　（激動地）你不能走呵，好神父！你一走，他們會變本加厲地折磨我，把你對他們的怒氣加倍地發洩到我頭上。這種日子了！這種日子！沒有陽光、沒有鮮花、沒有歌聲、沒有親人……我再也見不到我的故鄉啦，再也見不到慈愛的母親啦，我是瞞著她出來的……（啜泣）我知道天主要召我去了。

羅澤賴爾　（撫慰地）你不要被誘惑，孩子。惡魔滾開！

貞德　這不是惡魔，而是天主的聲音！天主通過聖米迦勒和聖瑪格麗特、聖卡洛琳三位天使啟示我的。他們說：「你會得到釋放的，貞德。」我不知道「釋放」是指獲得自由還是天主召我去？但他們接著說的我是明白的：「你要逆來順受，你不要害怕為主殉道。」

羅澤賴爾　唔……放心吧，貞德。你的苦難日子即將結束，你會得到釋放的，我是說你被宣判無罪。我預言，明天將是最後的審判，我也要參加。

貞德　（激動）謝謝你，好神父，羅澤賴爾神父！

羅澤賴爾　我會保護你的，今夜我特地趕來，就為幫助你，使你不中他們的圈套。我還有要緊事，孩子。讓我們祈禱吧。（兩人下跪）

羅澤賴爾　（祈禱）「仁慈、寬厚的主啊，祈求您賜福給牧羊女貞德：讓我得到教會的釋放；做為對您的感恩，我按著福音書宣誓，決不撒謊、決不隱瞞，比如關於衣服、聲音、奇蹟。我願意說出一切，對盡心地幫助我的羅澤賴爾神父懺悔我的罪過……」怎麼，你不跟我一起念？

貞德　我不能做這樣的祈禱，神父。我是天主的純潔孩子。我願意回答教會的提問；但天主不許我回答的問題，我死也不告訴任何人！

羅澤賴爾　你怎麼這般固執？……我說錯了，你是個信仰堅定的好天主教徒。但你真的一點過錯也沒有？真的徹底坦白了嗎，除了天主不允許你說的以外？你剛才還說你瞞著母親偷偷去從軍，這難道是對的，天主不是在「十誡」中要我們孝敬父母嗎？

貞德 我愧對了很長時間，後來我寫了封信請求他們寬恕我；父母原諒了。

羅澤賴爾 我不勉強你，貞德。抓緊時間，我還得幫助你怎樣對付那班鷹犬，跟我一起念吧。

羅澤賴爾、貞德 （祈禱）「仁慈，寬厚的主啊……」

〔燈火突然熄滅，夜色吞噬一切。〕

〔兩人下。布景移去。〕

〔天光大亮。〕

〔盧昂・聖圖翁教堂墓地，一間死氣沉沉的石廳。〕

〔高出廳堂地面的三層階級的平臺上，左中右放著三排椅子，椅前是併在一起的三條長桌。〕

〔右邊一角置有供書記員工作的桌椅。〕

〔臺下左側放著一只用鐵鏈繫著、粗糙而笨重的木凳。〕

〔大廳的拱門開在前方兩側。門上掛著門簾。〕

〔石廳的窗戶用簾子或帷幔遮住，有一扇窗戶，不知由於疏忽還是偶然沒有被遮住，從外面射入的陽光恰巧照在木凳上。〕

〔法官和工作人員三三兩兩從同一拱門上，其中有波福牧師。他們竊竊私語，低聲交談，按自己的級別入座。〕

〔科雄和沃爾維克從另一拱門上，他們談著什麼。〕

〔羅澤賴爾從後面趕上。〕

羅澤賴爾 （諂媚）早上好，兩位大人！

科雄 （譏諷）你幹得真不錯，神父。要不是今天上午開庭，我和伯爵大人還要繼續洗耳恭聽呢。

羅澤賴爾 （受寵若驚）感謝主教大人的恩寵，大人的咳嗽聲把我嚇了一跳，這個異教徒可十分機靈呢，幸而被我巧妙地掩飾過去。

科雄 我憋不住了。你這無賴，竟敢狗膽包天，借題發揮侮辱我是「頭號蠢豬」？瞧我不撤你的教職，狗東西！

羅澤賴爾 （慌不迭地）主教大人，主教大人！我是無意的，我不得不這樣做，以取得她的信任，兩位大人都聽見了……

科雄 繼續扮演好你的角色，否則，前後帳一起算，卑鄙的竊聽者！

羅澤賴爾 （戰慄）是，尊敬的主教大人。（匆匆入座）

沃爾維克 我們的忍耐是有限度的，科雄。姑且不提貞德被俘至今已一年沒有得應有的懲罰，就算我們英國人用贖金買下了她，把她交到你們手上到今天五月三十日已有三個多月了。這麼長的時間，你們這幫蠢貨白白浪費了！

科雄　我提醒你們英國人首先注意文明，否則免開尊口。我還要提醒你們別睜眼說瞎話！短短三個月裏我們所做的事、所花費的心血比你們整整三年幹的還要多，而且卓有成效！你明白嗎，閣下？貞德是極大的異端，是全歐洲最兇惡、最首要的異端分子，你們英國人就對付不了，即使是我也花了九牛二虎之力。我任命了法國以及歐洲第一流的神學家、博士、牧師、法律家，修道院長及其鑑定人等一百二十五人組成的宗教法庭對貞德進行審判。我們每天不倦的工作：調查、審問、鑑別……長達十至十二小時。你自己也親眼目睹我昨天的工作幾乎延長到今天凌晨。我們進行了六次由全體人員出席的公開審訊和八次精兵幹將上陣的秘密審問。對貞德罄竹難書的異端罪行已經全部清楚，現在只剩下幾個關鍵的細節，一俟她交代，我們就可以定罪，是釋放還是拯救。(22)

沃爾維克　（惱怒）釋放？拯救？你是捨不得這個人盡可夫的娼妓，老公豬！

科雄　你這個沒長腦袋、庸俗不堪的兵痞，根本不懂神聖的宗教！如果她徹底改悔，讓她活，比叫她死更有價值！

沃爾維克　別忘了你的盧昂大主教的職位還在倫敦上空飛呢！

科雄　（氣惱）你？你胡說八道！（瞥見全體與會者都在注意他倆，忙平靜地）你喝多了，伯爵大人。我知道該怎麼辦，恭請閣下退場。

沃爾維克　小心點，你這頭蠢豬！（下）

〔科雄輕蔑地一笑，走上平臺中間座位入座。〕

科雄　（彬彬有禮）早上好，主審官大人！大人紅光滿面、精神抖擻，你今天的氣色好極了。

梅特爾　是嗎？你大人的氣色比我更好。瞧，你心寬體胖、神采奕奕，大人今天一定有喜事光臨。

科雄　謝謝，梅特爾。人家都說我發福了，福至心靈，吉星高照。早上好，波福牧師！

波福　我對你很不滿意，科雄主教！

科雄　我也如此，但願我們會相互滿意的。啊，神學家，磨礪你的武器吧！

波貝爾　我的一擊準叫那個異端分子置於死地，大人

于佩蘭　你這樣做不殘酷嗎，波貝爾先生？仁慈的主，要我們拯救靈魂。

梅特爾　「殘酷」？什麼叫殘酷，院長！比起殘酷的異端分子的殘酷行為，一切對異端的嚴厲懲罰都稱不上殘酷。對我宗教裁判所來說，從來沒有「殘酷」這個詞，而是對異端的決不寬容！

于佩蘭　這兩者沒有什麼區別。我認為對貞德的秘密審訊本身就是踐踏法律的行為。

梅特爾　太過分了，法官。你再幫倒忙就將你逐出法庭！

于佩蘭 我保留意見，主審官先生。

科雄 大法官閣下，恕我進言：對異端的寬容就是對天主的殘酷；對異端的憐憫就是對教會的殘踏。用不著我來旁徵博引天主的聖經和許多偉大的神學著作、聖公會的重要文獻，就足以證明異端的禍害，以及對它作無情鬥爭的必要性。大人，你是歐洲最出類拔萃的神學家，而且你本人還和我的老師、上級、極其可敬的理姆斯大主教勒內・德・夏特雷大人同事過，親自審問過牧羊女貞德。鑒於此，我們才仰仗你的大力。我們篤信：這回由你親自參與的對異端者貞德所進行的最後審判必將取得輝煌的勝利。

于佩蘭 我相信法庭會做出公正的判決，主教大人。

科雄 諸位，我順便指出，憑著天主的意志，榮耀地參加這回審判——第十五次審訊的人員，都是經過最後遴選的最公正、最虔誠的教會人士，它象徵著耶穌的十二位門徒。當然，如果有人公然願意充當猶大這角色，那麼我警告他，就算是紅衣主教也要遭到打擊，這是天主的意志！最後我鄭重地要大家警惕：當今世界上異端正改頭換面，標新立異，掀起一股比黑死病更猖獗、更可怕的逆流，(23)它嚴重地衝擊著基督王國的堤岸。這是絕對不允許的！天主教世界必將萬古長存！（全場鼓掌）

梅特爾 我完全贊同盧昂宗教法庭主持人、巴黎大學神學院院長、最高審判官科雄主教大人的義正詞嚴、提綱挈領、萬鈞之力的發言。我沒有多餘的話說了，做為主審官，我只想強調一下異端這個問題，如果主教大人恩准的話？（科雄點頭）我認為異端者有兩副面孔交替出現：豺狼般的兇狠、綿羊般的溫馴；兩套手法互為補長：餓虎般的攻擊、喪家犬般的乞憐。貞德即是這樣一個集眾惡於一身的大異端。我們決不可掉以輕心，對她抱有任何一絲惻隱心理或一閃念的疏忽，都會使我們來之不易，即將獲得的勝利付之東流。一旦造成那種不可想像的惡果，不僅我們每個人都將由於這種永不寬恕的罪過而被釘在恥辱柱上，更重要的是，就像尊敬的科雄主教大人並非危言聳聽所指出的那樣：「宗教就會滅亡、秩序就將崩潰、教會將被打倒、撒旦和不義將統治世界，由天主、基督耶穌所建立起來的至善至美、萬古昌盛的天主教王國就會毀滅！」因此，我再次告誡各位：必須無情地打擊異端、緊緊地圍剿異端、通過拯救和釋放而消滅異端！

科雄　（不耐煩）開庭！

梅特爾　將被告貞德押上法庭！

〔貞德腳鐐手銬地被兩名士兵押上。她萎靡不振、虛弱不堪。〕

〔梅特爾朝士兵示意，士兵會意地將貞德扶到罪人席的木凳上坐下，解去其手銬。〕

梅特爾　貞德你瞧！你要求法庭對你仁慈，你一有這種願望，我們馬上滿足你。而法庭曾多次要求你跟我們合作，驅走盤踞在你心中的魔鬼，你卻諱疾忌醫，無可理喻地加以拒絕。

貞德　（嘲諷）法庭的仁慈？（一掃委頓之氣）法庭的仁慈就是日日夜夜把我腳鐐手銬地鎖著，連我在睡覺、進餐、祈禱、審判時都給鬻進我的心裏！現在，你們僅僅做了一點很不像樣的改進，就要我忘卻法庭對我的殘忍嗎？

德拉木爾　法庭對你就得殘忍！

梅特爾　法庭對你的不寬容是你自己造成的，你已經有了記錄在案的兩次越獄潛逃的罪行。如果你發誓不逃，我可以下令解去你的束縛。（對士兵指指她腳上的鐐銬，士兵會意欲解。）

貞德　我沒有許過這樣的諾言。天助自主者，要是能逃我還想逃，我要去解放貢比涅人民，他們的城市被敵人包圍著。

波福　別做夢了，女巫！貢比涅已經在英國人手中。（貞德如遭當頭棒喝）我們還要命令異教徒和分裂教會者查理交出他非法篡奪的王冠！

貞德　（怒視，正氣逼人）我警告你牧師！不出七年，一場災禍就會落到英國人頭上，要比在奧爾良、巴泰的損失大得多呢。我還要對在座諸位法官預言：法蘭西國王查理七世將會收復他的國土，給你們自己留條後路吧！

〔法官席上響起了一片驚疑、斥責之聲：「胡說！」「放肆！」「住口！」「拿出證據！」〕

波貝爾　（狡黠地）這也是天主的聲音嗎，貞德？

梅特爾　（喊）安靜！安靜！

科雄　法庭不允許這樣亂來！貞德，在法官對你的審訊，你回答問題之前必須宣誓。來，將你的手按在《福音書》上宣誓，說你將如實回答法官向你提出的一切問題。

貞德　我已經宣誓了一百遍了，大人，我願意再做一次。不過，天主吩咐我不可說的，你們不要脅迫我說一句。

德拉木爾　火刑！火刑！綁她上火刑柱！

科雄　讓她宣誓！

〔貞德宣誓。〕

波貝爾　天主的聲音預言了法國的前途，為什麼不預言你的前途呢？這只有兩種解釋：要麼天主遺棄了你，要麼你的天主是魔鬼裝扮的。

貞德　不許你褻瀆神聖的天主！天主的聲音對我說過，我將升入天堂。在上次的審問中我已經回答你了，你不是很博聞強記嗎，博士大人？

〔眾哄笑。〕

梅特爾　不准喧譁！

波貝爾　（惱怒）女巫，跟你說話的是三個魔鬼：巴頤爾（首惡）、必哈默（巨獸）、撒旦；而不是你癡心妄想、胡編亂造的三位天使！

波福　「聲音」究竟是講法語還是英語，你說?!

德拉木爾　讓她交代偶像崇拜，這就證明她是異端，她從小就和魔鬼私通，圍著妖精出沒的魔樹狂歌亂舞。

科雄　（對德拉木爾等人）主審官再三強調，要緊緊環繞異端這個要害發問。而你們老是糾纏在一些雞毛蒜皮的枝節上，什麼仙女樹啦，英語啦……我告訴過波福牧師，不管「聲音」說英語還是法語，都是對我們的污辱，這是魔鬼的聲音！

梅特爾　我們必須要罪犯交代的是有關聲音、衣服、異象等問題。貞德，你——回答三位大人剛才提出的問題。

貞德　這些問題我都回答過了，你們為什麼還要翻來覆去地糾纏不休呢？哎，我回答。對我說話的確實是三位天使；魔鬼看見我的旗幟上繡有天主和聖母像時早就逃開了；再說魔鬼來時會發出瑞氣霞光嗎？來得最勤的是聖米迦勒，他穿的是鎧甲，有時外罩戰袍，他要我執行天主的使命——

波貝爾　（打斷）說謊！天主叫你發動戰爭，殺人流血嗎？

貞德　天主從來要我們維持和平；如果和平遭到破壞，那只有用戰爭來消滅戰爭，贏得和平！

于佩蘭　（不由自主）答得好！

波貝爾　（連珠砲地）是聖瑪格麗特和聖卡洛琳叫你憎恨英國人嗎？是天主叫你憎恨英國人嗎？說，不許延宕！

貞德　他們愛天主所愛，憎天主所憎。天主對英國人的愛憎我就不知道了，但我知道天主要將勝利賜給法國人民，英國人遲早要滾回到他自己的國土上去！

〔波貝爾啞口無言。〕

德拉木爾　你沒有回答我的問題，貞德！你竟要百姓膜拜你而不去信仰天主？人們跪在泥潭裏吻你的馬蹄，男人要你為他們的孩子洗禮，婦女要你觸摸佩帶的飾物……諸如此類的偶像崇拜，你還要狡賴嗎？

貞德　我只有一張口呀，而你們一齊發問幾乎震聾了我的耳朵。主審官大人不是要我一一回答你們的提問嗎？

德拉木爾　死囚，還賣弄口才？

貞德　我沒有要求他們做膜拜我的事，我婉言謝絕了婦女觸摸我身上的飾物；他們以為信任我就是信仰天主的恩寵，因為我是天主派來的，我打敗了侵略者，所以吃夠苦頭的百姓歡迎我。但沒有天主的恩寵，我什麼事也做不成。（神思恍惚，現出十分疲倦的樣子）

波貝爾　（突然發難）貞德！你現在還在天主的恩寵之中嗎？

于佩蘭　（驚叫）這是圈套！被告有權拒絕回答。

科雄　你再次犯規，院長。被告必須回答這個問題！

〔除了于佩蘭外，每個人激動的臉上露出按捺不住的亢奮神情，虎視眈眈地瞪著貞德。〕

貞德　（沉靜而爽朗地）如果我不在天主的恩寵中，我祈求他賜給我！如果我在天主的恩寵中，我祈求他繼續惠顧我。

〔驀地，會場死寂；人們大失所望，有的驚慌、有的寒顫、有的頹坐。〕

于佩蘭　（自言自語）難以想像，她能回答得這麼完美——《聖經》上說過，誰也不能知道這一件事。

羅澤賴爾　我昨夜勸說你的工夫都白費了嗎，貞德？你不是答應我做一個好的天主教徒嗎？剛才你的回答就不好：狂妄自大、模稜兩可，迴避實質性的東西，你總是把自己凌駕於教會之上。法庭即使對你過火了點，也是為了拯救你，你怎麼能用敵對態度？宗教法庭授命於教會，教會則是天主在人間的工具，這豈不是指責天主是錯誤之源？這是要下地獄的！天主在《福音書》裏說——

科雄　（打斷，煞有介事）羅澤賴爾神父！巴黎大學派大人來並不是跟她講道，而是協助我們拯救墮落者。貞德，你必須服從教會，否則你做為怙惡不悛的異端者，

貞德 將被燒死在火刑柱上！

我願意服從教會，但我更應該聽天主的！

梅特爾 瘋了！瘋了！你把神聖的教會比喻成與天主對抗的惡魔，沒有什麼言詞能形容我對這個萬分邪惡的異端分子的震驚和憎恨，當最後一個問題弄清以後，法庭將立即作出判決。貞德，你明明知道教會絕對禁止婦女穿男服，為什麼你一意孤行，至今還不肯換上女服？

〔眾震驚。〕

貞德 你，你們知道得比我清楚，難道還要我來揭穿嗎？

梅特爾 什麼意思，貞德？

德拉木爾 （搶著）猖狂！是你還是我們當法官，女巫？

科雄 （糾正）是異端！（對貞德）法庭是公正而賢明的，如果你的招供不是攻擊，也不是偽證的話，那麼你就大膽地說吧。

貞德 我穿男人的衣服是天主的恩准，天主啟示我去解放祖國，我早在希農和波亞迭法庭上就得到教會的審查和通過，主持人還是主教大人你的（學著科雄的腔調）「老師、上級、極其可敬的理姆斯大主教勒內・德・夏特雷大人。」不信，請大人調來卷宗查閱！

于佩蘭　我可以作證。當時，我參與了對貞德的全部調查和審訊，法庭最後宣判：號稱為「少女貞德」的姑娘，是個善良的基督徒和天主教教徒，值得「主的眷顧」。

科雄　你混淆了自己的職責，于佩蘭！異端者無權得到辯護。誰若蓄意庇護，誰就以支持異端懲處！

波貝爾　你在戰爭中穿男服似乎還可理喻，貞德，可是三個月來你已經在教會的保護下了，怎麼仍不肯脫下男服，難道要對教會宣戰嗎？

梅特爾　問得好，博士；回答問題，貞德！

貞德　這正是我竭力揭露而你們不許我揭露的要點，瞧瞧！（**指著被撕破的衣服處露出的傷痕**）還要我說得更明白嗎，大人？我穿著男人的服裝，這些色中餓鬼（**怒指英國兵**）尚且這樣對待我；一旦我換上女人的衣裙，恢復我女性的本來面目，早被他們強暴了！如果教會把我關在女牢裏就不會有這種不幸，可是你們置之不理，一笑了之。

波福　污蔑！污蔑！你侮辱我們英國人，是你們法國人幹的，是看守你的法國兵幹的！

〔**座位上一陣不滿，騷動。**〕

貞德　是的，在侮辱我的看守中，有不爭氣的法國人，但更有你們下流的英國兵！

波福　你自己才放蕩下流！交代你的驕奢淫逸、鋪張浪費，你侵吞了多少財產，貞德？

科雄　（被觸痛）閉上你的臭嘴，波福！主審官大人一再告誡我們不要忽略主攻方向。（對貞德）如果你能證明自己說的不是偽證，我會叫他們的長官、尊敬的沃爾維克伯爵閣下，將這幾個違法士兵交軍事法庭審判。

貞德　（冷笑）在那些饞涎我的肉體，一心想姦污我的禽獸中，還有（怒指科雄）你科雄主教大人和沃爾維克伯爵閣下！

〔全場譁然，眾目睽睽使科雄成了眾矢之的。〕

〔科雄狼狽不堪，額汗淋漓。〕

梅特爾　判決！判決！諸位法官，事實再清楚不過地表明了被告拒絕教會對她的拯救，並變本加厲地惡毒攻擊教會、誹謗聖職人員。對此，我們只得對她付之火刑。

〔全場氣氛熱烈。〕

貞德　（突然大叫）帶我到教皇那兒去！

〔法庭氣氛頓時寒凝。〕

梅特爾　（震驚）該死！

〔除面露笑容的于佩蘭外，均驚恐萬狀。〕

科雄 （回神）各教區的主教和宗教裁判員，就是教皇的代理人！就算你能到羅馬去告我，梵蒂岡還是聽我的！

〔劊子手上。〕

劊子手 一切準備就緒，大人。

梅特爾 貞德！你好好瞧瞧：火刑柱已經豎起、木柴已經堆高、燃薪已經燒紅，劊子手前來執行他的使命。

〔陽光消退，天色陰暗，火焰的投影在地上跳蕩。〕

梅特爾 你是否悔過，貞德？（拿出一張摺好的紙）

德拉木爾 （揮舞字紙）你是具結悔過，還是上火刑柱？

〔貞德驚惶失措，猶如夢遊者茫然不知。〕

羅澤賴爾 （離席，走到貞德身旁，用動人的語調勸道）怎麼啦，貞德？快照我教你的去做，在悔過書上簽字，否則你會被活活燒死，你的靈魂將永墮地獄。答應我吧，我為了你險些也被當作異端……只要你悔過，你就會無罪釋放，至少會從大兵們看守的世俗監牢裏轉到教會監獄裏，你就能穿上女人的服飾，不用擔驚受怕了。（與此同時，科雄命令讀判決書）你聽呀，法官在宣布對你的火刑判決啦！

〔德拉木爾裝腔作勢地宣讀判決書。〕

波貝爾　貞德，教會要你服從，你不服從它就棄絕你，把你像異教徒一般燒掉！

貞德　（心力交瘁）我……悔過就是。

羅澤賴爾　讚美天主吧，阿門！(24)（回到座位）

德拉木爾　被告貞德，這是你的悔過書。我讀一句，你跟一句。（貞德神不守舍地跟著念）《悔過書》：「我，牧羊女貞德犯了很多罪過，在英明的宗教人士的幫助下，我決心具結悔過、洗心革面，以善良的意志回到神聖的教會懷抱。為了讓天下人知道我的誠心誠意，並告誡人們不要重蹈覆轍，我把所犯的全部罪過徹底坦白。所有我說的關於天主、聖米迦勒、聖女向我啟示的事，都是我捏造的謊言。今後我決不再反抗教會，並渴望跟教會融為一體。以上是我的宣誓。貞德。一四三一年五月三十日。」（乘貞德神思恍惚，將另一份字紙換過，眾人視而不見。）請在悔過書上簽上你的名字。

貞德　（歉意）我不會寫字。

書記員　來，我幫你簽，貞德！（握著貞德的手簽）

于佩蘭　（喊道）陷阱，貞德！這裏面有——

科雄　（怒喝）掌嘴！給我掌嘴，劊子手！

〔劊子手衝上前去，打于佩蘭嘴巴。〕

于佩蘭 陷阱！我抗議！

科雄 叫他閉嘴！猶大！（劊子手死捂于佩蘭的嘴）將這個叛徒關入監牢！

〔劊子手一邊掩他的嘴，一邊將其拖下法庭。〕

貞德 （驚呼）于佩蘭院長！大法官！你們這是幹什麼？

科雄 你看見了嗎，貞德？于佩蘭位高權重，身為修道院長、大法官，觸犯法律，照樣嚴懲不貸！而你牧羊女貞德縱然罪大惡極，人微言輕，由於悔過自新卻能得到寬大處理。

貞德 履行法庭對我的寬恕吧，大人。

科雄 鑑於被告貞德宣誓悔過，本法庭宣布撤銷開除貞德教籍的前款判決，讓她重新回到仁慈的教會，並享受禮拜、領聖餐等恩惠。然而——（故意一頓）她對天主和教會犯下的深重罪孽是需要時間和苦修才能贖清的。因此，神聖的宗教法庭經過最慎重的研究作出判決如下：被告貞德永遠監禁，吃苦惱的飯、喝煩悶的水！（奸笑）把她押回原來的監獄！

貞德 （如遭雷擊，呆怔半晌，爆發似地）主啊！（昏了過去）

科雄 （氣急敗壞）快快！不能讓她死，異端！

〔科雄和法官們離席圍著貞德。〕

〔士兵們手忙腳亂地用水澆貞德。〕

〔沃爾維克上，站在門口。〕

波福　（衝來朝科雄揮拳）你是個叛徒，你休想得到那份美缺！

〔沃爾維克衝進來，扼住了波福的手腕。〕

波福　你沒有聽見他要讓女巫上天堂，而我們要她下地獄，伯爵？

沃爾維克　你也太過分了，主教大人！

梅特爾　放心吧，我們決不會使你們失望的！

〔貞德緩緩醒來，痛苦不堪。〕

科雄　你又反悔了，貞德？

貞德　（憤怒）你欺騙了我，科雄！還有你羅澤賴爾！（環顧四周）你們都欺騙了我！我悔恨自己軟弱受騙，由於懼怕火刑而被迫發假誓，這是我一生中的污點，唯一的污點……剛才我已經向天主請求寬恕，我願意為說真話而走上火刑臺！我是天主派來的：是三位天使把天主的啟示帶給我的。

科雄　（當頭棒喝，發狂）你是個死不改悔的異端！

〔全體叫囂：「火刑！火刑！火刑！」〕

科雄　（轉身而去，擁抱波福、沃爾維克）恭喜，你們勝利了！祝賀吧，她徹底完蛋了！

沃爾維克　我剛剛獲悉一個好消息，主教大人。我榮幸地向大人宣布：英國教會命您榮任盧昂大主教的聖職。

〔眾歡呼。〕

科雄　太謝謝啦，謝謝啦！

梅特爾　我的預言怎麼樣，人人？

貞德　下流！下流！我預言你們這罪惡的一群將被釘在恥辱柱上，遭到法國人民和天主教徒的唾棄！

梅特爾　（驚慌）判決！判決！宗教法庭終審結果如下：「異端者貞德犯有異端邪說、旁門左道、招神弄鬼、妖言惑眾、分裂宗教、偶像崇拜、離經叛道、不敬神祇、破壞和平、發動戰爭、擅穿男服、僭越軍職、愚弄王儲、竊佔聖寵、盜名欺世、背叛教條、舊罪重犯、死不悔改等二十二條罪名。故判決將異端者貞德永遠逐出教會，交付世俗機構，並建議其判處貞德死刑！」

科雄　（糾正）宗教法庭並告誡世俗機構判處異端犯貞德火刑，立即執行！

波福　沃爾維克（朝士兵下令）將異端犯貞德押出去處以火刑。

貞德　（一陣戰慄，痛苦）啊……我還這麼年輕，（士兵揪住她，掙扎）你們如此狠毒、如此殘忍，把我純潔無瑕的身體燒成灰燼！與其這樣慘死，我寧可被砍頭七次……（科雄過來，還想對她說什麼，貞德義憤填膺地怒叱）我是被你害死的，科雄！我要叫你們站到天主的法庭上接受審判，承擔罪責！（被押下）

〔科雄和在場者均不寒而慄，呆若木雞。〕

〔瞬間，黑暗籠罩全場，全體下，布景移去。〕

〔舞臺左面右角置一高臺，臺下燃燒的烈火映出貞德殉難的形象。〕

〔貞德頭戴罪帽、身穿白色長袍、懷抱十字架被綁在火刑柱上，喃喃祈禱。〕

〔黑暗中響起了人們的啜泣聲。〕

貞德　（音容漸漸被火焰和《救主升天歌》的樂曲淹沒）祈福……法蘭西……解放……國土……天主呀！

〔空中響徹天主的聲音：「貞德，你的心願一定會實現！來吧，我的女兒……」〕

——劇終

注釋：

(1)《布勒芒的仙女樹》：歌詞轉引自馬克・吐溫的長篇小說《冉・達克》。

(2)聖米迦勒：法國守護神。

(3)克洛維：（四六五～五一一）法蘭克王國墨洛溫國王，原為法蘭克王族撒利克部落首領，於五世紀在今法國北部建國。

查理大帝：即查理曼（七四二～八一四）法蘭克王國加洛林王朝國王。西元八〇〇年由羅馬教皇加冕，號稱「羅馬人的皇帝」。法蘭克王國才成為查理曼帝國，在位時曾使法國進入全盛期。

(4)聖瑪格麗特、聖卡洛林：傳說為聖母瑪利亞殉難的聖女。

(5)百年戰爭：一三三七～一四五三年英法兩國之間因爭奪富饒的佛蘭德斯和英在法境的封建領地而引起的戰爭。英軍由克勒西（一三四六年）、普瓦提埃（一三五六年）及阿金庫爾（一四一五年）等戰役大敗法軍，後為貞德抵抗而獲得最後勝利。

(6)王太子查理：即後來的查理七世（一四〇三～一四六一）查理六世第十一子。

(7)大衛：（前十一至前十世紀）古以色列王國國王，他統一猶太各部落建國，定都耶路撒冷。童年時曾戰敗並殺死非列士人首領歌利亞。

(8)紮克雷：得名於「呆紮克」，意即「鄉下佬」。一三五八年法國北部的農民大起義。

(9)湯瑪斯•阿奎那：（一二二六～一二七四）中世紀著名神學家和經院哲學家，主要著作《反異端大全》、《神學大全》。

(10)瓦羅亞王朝：法國王朝（一三二八～一五八九）因創建者腓力六世的封地瓦羅亞而得名；百年戰爭期間法軍屢敗，王權一度衰落，路易十一世在位時基本上完成了法國統一。

(11)查理六世：（一三六八～一四二二）法國國王，綽號「可愛的查理」、「瘋子查理」，於一三九二年發瘋。

(12)奧古斯丁：（三五四～四三〇）羅馬帝國著名的基督教思想家，教義哲學的主要代表，著作有《懺悔錄》、《論上帝之城》。

安瑟倫：（一〇三三～一一〇九）歐洲中世紀基督教思想家，實在論主要代表者，有「最後一個教父和第一個經院哲學家」之稱，著作有《獨白篇》等。

(13)黑王子：（？～一三七六）威爾斯親王，英王愛德華三世之子，百年戰爭初年曾重創法國軍隊。

(14)阿金庫爾之戰：百年戰爭後期一次重大戰役，一四一五年英軍在法國北部的一個名叫阿金庫爾之地大敗法軍。

(15)賢人查理：即查理五世（一三三五～一三八〇）用名將蓋蘭克大敗法軍。

(16)亨利六世：（一四二一～一四七一）英國國王，出生後繼承父王王位和外公查理六世兼任法國國王。

(17)里佛：法國古幣，與法郎是一比六。
(18)宗教裁判所：即宗教法庭，天主教會偵察和審判「異端」的機構。十三世紀由羅馬教皇格列高利九世正式建立，主要設在法、義、西班牙等國，殘酷鎮壓異端和一切揭露教會黑暗、反對封建統治的人，包括一切進步思想家、自然科學家，查禁和銷毀進步書籍，扼殺進步思想言論。
(19)瓦特・泰勒：（？～一三八一）英國農民反封建起義領袖。吉奧・喀爾：（？～一三五八）法國紮克雷起義首領，失敗後被俘犧牲。
(20)異端：指違背「正統」教義的思想、學說等。
(21)望彌撒：天主教主要宗教儀式，該教稱此儀式是重複耶穌在十字架上對聖父的祭獻。儀式的主要部分是由神父將一種無酵麵餅和葡萄酒「祝聖」後，稱其已變成耶穌「聖體」、「聖血」，並進行分食（教徒僅食麵餅），教徒參與儀式，叫「望彌撒」。
(22)釋放：在宗教上的意義是將異端交給世俗政權去懲辦，同時又顯示其「仁慈」。
(23)黑死病：十四世紀中葉發生的大瘟疫，使歐洲人口銳減三分之一，歷史空白了二、三十年。
(24)阿門：意為「真誠」。猶太教徒和基督教徒祈禱結束時的常用語，表示「誠心所願」。

普希金
—詩歌 愛情 自由—
（五幕詩劇）

世界上第一部描繪普希金文學生涯、
戰鬥一生的詩劇

謹以此獻給偉大的俄羅斯人民，
並紀念不朽詩人普希金誕生 210 週年

只有從普希金的時代起，才開始有了俄國文學，因為在他的詩歌中跳躍著俄羅斯生活的脈搏。

——（俄國）別林斯基

巨人普希金，是我們最偉大的驕矜和俄羅斯精神的最完美的表現。

——（蘇聯）高爾基

序言

我們難以想像英國能沒有莎士比亞，同樣，我們也無法想像俄國能沒有普希金。如果把俄羅斯乃至蘇聯的第一流詩人列出來：茹柯夫斯基、萊蒙托夫、涅克拉索夫、布洛克、馬雅可夫斯基、葉賽寧、阿赫瑪托娃、特瓦爾多夫斯基……與普希金比較一下，我們就能理解別林斯基、岡察洛夫、高爾基等傑出的蘇俄評論家、文學家對普希金所做出的中肯愷切的評價：「只有從普希金起，才開始有了俄羅斯文學，因為在他的詩行裏跳動著俄羅斯生活的脈搏。」「普希金是俄羅斯藝術之父和始祖，正像羅蒙諾索夫是俄羅斯科學之父一樣。」「普希金的創作是一條詩歌和散文的遼闊的光輝奪目的洪流。此外，他又是將浪漫主義同現實主義相結合的奠基人。」

普希金的作品，不但深刻地影響了蘇俄文學的發展，而且給中國文學也帶來了巨大影響，即使在六〇年代初期中蘇關係全面破裂後，它依然存在。普希金及其俄蘇的優秀作家仍在中國作家和文學愛好者心目中享有威望，成為學習的榜樣。可是，八〇年代末，隨著蘇聯的解體、中國的改革開放，商品經濟大潮橫掃這些國家之後，傳統的價值觀念被衝擊，文學的社會功能一落千丈，人們被物質利益蠱惑了心靈、被消遣文化迷塞了耳目、被現代化風魔了頭腦。猶如德國哲學家尼采在一百多年前預言的那樣：人變得又自私又庸懶又頹廢，一切只是為了金錢和增加財富。往昔受人尊敬和學習的文學大師被當作偶像崇拜而推倒，代之以新的偶像崇拜；現代主義詩壇的先鋒們，對普希金嗤之以鼻、不屑一顧，批評他的詩作平庸無奇、一覽無遺、沒有立體感、不像多稜鏡、盡是大白話、形式早已過時等等。其實，這種故作高超、自以為是的論調並不新鮮、也非高明，普希金同時代的一些「批評家」早就這樣貶低過，例如布林加林。而被布氏所吹捧的能蓋過普希金的詩人班涅傑克托夫之流的「傑作」，當時曾轟動一時，如今誰會記得？兩者所不同的是：後者否定普希金主要是出於政治目的，前者否定普希金是在文化層面上的。

於是，筆者作為一個詩人和普希金詩歌的愛好者，決定用文藝形式來捍衛普希金。令人遺憾的是，像普希金這樣一位偉大詩人和俄羅斯近代文學的奠基人，他的許多作品被改編成歌曲、歌劇、舞劇、戲劇、電影……可是，至今還沒有一部描繪其文學生涯、戰鬥一生的詩劇。所以筆者創作了《詩歌 愛情 自由》這部詩劇。當然，對「批評家」詆毀的最好的回答，應該是普希金自己。

普希金在《紀念碑》這首名詩中作了這樣的自白：

哦，詩神繆斯，聽從上帝的意旨吧，
既不要畏懼侮辱，也不要希求桂冠，
讚美和誹謗，都平心靜氣地容忍，
而不要和愚妄的人空作爭論。

普希金的詩就像大海那樣，有時洶湧澎湃、巨浪滔天；有時波平浪靜，宛然如睡，但它始終不息地在奔流！而每個時代的眾多既平庸又狂妄的詩人，他們的詩歌猶如賣藝小丑的叫喊一樣，也許能贏得一時的喝彩和錢幣，但之後就像一堆糞土、垃圾而被唾棄、掃除！

劇情簡介

彼得堡著名的沙龍，卡拉姆辛的客廳嘉賓雲集、高朋滿座，青年詩人普希金成為注目的中心：跳舞、喝酒、逞能、爭鬥……宮廷詩人茹科夫斯基為了「懲罰」普希金的姍姍來遲，命其獻詩。普希金即席朗誦，贏得了滿堂喝彩。普希金的同窗好友普欽把思想家恰達耶夫介紹給詩人，得到了後者的友誼與鼓舞。

普希金的創作天才受到社會的公認與讚美，但他的激進思想也遭致官方的警惕。某報主編布林加林強要買下普希金的詩稿，警察局長又奉命搜查他的「反詩」。普希金靠了僕人柯茲洛夫的機智和總督米洛拉多維奇的幫助，逃過了一劫。

然而，普希金逃不出沙皇亞歷山大的魔掌，被處以流放，接著押解到其父母的領地米哈伊洛夫斯克村軟禁。當局監視他、父母敵視他、村民躲避他，只有奶娘阿琳娜才是其唯一的親人，陪伴他寫作、戀愛、遊戲，打發百無聊賴的日子。有一天，他瞥見了夢中情人凱恩的倩影，彼此心心相印，但凱恩早已嫁人；兩人度過了珍貴而難忘的短暫相會。臨別，普希金贈給心上人情詩：《給凱恩》。

同年年底，莫斯科爆發了十二月黨人的起義，起義隨即失敗。新沙皇尼古拉迅即對起義者進行了殘酷的鎮壓：處決、流放、監禁……但他憂心忡忡、惶恐不安；從政治犯的身上都搜到了叛亂的罪證：普希金炮製的反詩。沙皇決定改變策略，召回普希金，赦免其罪過。正當沙皇沾沾自喜其開明、寬容，普希金卻去為押解上路的流刑犯送行，並讓伴隨丈夫同去西伯利亞的瑪麗雅・沃爾康斯卡婭捎去一份給十二月黨人的「禮物」：《致西伯利亞的囚徒》。

沙皇雖然對普希金「恩赦」，但對他的桀驁不馴不敢掉以輕心。上流社會串通一起對普希金予以迫害：嚴加審查普希金的作品、邀請普希金夫人岡察羅娃出入宮廷舞會、貶低普希金的天才、賜於普希金「宮廷近侍」職務、引誘岡察羅娃對丈夫不忠、投寄匿名信……詩人內外交困、債臺高築、文思枯竭、心力交瘁，忍無可忍之下，只得向勾引其妻子的惡棍、法國波旁王朝流亡者丹特士挑戰。決鬥中，丹特士卻用卑鄙的手段槍殺了詩人。但是，普希金詩歌的聲音卻在俄羅斯的天空和大地發出隆隆雷鳴。

人物表

普希金，亞·謝　（一七九九～一八三七）俄國大詩人
娜泰麗婭·尼·普　普希金之妻
李沃維奇·謝·普　普希金之父
奧西波夫娜，娜·普　普希金之母
恰達耶夫·彼·雅　普希金之友、近衛軍軍官、哲學家、十二月黨人
普欽，伊·伊　普希金之同窗，十二月黨人
沃爾康斯基，謝·格　十二月黨人
茹科夫斯基，瓦·安　宮廷詩人
卡拉姆辛，尼·米　作家、歷史學家
卡拉姆辛娜，葉·安　卡拉姆辛之妻
凱恩，安·彼　普希金女友
瑪利亞，拉·沃　普希金女友、沃爾康斯基之妻
阿琳娜·羅　普希金之奶娘

柯茲洛夫，尼基塔　普希金之僕人
丹札斯，康・卡　普希金之同學、決鬥副手、中校
米洛拉多維奇・米・安　公爵、將軍、彼得堡總督
沙皇　尼古拉一世
涅謝羅傑，卡・瓦　伯爵、外交部長、首相
蓋克倫，德・路　男爵、荷蘭駐俄公使
丹特士，喬治　法國保皇黨人、俄國禁衛軍中尉。殺害普希金之兇手
布林加林，法・雅　《北方蜜蜂報》出版者，密探
X　彼・弗・多爾戈羅科夫。公爵、匿名信作者
達爾夏克，德・奧　子爵、法國公使參贊、丹特士之副手
侍者、賓客、士兵、軍官、局長、員警、大臣、群眾、神父等。

時間：一八一六～一八三七
地點：俄羅斯

第一幕

〔俄曆一八一六年六月三十日。〕
〔彼得堡・卡拉姆辛家。(1)〕
〔客廳。來賓或站或坐東一簇、西一簇地在交談。〕
〔恰達耶夫(2)和普欽上。〕

恰達耶夫 呵，高朋滿座、佳賓雲集，高談闊論、歡聲笑語。
首都沙龍要數卡拉姆辛家為庸中佼佼。
彼得堡的良知、俄羅斯的精英、奧林匹斯的繆斯，
在這兒風雲際會，猶如群星閃耀；
還有名媛淑女，眾星捧月、光彩照人。
我真是無比榮幸，聆聽受教！

普欽 您過謙了，高貴的恰達耶夫！
您比我們僅僅早幾年出生世上，
卻成為同學們崇拜的英雄、精神上的導師。
您戎裝畢挺，綬帶鮮豔，獎章叮噹！

恰達耶夫

您的額上留下了抵抗侵略者的創傷，
您的眼裏憂慮著俄羅斯的生死存亡……
明天，我要進入軍界，以您為榜樣，
讓艱苦的軍營生活、戎馬生涯
和鮑羅金諾的戰鬥精神鍛鍊我飛快成長。(3)
歡迎你，親愛的普欽！
你已經成為我的戰友、同道。
在國家多事之秋，我們貴族青年，
肩負神聖的使命，軍人的頭腦應比馬刀更重要！

普欽

您是指該死的奴隸制，推翻暴政？
呵，請原諒我，太不謹慎小心……
您好，尊敬的茹科夫斯基！(4)
您好，布林加林！
（與走過的茹科夫斯基、布林加林打招呼）

恰達耶夫

普希金？我們也在尋找普希金。
他布林加林——一個心懷叵測的小人！
普希金，沙龍的寵兒、詩壇的驕子！
我聽說上流社會到處出沒他的身影，

舞會上充好漢、酒席上逞英雄；
誰家舉辦舞會，他總是不請自來，捷足先登！
如今我特來聖山朝拜這位繆斯，
誰知他未卜先知，毫不領情。

普欽　不不，他對您同樣心儀，
期待有一天促膝相談，傾訴衷腸。
你們是俄羅斯蒼穹的雙子星座，
將給多災多難的同胞帶來自由和希望：
我瞭解這位同窗猶如自己的兄弟，
在皇村中學，他以調皮搗蛋、舉止荒唐，
成績低下而被校方深惡痛絕，
只有文壇前輩才預言他是雄鷹不受羅網。
搏擊長空之前，他在砥礪爪牙和雙翼……
他一定會來！瞧！那不是普希金，我的學長？

〔卡拉姆辛與其夫人坐在一邊交談。〕

卡拉姆辛娜　這個孩子像個小愛神，到處亂射箭，
射中我這半老徐娘，已有子女雙雙。

卡拉姆辛　他給你寫情詩？真是胡鬧！

你怎麼回復他？你為何對我一聲不吭？

卡拉姆辛娜　瞧你！我會把孩子的泛愛當作真情？

瞧你！我會拋棄夫君、家庭，跟他私奔？

瞧你亂吃醋？是你寵壞了他！

我收到他的書信是在今天早晨……（掏信）

卡拉姆辛　（接信，輕輕念道）

「親愛的卡捷林娜・安德列耶夫娜：我愛您！

自從一見到您的倩影，我就愛上了您。

您那高貴的氣質、動人的魅力、聖潔的情感，

使我愛情的火焰熊熊燃燒，不能自制，

要是您拒絕這顆赤誠之心，

我就毫不猶疑地訣別人世；

要是您接受它，我就敢於向全世界挑戰。

您的一句話，就能決定奴僕的生死！……」

哈哈。

〔兩人大笑。〕

〔普希金上。〕

〔眾歡呼：「普希金！」「普希金！」〕

普希金 女士們！先生們！晚上好！
我，亞歷山大‧謝爾蓋耶維奇‧普希金大駕光臨！
又要像蟋蟀那樣蹦蹦跳跳、吵吵鬧鬧，
叫你們一會兒興高采烈，一會兒喪氣灰心。

恰達耶夫 好一頭蟋蟀！普希金出場固然不凡。
瞧他不修邊幅、狂放不羈，沒有一點斯文，
他和這個握手，那個接吻，跟第三個插科打諢，
他頭髮鬈曲、肩膀寬闊、目光炯炯，
與其說他是來自阿比西尼亞的格爾奧——
黑非洲的詩神，
毋寧說他更像是上天賜給俄羅斯的阿波羅——
光明、青春、詩歌的太陽神！

普欽 您如此看重他，我去喚他來！

恰達耶夫 不，讓人們爭先恐後地分享榮幸，
我們在一邊靜靜等待。

布林加林

尊敬的普希金閣下，
您是俄羅斯詩壇的南面王。
我代表敝社全體同仁和我本人，
向您致以最崇高的敬仰、
最衷心的祝福、最殷切的期望，
您的大作將在敝報發表，請您賞光。
呵，請允許鄙人自我介紹：法·雅·布林加林，
在《蜜蜂報》把主編擔當。

普希金

呵哈，布林加林先生，
我這個懶惰而差勁的學生，
常常需要擔當大任的老師把作文斧正。
譬如將北國當成「南面」，
在三位一體加首碼詞「最最」；
我的成績在學校裏排名末頁末名，
我只會瞿瞿，不會嗡嗡，和你嚶嚶唱和，
否則，我一定恭敬不如從命。

〔眾哄堂大笑。〕

布林加林

您……

茹科夫斯基　別開玩笑了，普希金！
你為何姍姍來遲，叫大家等你一人？
我們要罰你——

普希金　一桶美酒？好，拿酒來！
伏特加！威士忌！不，要法國的波爾多！

茹科夫斯基　一首詩，罰你給大家即席獻詩！
如果不孚眾望，才賞給你波爾多美酒。

〔眾：「即席獻詩！即席獻詩！」〕

普希金　請原諒我姍姍來遲，
行前我被繆斯絆住了腳踵，她要我帶份禮品，
獻給文壇泰斗、我的老師茹科夫斯基和卡拉姆辛以及諸君，
現在我就來朗誦拙詩，請你們不吝批評：

祝福我吧，詩人……在巴特農神廟，
我對著繆斯跪倒雙膝，戰戰兢兢，
我懷著希望飛上了危險的途徑，
菲伯為我抽籤，豎琴是我的命運。
……

我對未來充滿了大膽的信心，
不朽的創作者呀，詩園的後繼，
你們給我指出了遠方的目標，
我要憑勇敢的幻夢向「不可知」飛翔，
似乎你們的精靈正掠過我頭上。
……
我要勇往直前，向遠方注目，
一面贊助學術，一面受你的支助，
我不怕他們的惡毒；
對於我，堅定的卡拉姆辛和你就是楷模。
……

〔全場響起熱烈的掌聲。〕
〔茹科夫斯基緊緊擁抱普希金。〕
〔卡拉姆辛熱淚盈眶。〕

普希金 波爾多！波爾多！我要痛飲波爾多！

侍者 來了！來了！這是陳年佳釀，真正的波爾多！

卡拉姆辛娜 普希金！到這兒來，普希金！

普希金 敬愛的夫人，我奉您的命令飛馳而來。
卑微的普希金向您致意……我的信……密信？

卡拉姆辛娜 什麼信呀？你給我的密信?!

普希金 小聲些，小聲些，夫人。
裏面只有你我才能知道的秘密，一早送來的信。

卡拉姆辛 情人的秘密？是不是這封信？

普希金 天哪！叫我如何是好？是……不是……

卡拉姆辛 你在裏面寫些什麼？
一個可以作你母親的人、
一個是你師長的愛妻，
你卻要她做你的情人？

普希金 不不，我是無辜的。
我愛夫人不是出於卑下的肉慾，
而是精神，柏拉圖式的愛情。
您知道但丁和佩雅德麗采素未謀面，
但詩人創作的《天堂篇》是他倆愛情的結晶。

卡拉姆辛　我不想以長篇大論、名言聖經來教訓你，
但你要記著我們對你的期望，
猶如你在詩裏所唱的那樣：
俄羅斯需要真正的詩人，
而不是色鬼浪子、拜倫筆下的唐璜。

普希金　我錯了，再也不敢……
恩師、還有師母寬恕……信、信？

卡拉姆辛娜　哎，你怎麼能這樣，把孩子嚇哭了？
我們年輕時就沒有過失？

卡拉姆辛　這事就不必提了，親愛的。
普希金，你不是對歷史上那個「混亂時代」頗感興趣？
待會兒到書房裏來，我給你看，
剛出版的拙著——《俄羅斯國家史》

〔卡拉姆辛娜拿過信，撕掉。〕

普希金　（親吻卡拉姆辛夫婦）烏拉！伯里斯．戈都諾夫？
那個謀王篡位者在我心頭復活！

〔樂曲奏起，翩翩起舞。〕

卡拉姆辛　去吧，親愛的普希金！去找你心愛的姑娘跳舞、戀愛、獻上情詩。

普希金　（邀舞）

親愛的黛利亞！快來吧，我的美人！
愛情的金星已出現在天空啦；
月亮正靜悄悄地滾過去。
快來吧——你的阿爾古斯遠遠地走開，
深夢把它所有的眼睛閉上。
讓我們共舞一曲，小步舞曲，華爾滋，
黛利亞！來到我的懷抱吧。

〔賓客們交換舞伴繼續跳舞。〕

〔恰達耶夫和普欽坐在一角觀看。〕

普希金　（邀舞）

娜塔莎，我的光明！你在哪兒？
我怎能不流著辛酸的淚？
難道你就不肯和你心頭的朋友，
共處一會兒時光？

為什麼我久久遇不見你？
讓我們共舞一曲，瑪祖卡，加伏特，
娜塔莎，幸福嗎？
我們已成了舞會的中心！

〔舞曲終了，各自歸座。〕

普希金 （瞥見）她是誰，年輕漂亮，壓倒群芳？
我的心靈從未如此激盪。

軍官 我的表妹，安娜，彼得羅夫娜・凱恩。
她由父母做主，嫁給了凱恩將軍——
一個上了年紀的老翁；
明天就要離開彼得堡赴任。

普希金 呵，世界上真有這樣迷人的美人嗎？
為什麼含苞欲放的鮮花要插在牛糞上？
瞧！她比那埃及女王高傲，冷若冰霜；
不管怎麼說，許多美人兒也會入地獄。
中尉，你去問問凱恩女士：
入地獄，她想不想？

軍官　表妹？

〔凱恩上。〕

凱恩　我自己回答他，我不想入地獄！

普希金　我也不想入地獄；否則我再也見不到凱恩女士。

凱恩　謝謝，我丈夫在門口等著，再見！

普希金　再見，凱恩女士……
我自以為能贏得美人兒的芳心，
她卻在我心窩捅了一刀；
是我傷害了凱恩。
我將一輩子悔恨，默默為她祝福……
永別了凱恩，在我面前一閃而過的倩影！
拿酒來！波爾多，波爾多！
一醉解萬愁，讓我在忘川裏擁抱愛神。

侍者　酒神早就在小心地把你侍候，
醇酒、美女是詩人不可或缺的寶貝。
閣下，願您喝個爛醉，溫柔鄉里逍遙。
酒神萬歲！美女萬歲！詩人萬歲！

普希金　酒杯滿斟，酒味濃烈，酒漿閃光！
頭腦昏暈、心靈灼熱、身軀飄蕩……
一杯又一杯，我要把波羅的海的酒水全喝光，
與狄俄尼索斯爭雄、叫波賽冬絕望。

侍者　閣下您……

茹可夫斯基　你不能再喝了，
亞力山大・謝爾蓋耶維奇！

普希金　都給我走開！我只喝了滄海一粟……
波爾多！波爾多！波爾多！

〔眾唱：「醉了！普希金醉了！」〕

布林加林　誰說普希金喝醉？他自己才是酒鬼！
我發誓：偉大的詩人比誰都清醒！
繆斯和酒神是一對孿生兄弟，
憑藉酒力，靈感噴湧，天馬行空。
喝吧！痛快地喝吧！天才的頌歌即將誕生，
卑微的我祈求您的恩寵！

普欽　（奪過酒杯）住手，布林加林！

布林加林 你出於什麼心計要灌醉詩人，
讓他在酒精的烈焰中幹出反常的舉動，
好隨你的心，為你們披掛上陣？
你這乳臭未乾的小兒，
敢來教訓我堂堂正正的君子？
我完全出於好意：天才詩人的使命，
就是在酒神的引導下，全心全意地
歌唱愛情、帝國、沙皇。
來！普希金，我為您敬酒致意。（奪回酒杯）

〔廳堂裏一片噓聲。〕

普欽 親愛的學友，你別聽他的！
我是普欽，伊凡・伊凡諾維奇。

布林加林 讓您的學友見鬼去吧！
只有我布林加林才是您真正的朋友！

恰達耶夫 您是真正的朋友，還是真正的敵人？
憑您剛才的舉動，我們已知端倪。
若是您再不知趣，乖乖地滾蛋，

布林加林

我的利劍將教會您做人的道理！

普希金

救命！普希金閣下快快救命！
那個兵痞竟敢在大庭廣眾持刀行兇，
只因虔誠的信徒對太陽神膜拜；
這是對您的大不敬，令人淚水洶湧。

普欽

決鬥！決鬥！決鬥！
哪怕為一點小事我也不能忍氣吞聲，
何況有關我的名譽、德行和揚善罰惡的大事。
拿劍來！我要你這恃強凌弱的丘八斃命！

布林加林

你瘋了！這是恰達耶夫——
你朝思慕想渴望一見的英雄！
他特地來看望你；你卻自甘下賤、
出乖露醜、認敵為友，令人心痛。
閣下！你休聽他倆胡說八道、狼狽為奸！
一個是懷有二心，不守本份的武夫；
一個是荒廢學業，熱衷異端的差生；
他們在引您入歧途，當心掉頭顱！

普希金　呵哈，在涉及到頭顱落地、生死攸關的關頭，
普希金不會糊塗到被人牽著鼻子走。
我想和他們兩位說說笑話、打打橋牌；
如果您有雅興，明天早晨在黑松林決鬥。

布林加林　（驚慌）您？我，我還有正經事……（下）

〔哄堂大笑。〕

普希金　恰達耶夫！恰達耶夫！我緊緊地把您擁抱。
就像戰友重逢，經過九死一生浴血奮戰；
讓我仔細地打量您這位英雄的形象：
這枚勳章是褒獎你在鮑羅金諾之戰的勇敢，
第三枚勳章是你在攻陷萊比錫時所獲得，
第五枚勳章授於你把軍旗插上凱旋門，迎風招展……
比風暴更迅猛、比雷電更震赫，
是你自由的思想、哲學的思辨！
當您在俄羅斯的大地上疾走，呼喚著布魯圖，
仰慕你的那個人卻在紙上塗鴉，百無聊賴。

恰達耶夫　不，與你所自卑的恰好相反，普希金。

我拜讀過你的歌唱衛國戰爭的詩篇，
在你年輕的胸膛裏跳動著一顆戰士的心臟，
那樣火熱、那樣赤誠、那樣勇敢！
你無愧是茹可夫斯基、卡拉姆辛他們的後繼。
我聽聞過關於你的種種軼聞風傳，
在你玩世不恭、百無聊賴的外衣下面，
包裹的靈魂有多麼痛苦、孤獨、傲慢，
你深深感受到強大而腐敗的世俗對你的壓迫。
普希金幹出的舉動是如此幼稚、怪誕，
恰如哈姆萊特在篡國者的重壓下裝瘋賣傻；
但你不是哈姆雷特，在你身後有著俄羅斯的中堅，
他們在注視你、鼓勵你，詩人，
在反抗邪惡的戰鬥中，撕碎陰雲，迎接雷電，直上青天！

呵，恰達耶夫，我的良師益友！
沒有一個人能像你一下子深入我的靈魂。
從前，拉吉舍夫(5)的旅行記拭去了我的蒙翳，
如今，你的教誨拂去了我心上的垢塵；
明天，我要和親愛的普欽投筆從戎，

普希金

在你的麾下作戰，行軍是我的前程！

〔奏樂，跳舞。〕

普欽　咱們去外面相談。

〔三人步出客廳。〕

普欽　亞歷山大是這樣和我相約，
明年中學畢業，我們一同選擇軍營，
追隨驃騎兵少尉恰達耶夫去建功立業；
您答應他吧，軍隊將多了一頭雄鷹。

恰達耶夫　軍旅的風暴果然能磨練雄鷹，
衛國的戰火無疑能造就英雄；
對沉溺在冰海中的同胞，
我們需要更多的軍人去拯救民眾，
但我們更需要溫暖人心、驅走寒冷的太陽神，
而這樣的詩人在俄國寥若晨星，令人震悚。
普希金即是未來的太陽神！
我們如果憑著血氣之勇，
聽任他把鵝毛筆換上槍筒，

普欽　我們對祖國犯下的罪過難以寬容！
啊……我收回這短視而愚蠢的主意。

普希金　恰達耶夫，您如此抬舉我，
真叫我羞愧難當，惶恐不安。
我一會兒高高地飛在天上，
一會兒低低地沉落地面。

恰達耶夫　鷹有時會降落地上，但它永遠朝向蒼穹，
衝刺、翱翔、搏擊、奮進！
不要理會冰雹、迷霧、彈丸、海市蜃樓，
只聽從上帝的召喚，走你自己的航程，
自由地歌唱、鳴叫、撲啄，
激勵獄中的人們，報告黎明來臨！

——**幕落**

第二幕

〔一八二〇年四月〕

〔**彼得堡·普希金住所。**〕

〔柯茲洛夫上〕

柯茲洛夫　都說咱們的少爺是好人，大家歡迎他，
從客廳裏的大人先生到酒席上的將軍士官，
從故鄉的農奴到地主的千金，
從學堂的學生到戲院的演員。
他活潑、正直、坦白、聰明好學，
他更是為大家歌唱，不知疲倦，
唱出了人們想唱而不敢唱的歌曲，
唱出了人們嚮往而無力唱的明天。
比如他的長詩《羅斯蘭和柳德米拉》，
誰也編不出這樣動人的故事，多麼新鮮！
勇士羅斯蘭愛上了美如天仙的柳德米拉，
在新婚宴會上新娘被黑海魔王搶走，藏在宮殿。

她的父親弗拉基米爾大公發下了可怕的誓言：
羅斯蘭不再是他的駙馬，和他一刀兩斷！
誰找回他的掌上明珠，誰就是公主的丈夫，
他還將分得一半的王國世代相傳。
不幸而憂傷的羅斯蘭和另外三個饞涎欲滴的顯貴
分頭尋找，路途漫漫……
老女巫和黑海魔王串通一氣，
設置種種障礙，陰謀陷害羅斯蘭。
羅斯蘭靠了芬蘭老人的幫助和智慧、堅忍、勇敢，
用寶劍斬下了巨人的頭顱、戰勝了妖魔鬼怪、
俘虜了魔王、擊敗了來犯的敵人……
大公向全體臣民宣布，在喜氣洋洋的基輔宮殿：
羅斯蘭和柳德米拉重結良緣，授予王權。
我也充滿了幸福，頻頻乾杯，淚水漣漣，
但我分不清是在基輔的皇宮還是在京城的住所，
分不清是為羅斯蘭還是為普希金盡歡？
或許他倆是雙胞胎：彼得和伊凡……
少爺，就只一個不好，喜歡把字紙亂丟亂攤：
桌上、椅上、書架上、壁爐上……

老奴不識一字，但知道這是他的命根子，
讓我趕快把它拾掇。

〔茹科夫斯基上。〕

茹科夫斯基 普希金！亞力山大・謝爾蓋耶維奇！

柯茲洛夫 來了！來了！是您……大人請書房裏坐！
大人，您是喝咖啡？還是來伏特加？

茹科夫斯基 伏特加……謝謝。

柯茲洛夫 大人，這樣冷的天氣，少見；已經是四月。
讓我添兩根木柴，把爐火燃旺。

茹科夫斯基 柯茲洛夫，你自管去做事，
我就在這兒等你的主人。

柯茲洛夫 我沒事，我也在等少爺回來。
少爺是去看戲，快要散場；我是看門。
大人您真是好人，這樣冷得怕人的深夜，
還來看望咱少主人。
老奴常聽他提起，大人和他是忘年交，

對他的恩情比爹娘還親。
唉，老爺太太反而把他當下人看待，
罵他強頭強腦討人厭，不務正業成天混，
最可氣的是，他眼裏沒有沙皇欽定的奴隸制，
自作主張把幾個農奴變作自由人……

〔普希金上，吹著口哨。〕

柯茲洛夫 少爺回來啦，老奴就此住口。
少爺，茹科夫斯基大人已多時光臨。（下）

普希金 在哪兒？在哪兒？親愛的瓦西里・安德列耶夫！
是什麼使您光臨敝舍，冒著夜寒？
是探討謝苗諾娃的演技如此出神入化、爐火純青？
誰能想像這美妙的女神卻生自農奴的馬廄？
是思量科洛索娃的舞藝為何眼花撩亂、美不勝收？
這大自然的奇蹟不是來自皇家宮苑，而是山野水畔？
是讚美莫恰洛夫這位莎士比亞悲劇的偉大演員獨樹一幟？
呵，奧塞羅、哈姆雷特、李爾王、羅密歐……
都是這位農奴的孿生兄弟！

茹科夫斯基

普希金，我不勝豔羨，
今晚沒有同去欣賞令人擊節的高雅藝術，有多麼遺憾，
這些偉大演員是上帝賜給俄羅斯的瑰寶。
我不知道他們登上奧林匹斯山有多麼艱難，
但我深知農奴制肯定是束縛人才的鎖鏈，
讓我們用和平而不是暴力，
勸說沙皇解脫他們的鎖鏈。

普希金

不！皇上決不會大發慈悲，
這無疑要沙皇和他的政府向農奴交出特權：
他們的天賦人權不再被沙皇抹去，
他們的土地不再被地主奪去，
他們的血汗不再被工廠主榨取，
他們的妻女不再被貴族霸佔，
他們不再被農奴主鞭打、買賣、充軍，
他們不再被軍官刑罰、凌辱、充作炮灰，
他們將和我們一樣成為自由人，
從事各種文藝：寫詩，繪畫、演戲，跳舞……

茹科夫斯基

你是幻想家，普希金。

我們無力探討這樣深奧而危險的學問。
我今夜前來登門拜訪，
另有重要的事情。

普希金

我知道了，知道了！敬愛的老師！
您是來評判拙作《羅斯蘭和柳德米拉》，
誰的讚美和批評，我都不放在心上，
惟有您那金聲玉振的大音，我才恭聽有加。

茹科夫斯基

呵，您的大作？對。
我從前寫過兩部詩稿：
《十二睡美人》和《瓦基姆》，
人們誇它是俄羅斯詩歌的珍寶。
我也為此而自豪，絞盡了腦汁、耗乾了心血。
誰知你揮筆挖苦又嘲笑，
刺得我心房血淋淋、暗自把傷包，
這孩子羽翼未豐，不知天高地厚！
你不必辯解：你不是「恭聽有加」？
後來我聽說你就同一個題材把故事編造。
你是跟我較勁：才能、勇氣、經驗、學問？

在不可知的世界盲人瞎馬地闖蕩，只能落荒而逃，
或者蝸行牛步、亦步亦趨，去拾人家的戰利品炫耀。
我佯裝不知，一如既往和你把詩文探討。
忽然，有一天你帶來大作《羅斯蘭和柳德米拉》，
請我斧正，說它是小學生的作文，拙劣的仿造。
我漫不經心地翻閱，有一些閃光的珍珠；
我不再等閒地閱讀，這是童話中的百寶箱；
我懷著狂喜的心情捧讀，白夜和北極光交相輝耀！
親愛的亞歷山大，你創造了無價之寶！
我用真誠的淚水和心靈祝福你，
你就是羅斯蘭勇士，達到了自己的目標！

普希金

老師……我不該像刺蝟亂刺一通，
就連可敬的師長也受到傷害，
我原指望您用荊條狠狠地抽打我這井蛙，
您卻用愛撫的聖水「報復」我的傲慢！

茹科夫斯基

不，你不是井蛙，你是一飛沖天的雄鷹！
你的華章遠勝過老朽的劣作。
我贈給你我的肖像，上面有一行題詞：

「高飛吧，俄羅斯在朝你注目。」

普希金

沒有《睡美人》和《瓦基姆》，
就不會有《羅斯蘭和柳德米拉》；
沒有茹科夫斯基，就不會有普希金；
沒有一頭鷹隼是在平地上與雞為朋，
它是憑藉矗入碧空的山峰才飛天摩雲：
茹科夫斯基，你永遠是我的老師，
我要把您的相片珍藏在心，
而且用以下的詩句表達我的感戴之情：
「他的詩句醉人肺腑，甘蜜如怡，
將流入世世代代贊羡的遠方；
聽到它們，青春為光榮而歎息，
無言的憂鬱會感到心情舒暢，
而嬉笑的歡樂將沉思鬱鬱。」

茹科夫斯基

呵，時鐘打了十一下，一聲聲提醒我，
不要把此來的要事健忘。
亞歷山大・謝爾蓋耶維奇，你要珍惜自己的天才，
不要捲入政治旋渦，它會把一切埋葬；

我以老年人的經驗和閱歷、宮廷詩人的見聞提醒，
當然我尊重你的意志，你有自己的大腦和思想。
你鼓吹雅各賓派的言行觸動了官方的神經，
有人向內務大臣告發你作亂犯上，
皇上命彼得堡總督逮捕你；
總督是我的朋友，對你的詩才也很讚賞，
他變通辦法，將派人來搜查你的住宅，
如果查獲有悖逆的詩文，只能讓你去坐牢房。
你趕快準備，我注視事態的發展；
我們會援手於你，但你要保持人格的高尚。

普希金　我會這樣做的……老師，我送您回去，
請您滿足我這小小的要求。（同下）

〔柯茲洛夫、布林加林上。〕

柯茲洛夫　先生，您是誰？
怎麼像隻野貓子到處亂闖？
您知道這是誰的家？

布林加林　我不僅知道這是鼎鼎大名的詩人普希金的府上，

柯茲洛夫　還知道你是他的忠僕柯茲洛夫・尼基塔。

布林加林　唷，這樣說來您是少爺的同學、老爺的知交？有事明日清早，老奴恭迎大駕。

柯茲洛夫　你猜對了一半，我是你少爺的好友布林加林，明天要去莫斯科，今晚特來告辭。

布林加林　他不在。

柯茲洛夫　他去了哪兒：劇院？沙龍？宮廷化裝舞會？秘密集會少不了他！

布林加林　不……不知道。

柯茲洛夫　你是他的貼心傭人，豈會不知道？

布林加林　他、他送一個朋友出去。

柯茲洛夫　唔，這才是真話。

布林加林　這位朋友是誰？也許我也認識他。

柯茲洛夫　先生，您什麼都想知道，像個包打聽。

布林加林　我什麼都感興趣，尤其是你少爺的。我是他的崇拜者，你懂嗎？

柯茲洛夫 黑咕隆咚，我瞧不清那人的模樣；

您想知道，少爺馬上要回家。

布林加林 不不，我不打擾你少爺的休息，

馬夫在門口等我，還要跑幾家。

我實在太崇拜普希金的天才，

讓我留些文字紀念，哪怕一鱗半爪，

我要朝夕誦讀，當作必修的聖經。

呵，這首情詩愛不釋手，那首諷刺詩笑得淚下，

這張塗抹的詩頁、那團丟掉的字紙，

我都奉為至寶……感謝你老人家！

柯茲洛夫 住手！你不能拿走一字一紙，先生！

這是少爺的心肝寶貝，

無論她是麻子，還是美如鮮花！

布林加林 你是要盧布，還是法郎？瞧！呵哈……

十個盧布十首詩，還有一個給你花。

詩人的錢袋不豐滿，喝酒、看戲、戀愛離不了它！

薪俸支得少，父母把錢卡；

我願意救貴少爺的窮，

出五百盧布把他的詩稿全都買下！

柯茲洛夫 不賣，先生！

布林加林 你能作這個主，老人家。
你賣了，少爺會把你誇；
再說少爺就像會生蛋的雞，
源源不斷地把金蛋下。
否則你守著一堆廢紙，既不能吃又不能花，
誰都會笑你是個大傻瓜！

柯茲洛夫 它不是廢紙，是金不換的寶庫！
它發出的萬丈光芒會把你眼睛照瞎。
快滾！不然我這個大傻瓜，
要把你這精靈鬼打得叫爹媽！

布林加林 媽呀！我的媽呀！（逃下）

〔普希金上。〕

普希金 誰在喊救命，尼基塔？
剛才一隻黑貓幾乎把我撞倒在地？

柯茲洛夫 是一隻貓頭鷹、一個促狹鬼、一條變色龍、一頭老狐狸！

普希金 你被傷害了沒有？
究竟是怎麼回事？

柯茲洛夫 剛才，你送大人出門的瞬間，
一個身披黑袍的夜遊神闖進咱家裏，
他一會兒自稱是少爺的朋友，特來告辭；
一會兒又稱是崇拜者，不能打擾少主人休息；
臨走，他突然向我索要你的詩稿，
說用五百盧布買走你的全部字紙……

普希金 他既然是我的朋友，為何不稍等片刻？
他既然是我的崇拜者，為何用銅臭侮辱繆斯？
他要買下我全部作品是出於憐憫？還是恭讀？

柯茲洛夫 他說這樣做完全是他的好意，
否則你的詩只是一堆廢紙！……

普希金 一堆廢紙？哈哈，一堆廢紙，一堆廢紙！
我寧願守著這堆廢紙流芳百世！
你沒有問他的尊姓大名？何處任職？

柯茲洛夫　他叫布林加林，他沒有說出自己的職務。
我叫他滾蛋，奪下他手上的字紙。

普希金　布林加林！布林加林，無恥的小人！
我明白了他今夜的角色，用心多麼卑鄙。
尼基塔，親愛的，我的恩人！
再幫幫我，把這些詩頁丟入火裏。

柯茲洛夫　少爺你？……你不能這麼幹，
它們好歹是你的孩子！
瞧你寫作時的辛苦超過了生產的女人：
忘了吃飯、睡覺、娛樂、休息……
一會兒哭，一會兒笑，瘋瘋癲癲，
直到你大聲朗讀，老奴心上的石頭才落地。

普希金　我沒有時間跟你解釋，
你不幹，我自己會把它處理！

柯茲洛夫　我求求你主人，發發慈悲吧，
你就賜給老奴這些可憐的孩子。

普希金　這些挑出的詩稿一頁也不能留下，

柯茲洛夫 我必須把它火化，毫不遲疑！

普希金 住手，野蠻人！
你像兇殘的後母要把美麗的公主害死；
上帝不會允許你這麼做的，
老奴寧可不活也要護住這命根子！

柯茲洛夫 瘋了！愚昧無知的奴僕！
我要鞭笞你……你是對的。
但不過此刻不是談話，而是行動，
沙皇的鷹犬已嗅到這兒，要置普希金於死地。

普希金 天哪！沙皇要尋找藉口對俄羅斯最好的歌手下毒手？
我老糊塗了！在你狠狠地把老奴教訓之前，
先把這些犯禁的詩歌燒掉，
它們的靈魂依然活在老百姓的心裏。

〔倆人把詩頁投入爐火。〕

普希金 老人家你說得千真萬確。
燒吧、燒吧！
詩魂在火上舞蹈、歌唱、戰鬥到底！

〔警察局長和兩名助手上。〕

警察局長

警方奉命搜查您的住宅，普希金閣下！
請您交出全部詩稿，
不管是已出版，還是沒有發表，
尤其是那些犯上作亂的東西，一份也不能少！

普希金

我不懂您在說什麼，局長先生！
我唱歌從來配合宮廷的節拍，不敢離腔走調；
醇酒、美人、玫瑰、夜鶯、小夜曲、詠歎調……
先生們，伏特加要不要？

警察局長

你別裝傻賣乖，轉移目標！
我不是大老粗，豈能被蒙倒？
交出你那些帶刺的木棍，
咱們決不無的放矢，早已將您的罪證握牢；
你對崇高的戈利岑公爵當頭一棒，
你把德高望重的大司祭福季刺得幾乎命歸陰曹，
你把無法無天的法國暴徒奉若神明，
你想用異端邪說把帝國弄得一團糟！

普希金　我的詩稿都在這兒，請您垂教。
尼基塔你去吧，自有我為他們效勞。
〔柯茲洛夫下。〕
警察局長　（查閱）不是……不是！全不是我要找的東西！
普希金　如果您不信，那就請諸位辛勞。
警察局長　搜！給我翻箱倒櫃、天棚地板的搜！
〔兩警察搜查。〕
員警甲　報告長官，沒有！
員警乙　報告長官，找不到！
警察局長　混帳王八蛋！沒收全部詩稿！把犯人押走！
〔柯茲洛夫上。〕
柯茲洛夫　總督大人……少爺你……嗚嗎。
〔米洛拉多維奇上。〕
米洛拉多維奇　這是怎麼回事，局長先生？

警察局長　總督閣下，卑職奉您的命令搜查嫌疑犯普希金的住宅，
他拒不交出反詩，真是花崗岩頭腦！

米洛拉多維奇　我並未授權你逮捕他，先生！
即使神聖的皇上也不會同意對他粗暴。
你去吧！我將趁熱打鐵，
親自審查，然後向皇上稟告。

警察局長　是，大人。（和警察下）

米洛拉多維奇　咱們坐下談，普希金。
如果有伏特加，那就更好，
北方的天氣真是難忍，又是在寒夜，
讓我靠著爐火看你的詩稿。
呵，我回到了青年時代，
臥冰飲雪，鐵馬金戈把賊討；
當然還有舞會，酒宴，辯論，決鬥生活的樂趣。
可是，天才的靈感如噴泉，怎會如此少？
從前我或許比你更激進：自由、平等、革命……
如今我不得不承認這有多可笑。

普希金 我坦率地告訴你，
剛才警察局長所說的是真的，
我衷心希望你從此走上正道。

米洛拉多維奇 多謝大人厚愛！
我同樣坦率地向大人稟告；
您這樣做是白費氣力，
您所需要的拙作已經全部燒了。

普希金 呵，全部燒了？

米洛拉多維奇 唉，燒化的紙蝶在火中舞蹈！
大人，您若是需要，
我可以統統寫下、背誦。

普希金 好一副騎士風度！
我要請皇上寬恕你的罪過。

米洛拉多維奇 第一首《自由頌》（朗誦）：
滾開，從我眼前消逝吧，
西沙拉島上軟弱的女皇！

你在哪兒？對帝王的雷霆，
自由而高傲的歌手？
來吧，拽掉我的桂冠，
打碎我柔弱的豎琴……
我要為全世界謳歌自由，
我要掃除王位上的醜行。
……
呵，沙皇，接受教訓吧！
今天無論是懲罰，還是嘉獎；
無論是囚牢，還是祭壇；
都不能做你們可靠的屏障。
請在堅如磐石的法的面前，
低下你們尊貴的頭，
相信吧，皇座前永恆的守衛——
是人民的安寧和自由！

——幕落

第三幕

〔一八二五年七月十九日。〕
〔普斯科夫省米哈伊洛夫斯克村‧普希金莊園。〕
〔普希金上。〕

普希金
明星閃耀，曙光破曉，
米哈伊洛夫斯克村還在睡夢中，
我穿著睡衣站在窗前，
沐浴著晨光和清風，
心靈隨著目光越過芬芳的庭院、清香的原野、
明鏡般的湖面、夢幻般的叢林，
在村外的小徑上雀躍，飛奔。
我不是去赴鄰村女地主的沙龍，
也不是和阿西波娃的女兒安排遊樂的日程，
她們是我在這圈禁地上唯一的友鄰。
我懷著另一種渴求，夜不能寐，
心靈亢奮地跳動，

昨晚，我突然見到了凱恩，
在忘年交阿西波娃的家中。
在我最孤寂，不幸的時候，
她像神明一樣，飄然而來慰藉我的苦痛，
並照亮我生命的旅程。
感激的淚水噎住語流洶湧，
一瞬間頓悟，她從未在我身邊消失，
在異域他鄉，她的目光伴隨著我的足跡前行：
第聶伯河、高加索、基什涅夫、卡緬卡、熬德薩……
她的倩影在我所愛的美人身旁飄忽不停：
瑪麗雅、卡捷林娜、葉林娜、沃隆佐娃……
她的靈魂閃現在我的詩篇之中：
《高加索的囚徒》、《巴赫切薩拉伊宮的水泉》、
《強盜兄弟》、《葉夫蓋尼・奧涅金》等等
當我聽說她將光臨寒舍，我全身戰慄，
吻著她的纖手——這是上帝的恩寵！
我以什麼樣的盛情，什麼樣的禮物表示歡迎？
心潮翻騰，思緒洶湧，

坐到桌前，拿起筆桿，
於是我忘記了世界，在甜暢的靜謐中，
我的想像催我入夢：
於是心靈充滿了抒情的激動，
筆觸及紙，發出悅耳的聲響，

〔阿琳娜上。〕

阿琳娜 這樣早你就睡醒，普希金？
這家裏一向是我第一個起床。
你有心事？要放得開，丟得下，
人生世上誰都有個三災六難，命運無常，
即便你那傳奇英雄、外曾祖父漢尼拔，
他少年時代吃過的苦頭要用海水秤量。
他原是阿比西尼亞一位領主的繼承者，
童話中的王子，好運卻一落千丈，
殘酷的戰火燒毀了他家的城堡和財產，
敵人又殺害了他的雙親和姐妹，
他被綁為奴，丟到販奴船上，
他望著海浪滔滔，眼淚也像滔滔海浪，

他在蘇丹後宮，幹著牛馬不如服侍人的活兒，
一不小心便遭皮鞭棍棒，遍體鱗傷，
不久又被人偷偷賣到俄羅斯的宮廷，
給彼得大帝當奴僕做時裝。
後來他靠了過人的本領，加上勇敢頑強，
建功立業，苦盡甘來，成了威風凜凜的大將。
這村子和村上的農奴，
就是沙皇對他的褒獎。
這是漢尼拔在酒足飯飽後親口對我講的，
我是他買下的女奴朝夕侍候他身旁。

普希金

親愛的奶娘，謝謝你告訴我漢尼拔的遺聞軼事。
他那傳奇的一生多麼令人神往，
命運的無常使他大起大落，
但無論做寵臣還是童僕，與農奴並無兩樣！
俄羅斯是座很大的監獄，
這兒是其中一間牢房。

阿琳娜

天哪！米哈伊洛夫斯克村是間牢房？
你不是曾對我說過這兒是世外桃源、天堂？

普希金

「鮮花、愛情、鄉村、優閒的生活，
田野！我迷戀你們是發自衷腸。」
從前是，現在不是，奶娘。
自從五年前我被沙皇流放，
遠去的村莊變得漸漸模糊，
當我重又回到親愛的故鄉，
淚水漣漣，心花怒放，
誰知惦念的家園變得如此陌生：
村民們驚恐地紛紛把我避開，
當地的神父視我為魔鬼一樣。
令我更傷心的是，
父母對我冷若冰霜，
不准我越出方圓一步，
把鷹犬的角色充當！
只有你好奶娘對我呵護，
伴隨我排解囚禁的時光。

阿琳娜

孩子，把這些心煩的念頭甩掉，
寫詩、戀愛、遊戲、到集市上轉悠消磨時光。

鄰村女地主阿西波娃是位可敬可親的老人，
聽說她的兩個女兒愛得你發狂，
你已經不小了，去選擇其中的一個結婚，
天倫之樂會把你的煩惱和憂愁掃光……

普希金

呵，你眼睛閃亮，面泛紅光，
奶娘沒有猜錯，你準是去做成好事一樁。
奶娘你猜對了一半，
我從未對你把心事隱藏。

阿琳娜

昨天我在阿西波娃家玩得痛快，
烏拉！我見到了凱恩，依然迷人無雙！
凱恩？我聽你說過，
那個美人兒像一閃而過的電光；
是你心誠感動了上帝，
上帝創造奇蹟，把她帶到你身旁。

普希金

凱恩原來是阿西波娃的侄女；
不見她時我心頭千言萬語轟響，
一見她時我一言半語凝噎，
倒是她向我致禮落落大方，

阿琳娜　並告訴我，她非常喜歡我的長詩，
誇它像行雲流水，令人陶醉神往。
你聽我說，親愛的，
你切莫猶豫彷徨，
不要錯過這千載難逢的良機，
快去，讓心上人做你的新娘！

普希金　不，婚姻是愛情的墳墓！

阿琳娜　我願意和心愛的人一同死去。

普希金　呵，我實話對你說，她已出嫁。
父母之命，媒妁之言有多麼荒唐！
上帝創造這樣的尤物，不是被人霸佔，
而是讓她的真善美把世人照亮。

阿琳娜　你說得多美，連我也愛上她了。

普希金　媽咪，她今天晚上要來做客。

阿琳娜　我也要對她大獻殷勤！
你還沒有吃早飯，我這就下廚房。（下）

普希金　啦啦啦啦……

〔李沃維奇、奧西波夫娜上。〕

李沃維奇　瞧你還高興地「啦啦」？

普希金　爸！媽！早上好！

李沃維奇　你想好了沒有？決定了沒有？寫了沒有？

普希金　沒有。

李沃維奇　你，你竟用這種無理的態度，
回答雙親痛心疾首對你的挽救？

奧西波夫娜　直截了當對他說，
沒有時間和他頂牛！

李沃維奇　亞歷山大，你接受不接受父親的監管？
接受，馬上就寫，我在此等候。

普希金　我不需要誰來監管，
甚至沙皇，我也輕蔑他剝奪我的自由。
你們若是強迫我做違心事，

李沃維奇 我寧可自投羅網也決不回頭！

奧西波夫娜 可怕。可怕！悖逆發瘋的畜生！

普希金 上帝呵，瞧瞧這頭野獸！

李沃維奇 畜生？野獸？

快把我趕走！我自己走！走！

站住！你倒輕鬆，一走了之；

我們要為你擔下干係，永無出頭；

你使家庭和祖先蒙受了巨大的恥辱，

還想讓我們背上罪名，充軍殺頭?!

〔阿琳娜上。〕

阿琳娜 來了，來了，孩子你餓壞了！

瞧麵包、牛奶、草莓、牛肉……

普希金 謝謝你，我不想吃。

阿琳娜 你怎麼啦……老爺太太都在。

李沃維奇 你還給他吃小圓麵包、乳牛肉？

他越吃越把良心丟！

阿琳娜

老爺，少爺縱使千錯萬錯，
也不能用餓罪讓他生受。

李沃維奇

唉，他這畜生把我氣夠，
做為長子，我指望他做官封侯，
給弟妹們做出良好的榜樣，
做父母的也光彩，不愧為將門之後。
誰知我們的熱望被他化成一攤冰水：
他以劣等成績得到九等小官的銜頭，
在外交部任職無所事事，終日混混，
難以想像的是他中了夢魔與惡魔為友，
皇恩浩蕩，念他是初犯從輕發落，
我們三呼萬歲，盼著那浪子回頭；
四年的督導生活，他卻恩將仇報：
他被嚴懲、解職，押回父母的領地看守，
他不以為恥，依然故我，不聽規勸，
叫我怎麼向政府交代？把老臉丟夠！

阿琳娜

老爺太太，你們也不必氣惱，

奧西波夫娜　事到如今，只有慢慢開導勸誘。
我們一刻也不能等，阿琳娜！
李沃維奇今天非要他寫下保證，
以示他痛改前非，重又奔頭！

普希金　我不想當五品文官，擅長跪拜磕頭！

李沃維奇　瘋了！瘋了！你竟敢褻瀆皇上的聖恩？

普希金　把你品德高尚的父母污蔑成小丑。
哈哈，「品德高尚」?!
你們虔敬上帝，把農奴當成馬牛；
你們侈談博愛，對自己的子女也慳吝成性；
你們標榜清高，日子過得猶如雞狗；
你們寄託的最高理想，是做沙皇的奴僕；
討得豐厚的賞賜：農奴、田地、爵祿，永世長久。

李沃維奇　孽子！我要打死你這畜生！
讓地獄裏的魔鬼把他抓走。

阿琳娜　老爺！老爺！

普希金　熱血在我頭腦裏沸騰，

奧西波夫娜 家長變成暴君，我決不逆來順受！

普希金 天哪，你要打你父親，這還了得！

阿琳娜 是他打我，我只是抵擋。

李沃維奇 亞歷山大・謝爾蓋耶維奇，
你不能這麼做！
好好好……他竟敢打老子？
我要向總督閣下控告那隻禽獸，
我還要向尊貴的大人自責引咎，
聽憑朝廷對他的嚴懲，決不心顫身抖。

奧西波夫娜 我對你說過，他秉性難改，
你偏不信，這叫自作自受。
驛車已在門口等著，快走吧！
奶娘，我把亞歷山大交給你看守；
我們去莫斯科參加教子的命名日；
如有什麼意外，決不甘休！

阿琳娜 太太，老爺，我擔不起這樣的重擔，

我不會用打罵去火上加油，
但我會像自己的至親骨肉守著他，
並告訴他什麼是好，什麼是醜。

〔夫婦倆下。〕

普希金 你太好了，老奶奶！
讓我親親你，祝福你健康長壽。

阿琳娜 唉，你這孩子，剛才脾氣火爆，
他們是你的雙親，養育之恩像泉水長流。

普希金 別提了，我心也煩躁……

阿琳娜 你還沒有吃早飯，
就一併吃午飯，還有葡萄酒！

普希金 呵，我們同乾一杯吧，奶娘，
我不幸的青春時代的好友，
讓我們用酒來澆愁，酒杯在哪兒？
像這樣的快樂馬上就會湧上心頭。
唱支歌兒給我聽吧，

山雀怎樣在海邊齊飛；
唱支歌兒給我聽吧，
少女怎樣清晨到泉邊汲水。

阿琳娜 我去廚房就來。（下）

普希金 寂寞呀，孤獨呀，憂愁呀，
奶娘是在嚴峻歲月裏我唯一的至友！

〔普欽上。〕

普欽 普希金在嗎？亞歷山大・謝爾蓋耶維奇！

普希金 普欽？是你！伊凡・伊凡諾維奇・普欽！
你怎麼會來？是心血來潮？是路過敝村？

普欽 關於你的種種傳聞，流言蜚語在京城亂飛，
你被監禁在你父母的領地究竟出於何因？
大家憂心如焚，我更是懷念久別的學友；
於是帶著同志們的心願一路兼程。

普希金 謝謝！謝謝你和朋友們的深情。
你是怎麼闖過關卡、警察和神父把守的重門？

普欽　我來看望你，這是上帝的安排。
我已經不是危險的軍人，而是法官大人。

普希金　我心中納悶，你為何不穿金線鏽的戎裝？
原來是——恭請就座，尊敬的法官大人！
哈哈……

普欽　哈哈……你還是頭蟋蟀，一點不變，
變的只是一圈絡腮鬍子，依舊像刺蝟刺人。
不過咱們先談正經事：
你從流放地為何又突然被押回軟禁？
聽說你大大得罪了監護你的伯爵大人？
你還愛上了他那美麗的夫人，這可是犯禁?!

普希金　我也不知道到底是什麼緣故，
但伯爵肯定是個嫉妒、報復、卑鄙的小人。
他不能容忍我的傲慢不馴，
或許是我的鵝毛筆刺痛了官僚庸臣，
或許是我的大不敬嚇壞了大主教小修士，
或許是沙皇本人的旨意視我為幽靈……

殺死沙皇——罪惡的淵藪，
還是自殺；這是普希金思慮的命運。

普欽

祖國到了最危險的時候，普希金！
這個政府腐朽不堪，不可救拯：
當哀鴻遍野，農民在死亡線上掙扎，
沙皇和權貴偷盜勞動者的血汗揮霍盡情；
當外侮入侵，戰士們浴血奮戰，
沙皇和將軍對渴望自由的勇士施以鞭刑；
當歐洲黎明，農奴在地平線上向她歡呼，
沙皇和奴隸主把上帝的子民拖回到黑夜監禁。
他們仇視自由，從飛鳥到歌聲；
他們害怕光明，從日月到油燈；
我國的馬拉、羅伯斯庇爾已經挺身而出，
我就是其中一員，要為美好的明天而鬥爭！

普希金

對！我的囚友拉耶夫斯基曾對我這樣唱道：
「普希金，把愛情留給其他詩人吧，
在這鮮血流淌的地方，
你難道能歌唱愛情？……」

他的詩句令人驚心！
你能不能說說詳情？
原諒我，我不能強人所難，
也許你不信任我，普欽？
這是對的……我幹過許多蠢事；
不配得到你們的信任。

普欽　不，天才的詩人！自由的精靈！
你是閃耀在我們心上的星辰，
你用那雷霆般的詩筆，
甚至比我們用刀槍，
去推翻專制暴政更威力如神！

普希金　好，普欽。咱們去餐室邊吃邊聊。

普欽　我帶來了香檳開杯痛飲。

普希金　我有羅姆酒……奶娘，你瞧誰來了？（兩人下）

〔凱恩上。〕

凱恩　夕陽銜山，暮色蒼茫，

我的心兒乘著晚風飛翔，
彷彿疾馳的馬兒歡快地跳躍前行，
我跟姑母第一次把詩人的故園造訪，
月亮靜悄悄地從椴樹林後邊升起，
這樣幽美！這樣清朗！
親愛的，你還在寫詩嗎？
我一個人在花園裏漫步，凝想。
狄安娜，我愛他；（這又何必掩飾）
但我已嫁了別人，令人黯然神傷；
維納斯，你為何把姑娘跟老丈夫綁在一起？
我渴望像美惠女神跟他在樂園裏歌唱……
當初，我用幼稚的傲慢刺傷了他的心靈，
如今，厄洛斯用金箭射中了我的心房。

〔馬車鈴聲響起。〕

〔普希金上。〕

普希金　你在哪兒？凱恩，你在哪兒？

凱恩　他又跟別人約會卻把我遺忘？

普希金　我找到你啦，凱恩！
不不，你是明月把我的眼睛照亮。
請你原諒，我剛才送走了一位不速之客，
我的同窗普欽，他特地遠來看望……
凱恩，你怎麼啦，頰上閃耀淚光？
是獨自害怕？被樹樁絆跤？還是我的延宕？

凱恩　我……我是因了幸福而流淚？
這樣美的月夜，而且在花園裏，
樹木的清香……

普希金　你笑了，笑容多迷人！
既然如此，咱倆就在小徑上倘佯，
讓姑母和奶娘在屋裏談家常。
你記得嗎，記得第一次會面的情狀？
我有多粗野，想把你接近，
你天真無邪，頸上的十字架掩映容光；
你離去的車輪輾過我心上，
我絕望地唱道，你那驚鴻的形象，
飛去不復返，天地皆茫茫。

上蒼被感動，忽然發慈悲，
命你乖乖飛回到普希金身旁。

凱恩 （逃）哈哈……

普希金 你往那兒逃？
我定要追上！
像阿波羅追蹤達佛涅；(6)
終於逮住你，愛人世無雙。（吻）

凱恩 父親救救我，把我變模樣！
你變成月桂，我手也不放，
桂冠戴頭上，豎琴在彈唱；
你我不分離、青春永蒼蒼！

普希金 （吻）親愛的，我明天就要回去……

凱恩 呵，凱恩！你怎麼來去匆匆？
連無情的時間也沒有你這樣匆忙。
我會發狂、跪在你腳下……

普希金 只能吻你的纖手，期待美好時光。

凱恩

在離別的時刻，別讓悲傷佔去寶貴的時光，
我要為你用威尼斯船夫的宣敘調詠唱，
盲詩人柯茲洛夫的詩歌《春天的夜晚霞馥鬱芬芳》（唱）：

「春天的夜晚，
呈現出明亮的南方美景，
布藍達河披著銀色的月光，
平靜地流淌……」

普希金

美妙的歌聲把我帶到神往的義大利，
那兒河水在流灑著銀光，
那兒小船在音波上飄蕩，
那兒美人在詠唱塔索的詩行，
我衷心地讚美你凱恩，
你卻像謙和的月亮往雲裏躲藏。

凱恩

呵……姑母在宅前喚我！
深夜的露水在葉上閃光，
快去！免得她們把我們尋找，
今宵的情景我永遠珍藏。

普希金　等一等，我還沒有回報你的深情。
這是我的心禮，卑微而真摯的詩章。

凱恩　月亮掀起兜著的面紗，
紅暈頃刻飛上我火燙的面龐，
我的心兒小鹿般地跳蕩，
幸福的戰慄使嘴唇發不出聲響；
詩人卻奪過稿了朗誦，
銀子般的嗓音在朗朗月夜裏回蕩！

普希金　《致凱恩》（朗誦）

「我記得那美妙的一瞬：
你曾那樣出現在我的面前，
有如曇花一現的幻影，
有如純潔之美的精靈。

在那絕望的憂傷的折磨中，
在那喧囂的虛榮的困擾中，
你溫柔的聲音久久響在我的耳邊，
睡夢中還見到你可愛的面容。

……

忽然你又出現了，
我死寂的靈魂頓時覺醒：
有如曇花一現的幻影，
有如純潔之美的精靈。

我的心兒歡快地跳蕩，
為了它，一切又重新甦醒，
有了神性，有了靈感，有了生命，
有了眼淚，也有了愛情！

——**幕落**

第四幕

〔一八二六年九月。〕
〔莫斯科・克里姆林宮。〕
〔舞臺上一片漆黑，只聞其聲、不見其人。〕
〔庭長：「本法庭——俄羅斯最高刑事法庭宣布開庭！把被告、一百二十一名國事犯押上來！」〕

庭長 經國家秘密審訊委員會調查、審訊，被告乘先帝亞力山大一世於去年一月十九日猝然駕崩，皇統中斷之際，突然發動軍事暴亂。(7)叛亂迅即被新皇、賢明果敢的尼古拉一世所粉碎。被告妄圖推翻神授的沙皇政權，顛覆神聖的農奴制度，建立所謂「自由、民主」政府的罪行得到確認……秘密審訊委員會的工作告一段落，將罪犯提交本法庭審判……現在由審判長宣布判決。

審判長 本法庭認為：這些被告乃叛亂的罪魁禍首及骨幹分子，罪惡昭彰，罪大惡極，罪證確鑿，必須國法嚴懲。為此本法庭宣判如下。

審判長 康得拉季・雷列耶夫(8)少尉！

雷列耶夫 有。

審判長　死刑！

審判長　副官別斯杜日夫・留明！

別斯杜日夫　有。

審判長　死刑！

審判長　莫拉維約夫・阿波斯托爾中校！

莫拉維約夫　有。

審判長　死刑！

審判長　帕維爾・彼斯特爾團長！

彼斯特爾　有。

審判長　死刑！

審判長　彼得・卡霍夫斯基中尉！

卡霍夫斯基　有。

審判長　死刑！沙皇出於恩典，對以上五名國事犯的死刑方式——砍掉腦袋及四肢，替代以絞刑！立即執行！押走！

審判長　繼續宣判。八等文官伊凡・伊凡諾維奇・普欽！

普欽 有。

審判長 終身苦役，流放西伯利亞！

審判長 旅長、謝爾蓋・沃爾康斯基公爵！

沃爾康斯基 有。

審判長 二十年徒刑，流放西伯利亞，剝奪貴族稱號！

審判長 尼古拉・屠格涅夫！

〔聲音隱去。〕

〔幕啟。沙皇尼古拉一世上。〕

沙皇 功業彪炳、德高望重的皇兄亞力山大皇帝，

日理萬機、積勞成疾、駕崩於國事途中。

先皇沒有嗣子，依照大法，

皇位應歸於我的另一個胞兄，

康斯坦丁卻為異國女子卑微的情慾所惑，

不顧國家正處於天柱摧折、風雨飄搖之中；

遺世獨立、憂心如焚的孤王才一改初衷，

接受全體臣民一致的請願，繼承大統。

一小撮軍中敗類，貴族的叛逆，
全不念肩上的重任、先皇的恩寵，
乘先皇屍骨未寒，對虛懸的寶座伸手搶佔，
一場肆虐的暴風雪大有把冬宮颳到冰海之中！
我力挽狂瀾，以迅雷不及掩耳之勢平定叛亂。
當舉國歡騰，帝京春日融融，
你們的新皇卻不敢鬆懈，夙夜在公。
為什麼他們要學拉辛、布加喬夫這些群氓越軌暴動？
為什麼他們要跟皇室作對，不惜放棄一切甚至生命？
是什麼使他們不能成為國家的棟樑，
而墮落成禍國殃民的元兇？
我不能讓一絲陰雲玷污全歐洲最美好的晴空；
革命已經踏上我國的門檻。
但我發誓：只要我一息尚存，
決不讓它逼近我們的冬宮！

〔涅謝羅傑上。〕

涅謝羅傑　陛下……臣僕打擾您了。

沙皇 卡傑寧・瓦西里葉維奇・涅謝羅傑，
你來得正好，那樁案子的結果？

涅謝羅傑 臣下靠了陛下的雄才大略、親自指揮，
審訊國事犯的硬仗高奏凱歌，
那五個首惡早已上絞架，墜入地獄，
一串流刑犯押解上路就在即刻。

沙皇 辦得好，你不愧為兩朝忠臣！
但不能掉以輕心，高枕而臥。

涅謝羅傑 皇上聖意高遠，臣僕刻骨銘心。
除惡務盡，窮追不捨；
我們從國事犯身上幾乎都搜到密件，
那才是造反的來由、叛亂的守則！

沙皇 是什麼，功高勞苦的首相？
我要以千倍的打擊決不放過！

涅謝羅傑 這是被軟禁的那個人所炮製的反詩：
《自由頌》、《短劍》、《安德列・謝尼埃》……

沙皇 （驚呼）呵，普希金？

普希金正奉我的命令押來彼得堡。

涅謝羅傑 皇上高瞻遠矚、全知全能，
恭請皇上治臣罪，臣僕一時失策。

沙皇 哎？你自有重任，豈能分心？

涅謝羅傑 皇恩浩蕩，臣感恩戴德。
普希金雖沒有參加暴動，公開作惡，
但他用筆桿為每個反叛者提供了武器，
他的危害更嚴重，罪行不容寬赦：
從前他在外交部工作以浪蕩出名，
插科打諢、諷刺挖苦，心如蛇蠍，
四年的流放生活，那些督導的諸公被他迷惑，
不是讓他反省，而是任他尋歡作樂——
遊山玩水，追逐女人，拙劣地模仿拜倫的詩歌……
姑息養奸的後果，他竟然要出逃祖國；
在被監禁在他父母領地的日子裏，
他依然故我，並且暗中約見反叛者，
這事被第三廳科員布林加林偵破，
……

沙皇　如此嚴重，確是對帝國的威脅！

先皇在世之日，曾對我說過，

「你讀過《羅斯蘭和柳德米拉》嗎？」「讀過。」

「它的作者供職於外交部，是個無所事事的人，

但他很有才氣。」

涅謝羅傑　陛下，他是法國大革命的吹鼓手！

《自由頌》的鉛彈瞄準您發射。

臣僕的妻子是保皇黨的中堅，她最近從巴黎來信：

「我對『自由』這個詞極端憎惡，

如果我是俄國皇帝，

我不會忌諱這個光榮的稱號：『獨裁者』！」

沙皇　哈哈，令夫人不愧為帝國的名媛！

不過，我倒更喜歡淑女的秋波。

涅謝羅傑　陛下——

沙皇　你言之有理。

〔侍從上。〕

侍從　報告！宮廷詩人茹科夫斯基求見皇上。

沙皇 茹科夫斯基？傳見。

〔茹科夫斯基上。〕

茹科夫斯基 臣僕叩見皇上。

沙皇 您瞧我有多忙，先生！
我正就一件重大的國事和首相商酌；
您就說吧，只能給一分鐘時間，
而且不要向我請求什麼。

茹科夫斯基 這……皇上，
明天是加冕典禮，沙皇您
給臣僕的使命已完成，
恭請御覽，斧正。

沙皇 （接閱）好好，不愧為桂冠詩人，賜座！
有一件事把我的心靈折磨，
未來的儲君，我的兒子幼稚、淺薄，
我想請德才兼備、滿腹經綸的先生做他的師傅。

茹科夫斯基 微臣不才，有負皇上聖恩。

沙皇 哎？虛懷若谷！從前您當過皇后的伴讀；

明天我正式宣布您為太子太傅。
您有什麼要求請大膽地提出，
沙皇將全部滿足您：農奴、田地、布帛……
茹科夫斯基 請求皇上恩赦普希金的罪過。
沙皇 呵……我從未對普希金罰罪，
先帝也沒有對他懲罰過。
茹科夫斯基 臣僕聽說普希金已從普斯科夫押來。
沙皇 我怎麼沒聽說？
涅謝羅傑 打擊！打擊！
對叛亂者的同謀必須打擊！
茹科夫斯基 寬容！寬容！
對無辜者應該寬容！
涅謝羅傑 「寬容」？就是你的包庇、說情，
才使普希金有恃無恐，變本加厲！
茹科夫斯基 「打擊」？就是你的壓迫、唆使，
才使普希金心情陰鬱，無處發洩！

涅謝羅傑　是我？
茹科夫斯基　是你！
涅謝羅傑　陛下！普希金是
帝國的隱患，必須清除！
茹科夫斯基　皇上！普希金是
祖國的歌手，應該保護！
沙皇　你們不必爭了，沙皇自會英明地處理！
〔侍從上。〕
侍從　報告！普希金已押來京城，
現在總參謀部審訊。
沙皇　傳我的命令，立即把他帶到這兒來！
侍從　遵命！（下）
沙皇　兩位愛卿，你們都是為了帝國的安危；
我會給你們一個答案，使大家滿意。
〔涅謝羅傑、茹科夫斯基下。〕

〔侍從上。〕

侍從 報告！普希金已帶來，在皇宮覲見室。

沙皇 御書房接見，不要讓任何人進來，
我要跟他嚴肅地談話，讓他悔過！

侍從 是，皇上。（下）

〔普希金上。〕

普希金 犯人普希金叩見皇上。

沙皇 誰把你當作犯人，普希金？
我是請你來的，你不明白？
你沒有被士兵押送，而是信使陪同，
你一到京城，沙皇就撥冗召見。賜座！

普希金 我站慣了，皇上。
我確是以一個政治犯的身分被就地監禁，
我的官職早就褫奪，
我從夜半的床上被抓起，匆匆起程……

沙皇 別提了！過去的就讓它過去吧。

普希金 我馬上讓你官復原職，恢復工作，
你可以在兩京或者國內的任何一個地方居住，
你可以不受干涉，自由地生活和寫作。

沙皇 真的，皇上？

普希金 我還將命令上流社會的宮廷和每個客廳
都為你打開，普希金！

沙皇 呵，皇上?!

普希金 沙皇無戲言，亞歷山大・謝爾蓋耶維奇！
你也該體諒做國君的艱難有幾多。
國家正多事之秋，我又新登大位，
不說別的，就拿前不久的一場反政府叛亂來說，
他們打著「自由、博愛、平等」的幌子，
燒殺搶姦，在俄羅斯燃起短命的戰火……
我順便問一句，普希金先生，
如果十二月十四日那天你也在彼得堡，會做什麼？

普希金 我也會參加叛亂者的行列，皇上。
我所有的朋友都赴湯蹈火。

沙皇　我十分讚賞你的坦率和誠實，
米洛拉多維奇伯爵也曾十分欽佩你的騎士風度；
可歎你的那位保護神、衛國戰爭英雄的生命，
已被你那自詡為自由戰士的朋友剝奪。

普希金　不可能……這是謊言！

沙皇　先是兇犯奧伯連斯基用匕首朝他猛戳，
繼而卡霍夫斯基不顧老人垂危，又用手槍開火，
這位白髮蒼蒼、手無寸鐵、全軍所愛戴的英傑，
不是死於殘暴的敵寇，而是沒於瘋狂的惡魔！

普希金　天哪！

沙皇　這就是他們所追隨的法國大革命的結果：
國家的未來、軍隊的將星——青年人如此可怕地瘋魔；
「自由」、「民主」，這些迷惑人心的女巫，
把民族和帝國推入黑洞洞的旋渦。

普希金　皇上，自由和民主是光明的天使，
人權和法權是被囚禁的農奴，
法國大革命的雷霆摧毀了巴士底魔窟，

沙皇

舊世界戰慄，人民大眾歡呼！
無知而野蠻的戰神與你格格不入，
你是閃耀的金星，歌唱真善美的阿波羅！
我熱愛法國、對她的現代史如數家珍，
革命是慘無人道、喪失理智的兩面刃！
它殺害了國王、貴族、教士；
對自己的同志、戰友和親人也決不放過；
羅伯斯庇爾，
這個沾滿鮮血的「革命的魂魄」；
他屠殺的無辜者是我們鎮壓暴徒的千倍！
被叛亂者詛咒為「屠夫」、「獨裁者」的沙皇我，
僅僅把五個元兇送上絞架……
誰寬容、誰殘忍，不是一清二楚?!

普希金

皇上，我不會輕易改變自己的信仰，
但我也不認為暴力是治療祖國潰瘍的良方：
皇上，您無法阻擋我對反叛者灑同情之淚，
他們可悲的命運應該由國家的指導者反省。

沙皇

你言之有理，親愛的普希金！

普希金 那就希望你幫助我們做這工作。
聽說你這次帶來了新的大作
我願意拜讀，這是天才的碩果。

沙皇 這是兩部拙作的手稿，恭請皇上賜教：
《葉夫蓋尼・奧涅金》這部詩體小說尚未完稿，
《伯里斯・戈都諾夫》是部悲劇，已經脫稿，
我打算寫三部曲，使它成為完整的一套。

普希金 《葉夫蓋尼・奧涅金》？
既然還未完稿，那就再加琢磨。
伯里斯・戈都諾夫？他燒成灰我也能認出，
他是俄國歷史上的一個篡位者、弒君者。
為什麼寫成悲劇？他是馬克白一類的人！
彼得一世才是位悲劇人物。

沙皇 彼得大帝？皇上您說得對！
您給我提供了一個出色的題材。
不過我擔心的是，還沒有寫出一行，
檢查官便虎視眈眈，拿起刀來。

沙皇 放心吧，我的詩人！

誰也無權挑剔，刪改你的大作，
從今天起，你作品的唯一檢查官，
即是你完全可以信賴的沙皇我。

普希金　多謝皇上恩寵。

沙皇　來！我要讓臣民瞧瞧皇恩優渥，
王公大臣在會議室等我去開會。
先生們！這是一位新的普希金，
讓我們緊握這位詩壇天才！

〔眾歡呼：「呵，普希金！」「天才詩人！」「烏拉！」「沙皇萬歲！」〕

〔宮外喧嘩聲：「犯人！「流刑犯！」「快瞧！犯人押往西伯利亞去啦！」〕

〔普希金溜下。〕

沙皇　普希金？普希金怎麼不見啦？（眾人隨同下）

〔景移去，京郊。〕

〔一隊官兵手持武器押解流刑犯上路。〕

〔後面跟著送行的家屬。〕

〔普希金上。〕

普希金

普欽

我瞧見怎樣一幅宏偉悲壯的畫卷！
俄羅斯沒有一個畫家能把它描繪，
在朔風呼嘯、天低雲暗的蒼穹下，
被折斷翅膀的雄鷹們正邁向可知的未來——
那兒終年橫行的暴風雪能把血管凍成冰條，
那兒勞役和酷刑比虎狼還可怕十倍，
那兒是地獄的入口處，只有進去沒有生還……
然而你們，我可敬的同輩，
在一群鬼卒的驅趕下神態自若、目光炯炯，
沾血的腳鐐在大地上回聲隆隆，如浪如雷！
如果不是另一個緣故，
我也會參加你們的行列，像偉大的安泰。
如今，我給你們帶來一份禮物，
雖微薄但十分珍貴。
我尋覓著熟人，心靈亢奮地跳動……
「呵，普欽！伊凡‧伊凡諾維奇，我的友愛！」
是你？親愛的亞歷山大‧謝爾蓋耶維奇！
是什麼風把你吹來？

普希金　是上帝的凱旋之風！

普欽　自由、平等、博愛！

普希金　是的，是的……

我不忍讓他看到痛苦的淚水。

普欽，你為什麼不告訴我正義的行動？

我可以為你們衝殺、吶喊、做一頭蟋蟀。

普欽　你不是蟋蟀而是雲雀！

我們在地獄裏會聽到你歌唱春天到來。

普希金　我謹記你們對我的期望，

請你帶去我的——

士兵　（扯開）不許擁抱！滾開！快走！

普欽　再見了，親愛的亞歷山大！

普希金　再見了，親愛的普欽！

我會把「禮物」託人捎帶。

我……我這是怎麼啦？

好熟悉的倩影，那邊是誰？

〔瑪麗亞上。〕

瑪麗亞

慈愛的雙親，你們不要用白髮和悲傷，
勸轉女兒的心腸變得溫柔，
我要隨丈夫去到天涯海角，
哪怕一去不返，永失自由。
我跪在你們腳下請求寬恕，
我未能報答養育之恩把兩老伺候；
我深知前途茫茫，冰天雪地，
但我對皇上的憐憫和恩賜決不接受。
就像我親愛的丈夫為了追求的理想，
寧願換上囚服，把公爵的珍裘棄之敝帚……
再見了，姐姐！替小妹補報孝情！
再見了，爸爸！媽媽！好好保重，長壽！

普希金

淚水止不住任它長流，呵，
這是瑪麗亞——我流放歲月的女友！
瑪麗亞，昔日你像春花、白楊、小鹿、
星星一般稚嫩、嬌羞；
今朝你比柳得米拉更剛強、忠誠、挺秀！

瑪麗亞　普希金！普希金！
我們在這兒相會真不是時候。

普希金　是時候！是時候！
親愛的瑪麗亞・沃爾康斯卡婭！我什麼都知道啦。
我真羨妒，公爵大人有你這樣好的妻子、知音；
我真糊塗，沒有捷足先登，把美人兒搶到手。

瑪麗亞　你又在逗趣啦，亞歷山大，
你把我帶往那難忘的歲月一起遠遊。

普希金　我恨不能再和你作青春的漫遊，
它是我流放歲月中幸福的享受：
高加索群山有一脈珍泉，
車爾凱斯女郎為愛情而給負心的囚徒自由；
塔夫里達的海岸綺麗，浪花飛濺，
海上的星光映照著巴赫切莎拉伊宮的泉水長流，
瑪麗亞和柴勒瑪的厄運令人哀歎，
你呵，悲不自禁，像白楊蕭蕭簌簌戰抖。

瑪麗亞　瞧我多脆弱叫人害羞。

普希金　不，不，親愛的瑪麗亞！
你看見那站在岩石上的少女嗎？
她穿著白色的衣裙，高臨於浪濤之上，
縱使那大海在風暴中喧騰和海岸嬉戲，
縱使雷電的金光用永遠是赤紅的光芒把她照亮，
而狂風在衝擊，吹拂她輕飄的衣裳？
那大海，天空，風暴是多麼美麗；
但相信吧，那位岩石上的少女，
她比波浪、天空、風暴更為漂亮！

瑪麗亞　我珍藏著你的這首贈詩，永遠，永遠……
再見了，親愛的朋友。

普希金　我不能再錯過時機，央求你！
瑪麗亞，把這份給你、你們的禮品帶走！（遞紙）

士兵　快！歸隊！上路！

〔普希金下。〕

瑪麗亞　（展稿邊走邊念）《致西伯利亞的囚徒》：
「在西伯利亞礦坑的底層，

望你們保持驕傲而堅忍的榜樣，
你們悲慘的勞動會得到報償，
你們崇高的思想決不會消亡。

厄運的忠實姐妹——希望，
甚至在陰暗的地底，
也會喚起你們的熱情和歡樂，
大家所期待的時辰，不久就會光降。

愛情和友誼將穿過陰暗的牢門，
達到你們的身旁，
正像我自由的歌聲，
會傳進你們勞役的深坑。

沉重的枷鎖會掉下，
陰暗的牢獄會覆亡，
自由會愉快地在門口迎接你們，
弟兄們會把利劍送到你們手上。」

——幕落

第五幕

〔一八三七年一月二十七日．西曆二月八日。〕

〔彼得堡。〕

〔普希金客寓。〕

〔普希金在寫作。〕

普希金 （停頓）寫呀……我的靈感？我的靈感？

我向昏昏欲睡的詩神繆斯，
勉強索取一些互不相關的單詞，
一個音和另一個音無法連貫？
韻腳，我那古怪的女僕，
一點也不聽主人的使喚，
詩句萎靡不振地延伸著，蒼白而晦暗，
我已疲倦、不再和詩神糾纏。
……

呵，我公然老了？燭光下，

桌上小圓鏡裏映出的是似曾相識的老年。
我才走到生命旅程的中途，
難道靈感和生命之泉就此乾涸中斷？
一種無可名狀的孤獨和愁苦，
像夜寒一樣侵襲我，心靈抖顫，
整整六年了，我寫了什麼宏篇巨章？
只有《上尉的女兒》和《黑桃皇后》，令人心酸！
「波爾金諾的秋天」你在哪兒？
一年四季中最美的是秋天。
那靜謐的美色、那柔和的光彩……
我甚至迷戀你行將告別的容顏，
我愛大自然那富麗堂皇的調謝，
愛那綠蔭下的風聲，碧空中的霧靄，
還有淡淡的陽光和霜天的初寒……
這是豐收的季節，碩果纍纍、清香源源。
我的靈感猶如噴泉洶湧激濺：
《伯里斯・戈都諾夫》、《葉夫蓋尼・奧涅金》、
《波爾泰瓦》等等。

大都是在金色的季節裏寫完。

〔布林加林上。〕

布林加林

您的大作，我實在不敢恭維：
普希金先生您知道詩歌是一種神明的創造，
而您的劇本裏無絲毫獨特的創造，
伯里斯和許斯基這兩個主角，
不過是卡拉姆辛的散文來詩體化的編造；
在《葉夫蓋尼・奧涅金》中，
你自詡為最好的一章，
其實是徹頭徹尾的失敗，只能供作笑料；
至於《波爾泰瓦》，你神魂顛倒的詩作，
獻給誰，誰就會一致告饒。
順便告訴您，您出身高貴的令祖，現已查明
不過是卑微的黑奴，主顧用一桶酒便能買到！
最後，實話實說，廣大讀者不喜歡您的大作，
嫌它不時髦、不討俏；他們讚賞班涅傑克托夫，
雖他不懂歌劇，但敢於創新的詩歌；
瑪爾林斯基的散文有多麼花裏胡俏！

普希金　布林加林！他像賊一樣從黑暗的洞裏進來，
在我的詩作上撒尿拉屎，吱吱亂叫！
變戲法的，你既然把《伯里斯．戈都諾夫》貶得一錢不值，
那又為何剽竊，當成自己的成果而大肆炫耀？
我外祖父的賣價只是一桶羅姆酒，
而你才值錢——只消出賣靈魂，把鵝毛筆揮搖！

〔布林加林隱沒。〕

普希金　這個不高明的竊賊逃之夭夭，
這個高明的告密者黑夜裏還來暗算造謠。
呵，詩人！不要重視群眾的嗜好。
狂熱的讚美的喧聲，瞬息就會消逝；
你一定會聽到愚人的批評和冷淡的人群的嘲笑，
但你應堅決，鎮定而沉著。

〔涅謝羅傑上。〕

涅謝羅傑　普希金，你公然蔑視沙皇的權威，
不經審核在大庭廣眾中傳播你的詩作？
裏面充塞著離經叛道，邪惡不堪的東西，

例如在一小撮軍官身上發現了你的詩作：
《安德列・謝尼埃》、《加百列頌》，對抗政府、教會；
藏匿者已然正法，炮製者卻安然高臥。

普希金

您搞錯了，首相閣下！
前者是我的舊作，與叛亂無干；
後者，閣下除非把已故的作者某爵爺從墳墓裏拖來，
把我帶到皇上那兒去接受審判！

涅謝羅傑

你、你敢用沙皇的大旗壓我？愚蠢的一著！
沙皇是聽你的，還是聽我的？
你是怎麼向皇上保證棄邪歸正？
你申請去法國旅行或者到中國當特使，用意何在？
你欲辭公職，是否在重蹈覆轍，拒絕為帝國服務？
你尋覓暴亂頭子布加喬夫的足跡是否想玩火？
你的所作所為表明你絲毫沒有從善改惡。
我警告你：收起這一切非份之想，
你的作品必須接受審查，
能否出版由第三廳定奪！

普希金

我斗膽向您請教，閣下，

此後小作品是否交普通機關審核，
而大作品也不必麻煩第三廳定奪？
皇上親口對我說過，他親自檢查拙作！

涅謝羅傑　你——混蛋！（隱沒）

普希金　哈哈……忽聽得有幾個鬼影在竊竊私議。

〔沙皇上。〕

沙皇　混蛋，你們是怎麼搞的？
普希金吃軟不吃硬，喜歡戴高帽子；
咱們應該用「仁慈」的假面使他投降，
即使難容他的悖逆，也只能選擇暗器。

布林加林　戰無不勝的陛下，
這是他發表在《文學報》上的幾首反詩！

沙皇　你繼續刺探，我會嘉獎你的！

涅謝羅傑　神聖賢明的皇上，臣僕建議：
不能讓普希金的陰謀得逞，從祖國逃離：
不能允許普希金辭去公職，胡作非為；

不能任由他借屍還魂，寫什麼布加喬夫的歷史；
臣僕已通令有關省區的省長派遣秘密員警，
對九等文官普希金的行蹤嚴加監視。

沙皇　好好，伯爵！
不過，咱們還是做得委婉無疵。
例如不讓他出國是由於公務纏身
如果他要辭去公職，我完全同意，
但他別想再得到一個盧布的薪金或借款還債；
布加喬夫讓他寫，為的是換來彼得一世的歷史；
他的全部作品必須嚴格審查，
由你總督，讓第三廳、教會以及《蜜蜂報》協同處理。

涅謝羅傑　遵命，陛下！

沙皇　你們可以退下……我還要給普希金一項重人的任命。

涅、布　（驚呼）呵……是。（同下）

沙皇　（走近）你好嗎，親愛的亞歷山大・謝爾蓋耶維奇？
我和皇后非常掛念你和你美麗的夫人。

普希金　假惺惺，假惺惺，

像莫里哀筆下的偽君子，假惺惺！
更像笑裏藏刀的伊阿古，
暗算奧塞羅，害死他夫人……
呵，皇上，您深夜駕到必有要事。
恕罪！微臣有失遠迎。

沙皇 平身，普希金你倒未卜先知，
沙皇特地來委以重任。

普希金 我當不起皇上的恩寵，
除了寫詩，我是個什麼都不會的蠢人。

沙皇 哎？你是位絕頂聰明的天才，
輕而易舉就能把職務勝任；
這絲毫不妨害你創作史詩，
皇家檔案館唯一為你敞開了大門。

普希金 我不勝感激，誠惶誠恐。

沙皇 你不用感戴，不必惶恐。
你和你夫人每天都能把我們親近：
在宮廷裏跳舞、看戲、朗誦……

成為上流社會羨慕的中心。
我已下令，賜你為沙皇的宮廷近侍，
官位晉升為八等。

普希金 天哪，「宮廷近侍」?!
氣得我頭腦昏暈。

沙皇 你怎麼啦，我的宮廷近侍？

普希金 皇上，我不能接受這一任命。

沙皇 為什麼？
這是人人都渴望而不可即的要職。

普希金 皇上，你不是讓我出醜，
華髮早生的我混雜在青春年少的人群？

沙皇 呵哈，這不是顯出你鶴立雞群？

普希金 我寧可被放逐也不落笑柄！

沙皇 你冷靜些，我們是出於好意；
皇后已事先告知你夫人，她十分歡欣。

普希金 呵，娜泰利婭，我的妻子?!（昏倒）

沙皇　快來人哪！快來人……（隱沒）

〔娜泰利婭上。〕

娜泰利婭　普希金是你喊我？
你醒醒！你怎麼啦？

普希金　（醒）我沒有什麼……沒有什麼；
親愛的。

娜泰利婭　你還瞞我？
瞧你簌簌發抖，額汗涔涔！

普希金　我剛才作了個噩夢……
是不是還在夢中？

娜泰利婭　夢魔已被我趕跑，
我坐在你的懷抱。

普希金　親愛的，不要離開我，
不要離開我！

娜泰利婭　我既然嫁給了你，
一輩子對你忠實。

〔神父上。〕

神父 兩位來，普希金先生！娜泰利婭女士！
我為你們舉行婚禮。
請你們手按聖經起誓：
你們彼此相愛，永不分離。

普、娜 我倆發誓。

神父 亞歷山大・謝爾蓋耶維奇・普希金，
您願意娜泰利婭作您的妻子，
並保證永遠愛她，
無論在她有幸與不幸的日子裏？

普希金 我願意並保證！

神父 娜泰利婭・尼古拉耶夫娜・普希金娜，
您願意普希金作您的丈夫，
並保證永遠愛他，決不背棄？

娜泰利婭 我願意並保證！

神父 我祝你倆幸福。阿門！

普、娜　謝謝神父。阿門！（接吻）

〔神甫下。〕

娜泰利婭　親愛的，天快要亮了，去睡吧。

普希金　你先去，我就來，親愛的。

〔娜泰利婭下。〕

〔丹特士上。〕

丹特士　哈哈……

普希金　你是誰，與黑夜為伍的傢伙？

丹特士　你的夢魘！你的情敵德‧喬治‧丹特士！

普希金　法國大革命的仇敵！

可惡的保皇黨人！

勾引我老婆的惡棍！

丹特士　救救我！快來救救我！

〔沙皇和蓋克倫上。〕

沙皇　這位英俊的青年既然尋求俄國保護，

丹特士　那就不管他有什麼過錯都應寬免；
我們還將讓他得到愛和友誼，
我宣布擢升丹特士男爵為禁衛軍軍官。

蓋克倫　我萬分感激沙皇的恩寵！您的奴隸，
我願意為陛下赴湯蹈火，萬死不辭！
我奧蘭治王朝的臣僕、荷蘭公使蓋克倫，
感激沙皇的恩澤，祝福男爵的運氣，
我願意錦上添花，再給他一份驚喜：
我宣布丹特士先生為我的義子。

〔幕後響起掌聲。〕

丹特士　爸爸，您比我的親生父母還要慈愛，
我報答您的恩情連父母也不能相比！

普希金　卑鄙！可恥！

丹特士　卑鄙？可恥？你妻子愛得我要死。

普希金　無賴！

丹特士　你不信？好吧。

娜泰利婭，我的親愛的！

丹特士 我召之即來，怎麼樣？

〔娜泰利婭上。〕

親愛的，我日日夜夜愛您！

娜泰利婭 ……

丹特士 我從未見到過世界上有您這樣天使般的美人兒，
您的絕代嬌容勾去了我的魂靈兒；
無論你走到哪兒，無論舞會、劇院、沙龍，
我都跟您形影相隨，寸步不離。

娜泰利婭 ……我已有了丈夫，孩子。

丹特士 這無所謂，我要您做我的情人，
您拒絕我的愛，我就去死！

娜泰利婭 您不能這樣：
扯我的裙子，吻我的腳趾……

沙皇 你休得無禮，丹特士！
娜泰利婭是首都的第一美人兒。

普希金夫人請您賞光，沙皇邀你跳舞。（內奏樂）
你跳得多麼嫺熟！多麼出色！
您真是沙皇的天生舞伴，
連你的皇后也在妒嫉。
呵，交換舞伴，歡迎您常來宮裏，
您丈夫若是沒空，
我會派禦車前來接你！

丹特士 沙皇看上你了！當心！
他把你玩一下就此拋棄。
和你跳舞是我莫大的幸福，
你不是一樣極樂，美人兒？
粉頸低垂，酥胸高聳，
心兒激盪，眸子生輝，
緋紅的面龐和微戰的嬌軀在對我低語：
親愛的，愛你！愛你！愛你！

普希金 普希金娜，你過來！

娜泰利婭 我在跳舞，等一曲終了。

普希金　你跟我回去，立刻回去！

〔眾驚呼，丹特士、沙皇、蓋克倫等隱沒。〕

娜泰利婭　你……你不讓我跳舞，
我當眾出醜……嗚嗚嗚。

普希金　你知道你在幹些什麼？
丹特士在千方百計勾引你。
只要你答應我不跟他在一起，
我要讓你的光彩使彼得堡的名媛淑女黯然失色。

娜泰利婭　我是無辜的，嗚嗚嗚。

普希金　別哭了，去睡吧。

〔娜泰利婭下。〕

普希金　上帝賜給我一位氣質高雅、姿容絕世的美人，
這位聖母又只有我一半的年齡，還像孩子；
我要為她報答上帝的恩惠，獻出一切，
可是她那龐大的花費使我到處欠債，喘不過氣，
更可悲的是我失掉了寫作的心境，

這樣一個毫無收穫的季節從未經歷。
呵，失掉了神性，失掉了靈感，
失掉了眼淚，失掉了生命……

〔凱恩、瑪麗亞等女性上。〕

普希金 凱恩！瑪麗亞！葉卡捷林娜！沃龍佐娃！……
在我最痛苦的時候，你們來慰藉不幸的人，
有了愛情，便有了一切……
妳們又為何低頭匆匆離去，不留半個時辰？

〔凱恩、瑪麗亞等人從另一邊下。〕

〔阿琳娜上。〕

普希金 奶娘！阿琳娜・羅吉揚諾夫娜！
我那嚴峻歲月中的女友、老邁的親人！
只有你一個人抖巍巍地從遠方來看我，
請你再用那故事、童話、說唱來溫暖我的心靈。
你為何默默地朝我悲哀地一瞥？
呵，你已經不在了，走入死亡之門！

〔阿琳娜從另一邊下。〕

普希金 我還能跟誰交流心聲？
朋友們和我難以接近，
同志們在天涯海角音訊難通。
憂愁呀，苦悶呀！憂愁，苦悶！

〔普欽、沃爾康斯基等上。〕

普希金 普欽！沃爾康斯基！……
在我最孤獨的時候，你們來慰勉無助的人，
有了友誼，便有了力量……
你們又何故昂首而去，不聽我的辯論？

〔普欽、沃爾康斯基等人從另一邊下。〕

〔恰達耶夫上。〕

普希金 恰達耶夫！我的心靈的朋友，
最好的朋友，我把你歡迎！
我曾經幻想在專制政體的廢墟上刻上我們的名字，
如今我希望得到你的同情，齊頭並進。
你為何冷酷地朝我銳利地一瞥？
呵，你越走越遠，不見蹤影！

〔恰達耶夫從另一邊下。〕

普希金 我捫心自問：並沒有出賣自己的良心，
沒有諂媚沙皇做他的弄人，
沒有踩著同志的頭顱和朋友的心靈去追逐名利；
在暴政的重壓下，在腐敗的氛圍裏，
我也曾沉默，甚至鸚鵡學舌，
但我決不低下高貴的頭，屈膝沉淪！
在我有生之年，我將用戰筆
謳歌十二月黨人的光榮業績和英雄們捨身成仁！

〔沙皇上。〕

沙皇 你別忘了，普希金家族在歷史上以叛逆出名！
一個個逃不掉身敗名裂、遺臭萬年的厄運！

普希金 我在《伯里斯·戈都諾夫》一劇中已恢復其名譽，
這位先祖的大名叫加夫里拉·格里戈裏耶維奇·普希金！

〔沙皇下，和涅謝羅傑、蓋克倫、丹特士、X等會合。〕

沙皇 普希金是個不屬於咱們的外人！

涅謝羅傑 讓他丟臉或許是懲罰他的最好辦法！

蓋克倫 我的義子愛上了他的妻子，讓他纏住不放！

丹特士 正中下懷，豈不兩全其美？烏拉！

X 我來鬧它個不亦樂乎，讓他活活氣煞！

〔沙皇等隱沒。〕

普希金 我不知道那些鬼影在嘀咕什麼，
但我預感到我頭上正密集烏雲。
寧可冰雹和雷霆打擊我千百次，
也不能讓愛妻被傷害一分；
娜泰利婭！我相信你的純潔無瑕，
願你不要成為罪惡的一群圍剿我的刀柄。

〔娜泰利婭上。〕

娜泰利婭 你怎麼說這種話，親愛的？
我已經是四個孩子的母親，
我不會隱瞞那年輕人對我的「愛情」；
請你饒恕他，不要和他相爭。

〔蓋克倫上。〕

蓋克倫 尊敬的夫人，娜泰利婭・尼古拉耶夫娜！
我邀請您來敝使館參加晚會……
親愛的，我必須告訴您：
您和我那高貴英俊的兒子是天生的一對，
他愛您愛得發瘋，您拒絕他他會自殺，
這是對上帝的犯罪！

娜泰利婭 可怕呀！怎麼辦？怎麼辦？

〔丹特士上。〕

丹特士 我來了，我的天使！
人生苦短，讓我倆及時行樂，燕宿雙飛。

娜泰利婭 你瘋了，喬治！
你已經娶了我的姐姐。

丹特士 我其實並不愛她，
為了你，需要有個幌子。

娜泰利婭 ……你可憐我那癡心的姐姐！

丹特士 我從未像現在這樣愛你，
但是除了我的心，
你不能再要求更多的東西。
娜泰利婭 跟我私奔，我就不再要求任何東西！
我的慾火被你煽起，難以克制……
放開我！（抽對方耳光）
瘋子！瘋子！（朝普希金奔去）
普希金 親愛的，你是無辜的。
娜泰利婭 我再也不離開你。
〔X上。〕
X 無辜？我要讓全俄國都知道普希金帶了綠帽子！（散發匿名信）（注）
普希金 （撿信，閱）天呵！天呵……這個世界瘋了！
娜泰利婭 您怎麼啦，親愛的？
普希金 沒有什麼……你去睡吧。
黑夜快過去，白天正到來。

娜泰利婭 你也該休息了，親愛的。（下）

普希金 這是多麼拙劣的女巫伎倆！

惡魔也不會幹出如此下賤的勾當：

「《帶綠帽子榮譽勳章證書》頒發者，烏龜團全體會議，

一致推舉亞歷山大・普希金為本團副團長、

暨勳章歷史編纂家。X年X月X日。」

呵……這定是老蓋克倫的傑作，卑鄙又淫蕩！

無賴！您身為某國君主的代表，

卻在為您的淫棍兒子幹拉皮條的勾當；

您必須結束這一切陰謀，

否則，我決不甘休！

〔丹特士上。〕

丹特士 普希金！決鬥！

普希金 丹特士！決鬥！

〔布景移去，現出空曠的雪野。〕

〔普希金、丹特士和他們的副手上。〕

普希金　這是我的副手，丹札斯——
從前的同窗，現在為中校軍官。

丹特士　這是我的副手、德・達爾夏克爵士——
法國使館參贊。

達爾夏克　我宣布雙方決鬥的條件。
地點：黑河對岸衛戍司令官別墅附近的林地。
時間：當天下午四點左右。
武器：手槍。
規則：雙方必須在十步內射擊，
任何人不享有優先射擊對方的權利，
如雙方未打中，可再次決鬥見血。

丹札斯　如雙方沒有異議，就這樣辦。

普、丹　同意！同意！

〔副手們用腳步量出距離，用大氅標出界線。〕

普希金　到底好了沒有？我希望早點了結！

〔副手們裝子彈。〕

丹札斯 選擇你們的槍吧，先生們！

〔普希金、丹特士拿槍。〕

〔普希金和丹特士被副手帶到各自的位置。〕

普希金 （在界線上瞄準）丹特士！你站直，我可是神槍手。

達、丹 準備——

丹特士 （猝然上前，開槍）

普希金 呵，可恥……丹特士！（倒下）

丹特士 哈哈……普希金死了！死了！

普希金 我還有力量回擊呢。

丹特士 這不可能，我打中了你的要害！

普希金 復仇！惡魔！（開槍）打得太棒了。

丹特士 一場虛驚……我只傷了點皮毛。你瞧！

普希金 呵……完了，生命結束了！

〔沙皇、涅謝羅傑、蓋克倫、丹特士、X等上。〕

眾人歡呼　「哈哈，普希金完了！完了！」

布林加林　陛下！陛下，普希金沒有完！

沙皇　怎麼？奸細！

布林加林　陛下您瞧天上！

〔烏黑的天空電閃雷鳴、震撼天地。〕

〔普希金巍然屹立朗頌《紀念碑》：〕

「我為自己建立了一座非人工的紀念碑，
在通向那兒的路上，沒有雜草生長，
它高昂起那不屈的頭顱，
在亞歷山大紀念石柱之上。

不，我不會死亡——我的靈魂在聖潔的詩歌中，
將比我的骨灰活得更長久，
超離了腐朽消亡——
我會得到光榮、即使還只有一個詩人，
活在月光下的世上。

我的名聲將傳遍偉大的俄羅斯，
它現存的一切語言都會講著我的名字，
無論是驕傲的斯拉夫人的子孫、是芬蘭人，
是至今野蠻的通古斯人和草原上的雄鷹——卡爾美克人。

我將永遠和人民親近，
因為我的詩琴喚起那善良的感情，
因為我在殘酷的時代歌頌過自由，
並給那些倒下的人祈求過憐憫。

呵，繆斯，聽從上帝的旨意吧，
既不要畏懼侮辱，也不要希求桂冠，
讚美和誹謗，都平心靜氣地容忍，
也不要和愚妄的人空作爭論。」

——劇終

二〇〇九年元月

注釋：

(1)卡拉姆辛：（一七六六～一八二六）俄國感傷主義作家、歷史學家。地主家庭出身。著名小說《苦命的麗莎》、史學《俄羅斯國家史》十二卷。由於他的溫和保守主義，被稱為精神上的斯拉夫派之父

(2)恰達耶夫：（一七九四～一八五六）俄國作家，出身於莫斯科的貴族家庭，禁衛驃騎兵軍官，被沙皇尼古拉送進精神病院。他是俄國十九世紀初葉具有進步的哲學觀點和政治思想的代表人物之一，在遍遊英、法、德、瑞士諸國後痛感俄羅斯之貧窮和落後，寫下了他最著名的著作《哲學書簡》。

(3)鮑羅金諾：一八一二年八月二十六日在莫斯科城西面一百二十四公里的鮑羅金諾村，由庫圖佐夫元帥率領的俄國軍隊和拿破崙帶領的法國軍隊進行了一場激戰，這就是舉世聞名的鮑羅金諾戰役。這是一八一二年衛國戰爭中最重要的事件，它扭轉了戰局使法軍蒙受重大損失。拿破崙以後寫道：「我所有的戰役中，最可怕的就是在莫斯科城下的那一戰……」

(4)茹科夫斯基：（一七八三～一八五二）俄羅斯詩人、翻譯家、評論家，當過宮廷教師。俄羅斯第一位抒情詩人，是普希金的導師和先驅之一。別林斯基說：「沒有茹科夫斯基就沒有普希金。」代表作：《柳德米拉》、《十二個睡美人》、《俄國軍營中的歌手》等，作品大都充滿感傷情調和宗教氣息。

(5)拉吉舍夫：（一七四九～一八〇二），俄國哲學家、經濟學家與作家，啟蒙主義學者，代表作《從彼得堡到莫斯科旅行記》。主張摧毀專制制度與農奴制，實行農民土地所有制，長期受到沙皇政府的陷害，最後被迫自殺。

(6)阿波羅追蹤達佛涅：阿波羅熱戀河神美麗的女兒達佛涅，他到處追蹤她，她卻竭力躲避。有一次，阿波羅又窮追達佛涅，將要追到時，她喊道：「啊！父親快救救我！」達佛涅隨即變成了一棵月桂樹。阿波羅抱著月桂樹親吻哭泣，宣布月桂樹為他的聖樹，桂冠亦成為他的表徵物。

(7)一八二五年十二月（俄曆）俄國反沙皇專制制度的起義。一八二一年，批具有民主主義思想的貴族軍官成立革命組織，謀畫起義，主張建立共和國或君主立憲政體。一八二五年十二月十四日，乘沙皇亞歷山大一世突然死亡，先後在彼得堡和烏克蘭發動起義，均遭失敗。後五百多人受審，五位首領被處死，一百多人被流放。他們因此被稱為「十二月黨人」。

十二月黨人是一群年輕的貴族，俄羅斯帝國農奴制的受益者，擔任著沙皇政府各個行政機關和軍隊的領導職務，有著大好的前程。但是，他們有精神的追求，認為農奴制度是可恥的，自己所享有的種種特權都是一種罪孽。於是，挺身而出，為廢除農奴制和專制制度而鬥爭。十二月黨人的妻子更是值得尊敬，她們沒有被威脅利誘所征服，寧願放棄一切，去往遙遠的西伯利亞，守在丈夫身旁。她們對愛的執著，對苦難的超越，是人類文明史上最感人肺腑的篇章。

十二月黨人不僅僅是精神的高貴者，也是俄羅斯的思想啟蒙者。

(8)康得拉季·雷列耶夫：(一七九五～一八二六)十二月黨人詩人，是俄國積極浪漫主義的傑出代表，也是世界著名的寓言家。出身貴族，曾受拉季舍夫和法國啟蒙學派思想的影響。參與十二月黨人起義，失敗後被處死。

尼采
—孤獨的超人—
（二十三場話劇）

世界上首部反映尼采哲學思想的荒誕劇

紀念佛里德里希・威廉・尼采
誕生 170 週年

序言

尼采（一八四四～一九〇〇）是西方哲學史上的重要思想家，也是備受爭議的世界性人物，褒之者讚其為「巨人」，貶之者咒其為「惡魔」。但不管承認也罷，否認也罷；重視也罷，輕視也罷；理解也罷，曲解也罷，尼采哲學思想的意義和影響是客觀存在的，而且在當今世界和全球化的今天，越來越明顯、巨大。

例如，他抨擊現代人的弊病：光怪陸離，猶如顏料罐子，追求舒適懶散的享樂風氣、拜金主義氾濫；他反對誇大科學技術造福人類力量的「新宗教」，指責全人類把注意力放在發展科學事業上，而忽視了人生的根本問題的探求；他痛恨現代文明的荒謬和罪惡：造成了生命本能的衰退──頹廢、精神生活的貧乏──鄙俗，靈和肉都死了。而這種現代衰弱症遍及一切思想文化領域，整個現代商業化社會就像一個鬧烘烘的大市場，人們忙碌，只是為了賺錢和增加財富！在現代，經濟和政治幾乎壓倒一切，即使文化不是被犧牲、就是被商業化了；他有力地揭露：儘管上帝死了，但基督教的地盤仍十分強大，製造新的上帝讓人們膜拜；他鞭撻悲觀墮落的基督教所宣揚的奴隸道德，力主人應該超越自己、自強不息、富有創造性的主人道德……

毋庸諱言，尼采的哲學思想有著嚴重的缺陷和偏見。例如，他的反民主、反社會主義、鼓吹奴隸制度的觀點，其最大的惡劣影響莫過於在二戰中被魔頭希特勒用來為法西斯主義張目。

於是乎，尼采其人其學說不僅不見容於社會主義國家，而且也不見容於西方一些發達國家和左翼人士。

筆者認為，就像尼采聲言要對西方一切價值予以重估那樣，我們也應該對尼采的哲學思想予以重估。比如，就拿他的反民主學說來說吧，他寫道：「民主政體，體現了對一切偉人和精英的懷疑，因為它代表了『人人平等』，質而言之，我們大家都是自私的畜生和庸眾。」也應該具體分析。歷史上這種多數人剝奪少數人人權的「民主平等」的集體獨裁的悲劇還少嗎？古希臘時代號稱當時世界上最先進、最文明的雅典奴隸制民主政體卻殺害了傑出的自由主義思想家蘇格拉底；中國反右運動、無產階級文化大革命更是以多數庸眾利用大民主對少數偉人和精英的集體獨裁，造成了中國精神文化史上的斷層和不可估量的人才損失、道德危機……去其糟粕，取其精華，這才是我們對包括尼采在內的世界上哲學思想的正確態度。

尼采這位自視極高，自詡為世界上最智慧、最聰明的著作家，曾經就他所崇拜的查拉斯圖拉為主角而創作了一部奉獻給人類的悲劇，結果失敗了。於是，他轉向散文詩的創作，這就是我們現在所看到的《查拉斯圖拉如是說》。

今天，筆者要創作一部關於尼采的悲劇，為的是探求毀譽參半，甚至是毀大於譽的尼采及其學說的功過利弊。可是，創作難度之大，超過了筆者從前所創作的三十多部劇本的難度，一是世界上尚未有一部真實反映尼采的劇本；二是創作思想家的劇本頗為不易，更遑論像尼采這樣複雜、矛盾、蓋棺未定的哲學家的劇本；三是大凡悲劇總有兩個以上的主要角色，而尼采一生都在唱獨腳戲。八十多年前魯迅先生創作了令國人振聾發聵的小說《狂人日記》，但不難看出它是深受尼采思想的影響。這個中國狂人實質上是西方狂人——尼采的一部分人格……從而啟迪了筆者的靈感。

拙作《孤獨的超人》是一部荒誕劇，也是筆者全部戲劇作品中的唯一一部荒誕劇，但它又是一部非同現存世界上的任何一部荒誕劇。它的結構是荒誕的，可是內容，關於主人公的生平、思想的反映卻是十分嚴謹、客觀、決不戲說、媚俗的！現在，筆者把它獻給二十一世紀的國人和人類。

劇情簡介

白晝，一個中年男子提著燈籠到市場上尋找東西，引起了觀眾的好奇心。誰知他既不是尋找名利，也不是尋找情慾；而是尋找上帝。並且告訴人們一個天大的秘密：上帝死了！是我們共同殺死了上帝！人們在驚恐和狂怒之中，發現這個瘋子正是哲學家尼采。

尼采找到了真理，卻付出了極大的代價。民眾詛咒他、親人遠離他、情人拋棄他，連其志同道合的莎樂美小姐也跟他分道揚鑣。在他陷入絕望之時，幸虧哲學家叔本華和音樂家瓦格納給予援手。然而，尼采隨即覺悟到這兩位導師原來是死去的幽靈；幽靈及其世人反而譴責他是殺人兇手。尼采只得逃之夭夭。

拜火教教主查拉斯圖拉修行了十年後下山，因為上帝死了，他要教人類自己拯救自己。他在市場上碰到了被民眾嘲弄、咒罵而反抗的殺人犯——瘋子。瘋子頓悟查拉斯圖拉才是其精神上的導師而決定皈依。可是對方要瘋子——尼采離開他，分頭去擔當大任。

查拉斯圖拉在市場上說教卻無人理會；民眾熱衷於觀賞雜耍、看好賣藝人之死。查拉斯圖拉決定離開群眾，把愛施捨給同伴。鷹和蛇成了他的伴侶、助手，伴隨他在洞窟裏重又修行了很長時間，再次下山傳道。他拯救了從靈和肉都墮落的預言家、國王、水蛭專家、巫師、神父、乞丐、最醜陋者、影子……他的好心換來的則是惡報！查拉斯圖拉大澈大悟，決心尋找超人，宣傳超越之道。

尼采忍受了巨大的痛苦與孤獨，終於寫成了自視甚高的著作《查拉斯圖拉如是說》。可是出版之難，使他傾家蕩產自費出版了自己的心血結晶。到頭來，這部「世界上最偉大的書」卻遭到冷遇、被人唾棄的命運。尼采徹底地瘋了。

人物表

尼采　（一八四四～一九〇〇）哲學家

查拉斯圖拉　先知，瑣羅亞斯德教的創立者

瘋子

市民們、女子們、友人們、幽靈們、旅客們、群眾、聖哲、服務員、賣藝人、小孩、侏儒、靈魂、生命、出版商、馬夫、預言家、國王、水蛭專家、巫師、神父、乞丐、最醜陋者、影子等。

鷹、蛇、駱駝、獅子、巨龍、驢子、牝牛。

時間：現代

地點：歐洲

第1場

〔一中年男子持燈籠上。他頭髮蓬亂、衣衫不整、目光怪異，提燈尋找什麼。〕

〔後臺傳來市囂聲。〕

〔市民們上。瞥見該男子的情狀，紛紛駐步圍觀，指點低語：「瘋子！」「瘋子……」〕

瘋子　（舉燈一照，省悟）菜市場……那兒定有信徒們聚集的教堂。

〔人聲寂然，眾人又緊張又好奇地注視著瘋子的舉動。〕

瘋子　（邊走邊照）走開！讓路！別擋我的道！

〔人叢中響起嗤笑聲。〕

瘋子　什麼？你們譏笑我大白天提著燈籠照路？不！不！

〔人叢中又響起一陣嗤笑聲。〕

〔有人鼓起勇氣而上。〕

市民甲　先生，你丟失了什麼貴重的東西？是金幣，光閃閃、黃澄澄，最可寶貴的金子？

市民乙　馬克！

市民丙　英鎊！

市民丁 美元！

瘋子 （怒叱）去你的金幣！這殺人的毒藥、腐朽的糞土！

〔**人叢中爆發出一陣驚歎聲：「呵，金幣？！」「毒藥？！」「糞土？！」**〕

市民甲 我懂了，先生。你丟失了比金幣還寶貴的愛情，那甜蜜、純潔、無比幸福的愛情？

市民乙 特蘭貝達！

市民丙 柯西瑪！(1)

市民丁 莎樂美！(2)

瘋子 （叱責）你要到女人那兒去嗎？別忘了帶上鞭子！

〔**人叢中又響起驚愕聲：「呵，鞭子?!」「奴隸?!」「畜生?!」**〕

市民甲 先生，你定是丟失了比愛情更重要的東西。那神聖、崇高、無與倫比的榮譽？

市民乙 巴塞爾大學的教職！

市民丙 波蘭貴族的血統！

市民丁 超人哲學家的光環！

瘋子　（怒吼）讓你們的金錢、愛情、榮譽統統去見鬼吧！（揮舞燈籠砸人）

〔眾退避，邊大聲嚷嚷：「傻瓜！」「傻瓜！」〕

市民甲　先生，愚蠢的小民實在猜不出天才的先生您在尋找什麼；你能否開啟我們的腦袋？

瘋子　我的燈籠比天上的太陽還明亮百倍！（眾嗤笑）我是在幹一件空前絕後，為人類造福的大事業。懂嗎？

〔眾哄笑。〕

瘋子　你們不信？我就來公開這個秘密。這件偉大的事業就是「尋找上帝」；全世界只有我一個人在尋找上帝！

〔哄笑聲、驚愕聲、咒罵聲大作：「『上帝』？我的上帝！」「他說他在尋找上帝？」「瘋了？他真的瘋了！」「瘋子！瘋子！」〕

瘋子　無可理喻的愚民！讓他們笑吧，罵吧，我可要幹正經事。（邊走邊照）這兒是教堂了。

〔眾人亦步亦趨地跟隨瘋子。有的人惡作劇地模仿其舉止。

市民甲　先生，你找到上帝了嗎？

〔突然，瘋子如遭雷擊，一陣顫抖，木然不動。〕

〔眾人嚇得不知所措，連連後退。〕

〔倏忽，瘋子驚喜不迭，手舞足蹈，燈籠落地，燭火熄滅。〕

〔眾人茫然地注視瘋子的反常舉動。〕

市民甲　（上前，諷刺地）先生，你手中沒有了燈籠，怎麼能找到上帝？

瘋子　（朝其一巴掌）我找到了！我找到了上帝！我找到了上帝！

〔眾人起鬨：「我找到了上帝！」「我找到了上帝！」〕

〔忽然，瘋子跌坐在地，憂傷地哭泣。〕

市民甲　（捂著臉）你找到了上帝，這是喜事；應該高興才是，先生。

市民乙　是上帝拋棄了你？

瘋子　（啜泣）上帝……上帝死了。

市民甲　唔，「上帝死了」？上帝呀！

〔眾人嚷嚷：「上帝死了？上帝死了！」〕

市民甲　安靜！請大家安靜！太不幸了，先生，上帝死了。先生，你能不能告訴我們，上帝是怎麼死的？

〔眾人附和地：「對對，上帝是怎麼死的？」「告訴我們！告訴我們！」〕

瘋子　（霍然而起，怒目瞪視，環顧四周，指責）是你、你們這些鸚鵡學舌的人！你們這群烏鴉聒噪的人！你們這夥無視上帝的人！你們這幫迷信上帝的人！殺死了上帝！（捶胸頓足）還有我，一起殺死了上帝！

〔驚恐聲大作：「不不！」「上帝?!」「上帝呵上帝！」〕

瘋子　是的，是的。是我和你們一起殺死了上帝！我們都是沾滿上帝鮮血的劊子手，一個都逃脫不了罪責！

〔周圍如死般地沉寂。〕

瘋子　上帝死了！你們天天所進的教堂成了上帝的墳墓，你們卻把死者當成活人一樣頂禮膜拜，自欺欺人。其實，你們根本沒有信仰！

〔狂叫聲、詛咒聲大作：「瘋子！瘋子！」「魔鬼！魔鬼！」「把瘋子抓起來！」「抓起來！抓起來！」〕

瘋子　誰敢?!

〔眾人被瘋子的氣勢所鎮住，戰戰兢兢，惶恐不安。〕

瘋子　上帝明察秋毫，洞燭人心，所以他不能不死；這個見證人活著，人類無法忍受；上帝是死於對人類的溺愛。上帝年輕時艱辛而嗜好復仇，後來老了變得溫良慈悲，他瞧見人被釘在十字架上忍受不了……終於有一天，我們用虔誠和不敬把他窒息而死。上帝死了！（痛哭）

〔**恐懼聲、啜泣聲交織一起：「上帝死了！」「上帝死了……」**〕

瘋子　上帝死了！永遠死了！是我們把他殺死的！這統治世界的最神聖、最有權力者是死於我們的刀劍之下！我們這兇手中的兇手怎樣來自慰呢？唉唉……

市民甲　上帝死了！我們──上帝的子民該怎麼辦？怎麼辦？

市民乙　上帝死了！我們──上帝的信徒，活在世上了無生趣，還不如死去？

市民丙　上帝死了！我們──上帝的的棄兒，也跟著完蛋，成了行屍走肉、孤鬼遊魂。

市民丁　上帝死了！我們──上帝的孽子，去痛哭流淚、發狂呼號吧！

〔場上響起一片哭泣聲。〕

瘋子　（狂笑）哈哈……我們幹成了這件大事！沒有了上帝，我們便代替了上帝！

〔嘩聲大作。〕

市民甲　上帝！這個瘋子在胡說些什麼？

市民乙　上帝！這個魔鬼要下地獄！

市民丙　上帝！這個異教徒該活活燒死！

市民丁　上帝！這個不信神的傢伙倒說出我的心裏話。如果真的沒有上帝，我們自己不就成了上帝，要幹什麼就能幹什麼？

瘋子　（喝斷）放肆！賤民！愚氓！上帝死了，只有最高貴的人才能成為主宰世界、拯救人類命運的主人！

〔眾人不約而同地問道：「誰？」〕

瘋子　我！弗萊德里克・威廉・尼采！

〔驚叫聲、哄笑聲大作：「喔，尼采！」「狂人尼采！」「瘋子尼采！」〕

瘋子　我要推倒你們的講壇！我要打碎你們的偶像！我要撕毀你們的聖經！我要奪走你們的聖餐！我要搗毀你們的教堂！把這偽善、虛假、腐朽、醜惡的世界翻倒重來！只有這樣，你們才能獲救，人類才能幸福！

市民甲　喔，上帝。瞧，這個人！（劃十字）

〔嘩聲大作。紛紛劃十字：「打死他瘋子！」「打死他狂人！」「打死他尼采！」〕

〔瘋子邊招架邊逃下。〕

第2場

〔一壯年男子拄杖而上。他光頭裸足、偉岸軒昂、步履矯健。〕

〔一老者上。在路口與壯年男子相遇。〕

男子　（致意）您好，老人家！

老者　早安，年輕人！如果我沒有認錯的話，你就是查拉斯圖拉、拜火教的創立者。

查拉斯圖拉　（以下簡稱「查氏」）我正是查拉斯圖拉。(3)你一定是位智慧的聖哲？

聖哲　我不過是個朝聖的老人。

查氏　老人家您去哪兒？前面沒有路。

聖哲　上山。

查氏　光禿禿的山頭什麼也沒有，只有風吹雨打、野獸侵襲、難以遮身的一間草屋。我曾在那兒蝸居、修行。

聖哲　查拉斯圖拉，你去哪兒？

查氏　下山。

聖哲　你下山去做什麼？

查氏 哪您上山去做什麼？

聖哲 我因為愛上帝的緣故，所以才上山。山上我最能接近太陽，上帝把光明沐浴我的身體、把善傾注我的心頭。

查氏 老人家，您是從山下的人間來的，您難道一點兒不知道一個天崩地裂的噩耗：「上帝死了」？

聖哲 （震怒）什麼，「上帝死了」─?!

查氏 不久前，有個瘋子從人間帶來消息說，上帝死了。他親眼目睹上帝死了，而且是被人類窒息而死的。

聖哲 瘋話！光明和善的使者、虔誠的查拉斯圖拉，你也相信上帝死了？

查氏 因為上帝死了，所以我要下山去給人類智慧，教他們自己拯救自己。

聖哲 上帝呵上帝！瞧這個查拉斯圖拉也瘋了。

查氏 不。我在山上修行了十年，我受了太陽莫大的恩惠；如今，當人類墮入茫茫黑夜，惡在大地上橫行。我怎麼能不把光明帶往人間，解除他們的苦難呢？

聖哲 照你的說法，上帝是被人類的虔敬而殺死的，那麼當你施予人類過多的愛，豈不也會被人類毀滅嗎？

查氏　我說過愛嗎？我並不布施什麼。

聖哲　你別奢望賜予他們智慧，你頂多分去他們一點負擔。熊歸熊群，鳥歸鳥巢。查拉斯圖拉，你還是跟我一起上山向上帝祈禱吧！

查氏　聖哲，您還是跟我一起下山拯救人類吧！

聖哲　人類使我失望，我又無力使人類從善；我會被人類的惡所毀滅。

查氏　上帝死了，人類就像沒頭的蒼蠅到處亂叮，最終會被惡所毀滅。人類只有自己拯救自己，我要把這個真理告訴他們，這是我的使命。

聖哲　（吃驚）你要代替上帝當救世主？

查氏　應該說是超人。超人是大地的意義，人類的救世主！

聖哲　（驚恐）走開！瘋子！惡魔！

查氏　老人家，臨別之際，我送您一件禮物作紀念品。

聖哲　除非你讚美我的上帝，我寬恕你。

查氏　（掏出書本）這是拙著，從書裏您可以看到上帝的下落。

聖哲　（接閱）《快樂的科學》（驚恐地甩掉）尼采？尼采！神人共誅的狂人！

〔查拉斯圖拉仰天大笑，從容而去。〕

〔聖哲喪魂失魄，逃下。〕

第3場

〔一青年男子上。他鬚髮濃密、服飾整潔，神情不安；他時而左顧右盼，時而匆匆趕路。〕

男子 （自言自語）孤獨！孤獨！孤獨！孤獨像獵犬一般地追逐我，使我沒命地從一個地方逃往另一個地方：巴塞爾、南堡、尼斯、索倫特、西爾斯－馬利亞、熱那亞……孤獨像嚴寒一樣地侵襲我，使我不得不逃離冰窟般的祖國；只有在異國他鄉：春光明媚的義大利、風景宜人的瑞士山湖、陽光燦爛的法國南方城市……我那顆凍僵的心才能得到一絲復甦。孤獨像病痛一般地折磨我：頭痛、胃疼、嘔吐、發燒、失眠、高度近視……唉，我行將就木、離開人世。

〔一頭髮花白的老婦上。〕

女子甲 （伸臂）兒子，我親愛的小尼采！我的兒子，你為什麼不回到媽媽的懷抱裏來呢？

尼采 （驚喜）是你？媽媽！

女子甲　是的，是的。媽媽沒有一天不想念你，沒有一天不祈盼你回家。

尼采　好媽媽，我也一樣掛念你。

女子甲　（擁抱）你終於回來了。感謝上帝！

尼采　（反感）上帝？

女子甲　媽媽日夜向上帝祈禱，上帝被媽媽的虔誠打動了。

尼采　我的上帝！

女子甲　來，兒子。（跪）讓我們一起感謝上帝的仁慈和恩惠……阿門！

尼采　我的上帝！

女子甲　你怎麼不跪謝上帝？上帝——

尼采　（打斷）媽媽，你別「上帝」、「上帝」地對我嘮叨不停！

女子甲　（驚）你怎麼啦，兒子？你已經變得不像我的兒子。從前的兒子，一個虔誠的基督徒、一個立志當牧師的好孩子。

尼采　（神情恍惚）從前的兒子……基督徒……牧師……

女子甲　好孩子，告訴媽媽，你長大了要做什麼？

尼采　牧師！牧師！

女子甲　太好了！孩子，我家世世代代都是虔誠的基督徒，你的英年早逝的爸爸是當地有名的牧師，受到信徒的愛戴，皇帝還親自接見他。兒子，你又是跟我們神聖的國王陛下同一天誕辰，所以爸爸給你起了個同國王一樣的名字。是上帝賜給我這樣一個兒子，我要把他獻給主。感謝上帝！

尼采　（醒悟）沒有上帝！

女子甲　（驚慌）你說什麼？

尼采　上帝並不存在！

女子甲　尼采，你頭腦發昏？

尼采　我此刻的頭腦比天上的青天、身旁的清風、腳下的碧水還要清新！

女子甲　上帝呀，可憐可憐我的兒子！

尼采　媽媽，瞧瞧兒子經年累月、嘔心瀝血、上天入地地研究的著作，證明上帝是否存在？（取出書本）

女子甲　（一瞥，驚叫）「上帝死了！」

尼采　（冷酷地）上帝是我們心造的幻影！上帝是我們自製的鐐銬！上帝是我們擁戴

的暴君！

女子甲 饒恕他吧，上帝！魔鬼佔據了他的心房，所以才說出這樣的瘋話。

尼采 發瘋的不是我，而是你們，被上帝的謊言所矇騙了千百年的你們！

女子甲 你？你……瘋子！惡魔！滾出去！

尼采 哈哈，我得到了自由。再見，媽媽！

女子甲 兒子！（追）我的兒子，你回來呀！媽媽不能沒有你。

尼采 你選擇上帝，還是選擇兒子？

女子甲 上帝，他怎麼這樣狠心？上帝呵！（摔倒在地，痛哭）

〔尼采頭也不回地離去。〕

第4場

〔尼采拄杖上。他病病歪歪、神喪氣黯、步履蹣跚。〕

尼采 孤獨呀！孤獨呀！孤獨呀！世人罵我是瘋子、聖哲斥我是狂人、連母親也咒我是魔鬼，把我從家裏趕走。我無家可歸、眾叛親離、到處流浪。

〔一青年女子上。〕

女子乙 （親熱地）親愛的哥哥，有我呢！

尼采 （驚喜）伊莉莎白！

女子乙 誰說你孤獨？你一點也不孤獨，有我跟你作伴，哥哥。

尼采 太謝謝了，妹妹！你怎麼知道我在這兒？

女子乙 誰叫我是尼采——一位天才的妹妹？我聽說你病了，我知道你需要一位保護神，於是我來了。

尼采 在親人中也許只有你跟我是心靈相通的，只有你瞭解我那深邃的思想和正在著手的偉大事業——

女子乙 我崇拜你，哥哥！

尼采 別打斷我的話。你知道我們的媽媽怎麼也不明白我會從一個基督徒變成反基督的鬥士——

女子乙 說實話，當初你否定上帝的言論也把我嚇壞了。可是，我崇拜你，哥哥！

尼采 別打斷我的話，妹妹！你應該明白，做大學教授，天下多的是，不過是教書匠！但是，做一個真正的哲學家珍稀如鳳毛麟角——

女子乙　你當初榮任巴塞爾大學教授才二十四歲，不僅我和媽媽，而且全城的人都為你感到驕傲。儘管你後來辭去了教職，可是，我崇拜你，哥哥！

尼采　別打斷我的話，伊莉莎白！如果你再犯，我立即叫你滾蛋！

女子乙　我同樣發誓：如果再這麼做，不等你下逐客令，我主動離去！

尼采　好妹妹，我怎麼會這麼做呢？

女子乙　我不需要你的憐憫，你也絲毫動搖不了我的鐵石心腸！

尼采　可惜你是女人。否則，你將是我事業上的同志、向舊世界宣戰的戰友。

女子乙　這和性別有什麼關係？有時候，我們女人比你們男人剛強、堅韌百倍！

尼采　不！女人像月亮，男人是太陽；女人追求的只是愛情，男人嚮往的是功勳；女人的責任是生兒育女、管理家務，男人的任務是戰鬥、創造。

女子乙　我可不是你說的那種女人；我雖身為女人，卻在從事一件無愧於你的事業。

尼采　什麼事業？

女子乙　反猶！

尼采　（驚詫）反猶？

女子乙　這不是跟你殊途同歸嗎，哥哥？你否定的上帝正是猶太人的上帝，基督教是猶

尼采　太人創立的宗教，猶太人像瘟疫一般在全世界傳染，我們純潔高貴的德意志首當其衝。哥哥，我們責無旁貸地該把罪惡、骯髒、貪婪的猶太人清除出去！

女子乙　不，不……你和我說的毫無共同之處。

尼采　（冷笑）我不過說了你想說而不敢說的心裏話。你嫉妒了你的妹妹比你更堅強、更踏實。

女子乙　（氣忿）你再胡言亂語，我命令你——

尼采　當你還沒有說出「滾」字時，我就不請自便。我告訴你弗萊德里克・威廉：今天我是特地來向你告別的！

女子乙　（失望）呵，伊莉莎白，你這個工於心計的女人！

尼采　我要到遠方去，隨我未來的丈夫、天生的領袖福斯特先生開創偉大的事業。

女子乙　呵，福斯特？一個狂熱而鬼迷心竅的反猶騎士！

尼采　不，我的心上人是一位明智而出類拔萃的愛國之士！

女子乙　無恥！胡說！

尼采　（嘲諷）與你那些高深莫測的學術著作遭到冷遇的命運相反，他的巡迴演講到處掀起歡迎的浪潮。

尼采　無知下流的女巫，像我的母親一樣！你竟敢把我視作比生命還寶貴的心血結晶和福斯特的庸俗淺薄的東西相提並論，在我創傷累累的心上捅上一刀！

女子乙　我真是這樣做了嗎？

尼采　如果你真的跟那個傢伙，我就和你一刀兩斷！

女子乙　你已經侮辱了我和媽媽，我們扯平吧。我還要請你賞臉參加我們的婚禮，親愛的弗里茨。

尼采　（朝其一巴掌）你這是對我的莫大侮辱！

女子乙　你你……（抽泣）你要我一輩子做老處女嗎？你要我和你一樣孤苦伶仃？你要我活在世上像塵土一樣毫無價值？我常常為有一位偉大的兄長而感到自豪。我不是故意的，親愛的妹妹。我是說你什麼人都好嫁，但為什麼偏要嫁給福斯特？

尼采

女子乙　聽我說，別打斷我的話！福斯特和你一樣是日爾曼民族最偉大的男子漢、大丈夫，是我靈肉上的另一位兄長；他和你一樣憂國憂民、有深邃的思想、堅定的信念和巨大的勇氣；你要當超人，而他已經在做救世主的工作了。但你們的主張均不見容於當局，所以福斯特決定去南美建立新德國、雅利安人的殖民地。跟我們一起幹吧，我們會把舊世界攪得天翻地覆！

尼采 原來你根本不瞭解我的思想。我和你的福斯特毫無共同之處！

女子乙 那麼……永別了，弗里茨！（離去）

尼采 （傷感）別了，伊莉莎白……

女子乙 （返身）哥哥，我實在捨不得離開你——一個孤獨、慈悲、病痛的殉道者。（撲入尼采懷裏哭泣）

尼采 （感動）你怎麼這樣狠心地甩下我？我孤身一人，家未成、業未立、又病又窮……

女子乙 （離身）巴塞爾大學的事怎樣了？

尼采 （夢囈地）尊敬的校長先生，鑑於我的健康情況，我已經擔當不了重任，故而請校方免去我在貴校的語言學教授的職位。弗萊德里克·威廉·尼采。

女子乙 弗里茨，你怎麼不出聲？

尼采 你說什麼，伊莉莎白？

女子乙 呵，你走神了！我和媽媽一直關心你的前途；你不能這樣下去，你總得吃麵包、穿衣、租房，維持最起碼的生活，你還得治病。然後才能著書立說，幹你的事業；而你除了一點退休金外卻一無所有。

尼采 你要我幹什麼？

女子乙　你用這種口吻對待我們的好心？呵，我不想爭吵。你有權要回你的教職。

尼采　當初是我主動要求解職的。

女子乙　當初是當初，現在是現在。我問你，你究竟有否向校方提出應聘要求？你急需的是錢！

尼采　我去了。

女子乙　瞧你瞞著好事！校長先生一定驚喜若狂？他表示歡迎？他覺得勉為其難？他說還要跟董事會商量，叫你過些日子聽回音？

尼采　他當場就回絕了我。

女子乙　（驚訝）簡直不可思議？你是巴塞爾大學最好的教授，沒有人能代替你；別瞧你現在這副模樣，你的健康正在恢復中。

尼采　校長先生是這樣答覆我的：你的學術水準遠遠超出了我們的招聘條件，尼采先生。遺憾的是，我們不能接受你的應聘，並非是你的身體狀況，而是你的反基督的立場；所有大學也會和敝校持同一觀點。

女子乙　這是他反基督得到的報應，上帝呀！

尼采　有朝一日，我會把自己變成炸藥，把你們的基督世界炸個粉碎！

女子乙　上帝呵上帝，他瘋了！完全瘋了！救救他吧，這個可憐的孩子！

尼采　我不需要憐憫！憐憫是奴隸的道德，是上帝用來扼殺人心的毒藥，是惡！

女子乙　呵，連上帝也棄他而去。怎麼辦？怎麼辦？

尼采　不，上帝死了！上帝死了，所以我在尋找超人。

女子乙　瘋話！你今天還不知道明天；只有你唯一的親人、你的親妹妹在照顧你、愛護你、支持你。（抱住他的頭）跟我去烏拉圭吧，你就終身有靠，能潛心著述。

尼采　（噤口）

女子乙　親愛的，偉大的事業在召喚你，全世界的目光在注視你我。要不，你投資我們的事業，這不僅是你對人類的貢獻，而且你會錢上生錢、利上滾利、名利雙收！

尼采　呵，原來你是要奪去我的最後一點活命錢。女人，該死的女人！（揮杖捶打）

女子乙　（狂叫）撒旦！撒旦！（逃下）

第5場

〔尼采拄杖而上。他衣冠楚楚，強打精神，獨自徘徊。〕

尼采　孤獨呀！孤獨呀！孤獨呀！在我頭上眾多的靈光圈中又添了新的靈光圈，那便是我妹妹詛咒我為「撒旦」——惡魔中的惡魔！呵，我沒有靈感，沒有愛情……

女子甲的聲音 你應該結婚，我兒。

尼采 （一驚，對著虛空）誰？我不要結婚！

女子甲的聲音 你真古怪，孩子。你怎麼像苦行僧似地不想女人？

尼采 別再跟我提結婚，母親！我憎恨女人！

女子甲的聲音 我也是女人，你也憎恨母親嗎？

尼采 你再嘮叨，我永遠也不回家！

女子甲的聲音 你好狠心，孩子。（哭泣）

尼采 母親，你不瞭解你的兒子。（環視）母親，母親你在哪兒？（恍然大悟）這是幻夢……女人像夢魘一般日夜來煩擾我。女人！女人！

〔女子丙上。〕

女子丙 （譏諷地）女人又要來煩擾你了，弗萊德里克・威廉・尼采先生？

尼采 （驚喜）是你，親愛的莎樂美小姐。我等得你好苦呀！

女子丙 （閃避）你不是憎恨女人？

尼采 我怎麼會把你跟一般女人相提並論呢？

女子丙 你從前的學生、那個又漂亮又性感的荷蘭姑娘特蘭貝特呢？

尼采 （尷尬）她還是個孩子。

女子丙 孩子就沒有性別？你對她是恨還是愛？

尼采 我跟她只是師生之誼。

女子丙 （冷笑）唔，這是個例外？那麼，瓦格納的夫人、德國沙龍的女王、美麗、高貴、優雅的柯西瑪女士呢？

尼采 我像對待聖母一樣崇敬她，但沒有一點非分之想。

女子丙 你純潔得猶如天使！其實，你何嘗只有這三個「例外」？也何嘗僅止不憎恨的感情？

尼采 你……你這是什麼意思，莎樂美小姐？

女子丙 你既然裝傻賣乖，那麼我只得為你撕開這塊遮羞布，尼采先生。你在大庭廣眾、親朋好友中公開表白什麼：「我不要結婚，我討厭束縛，更不願介入『文明化』的整個秩序中。因此，任何婦女很難以自由之心來跟隨我。近來，獨身一輩子的希臘哲人，時時清晰地浮現眼前，這是我應該學習的典範。」

尼采 我坦然承認，這是我的宣言。這難道錯了嗎？

女子丙 好得很！

尼采 你可以批評我自視甚高、狂妄自大；但你不能侵犯我的人權、玷污我的信仰。我血統純正、理想崇高，上帝，不，是上天賦予我扭轉乾坤的大任，我豈能像凡人、螻蟻那樣追求庸俗生活、蠅頭小利、貪圖物質享受、耽溺私事呢？我必須像耶穌那樣獻出自己的一切，即使生命也在所不惜！

女子丙 呵，我有幸聆聽尼采先生的精彩高論，就像在教堂裏傾聽牧師宣講上帝的福音書。

尼采 別讓什麼「上帝」、「福音書」，侵佔我們有限的空間、浪費我們寶貴的時間！

女子丙 我忘了你是反基督的鬥士、上帝的仇敵，弗里茨。

尼采 還是談談你我的正經事，親愛的。

女子丙 我的開場白還沒有結束呢。

尼采 那你趕快說吧，莎樂美小姐。

女子丙 你的宣言有多麼光明、你的心靈有多麼純潔、你的人格有多麼偉大！

尼采 在同樣光明、純潔、偉大的莎樂美面前，尼采沒有必要接受他唯一所愛的女人的恭維。

女子丙 莎樂美是你唯一鍾情的女人嗎，尼采先生？

尼采　是的，是的，親愛的！你是午夜的閃電、曉天的朝霞、荒野的玫瑰……我第一眼見到你，便發狂地愛上了你——

女子丙　（打斷）好，我就來念一下你寫的情書！（掏信）「我的小姐，請您集中您心中的全部勇氣，以免因我在此向您提出的問題而大吃一驚。你願意做我的妻子嗎？我愛你，你彷彿已經屬於我的了。你不也相信我們結合後對我們之中任何一個都比獨身更自由、更好嗎？——」

尼采　（驚呼）呵，特蘭貝達！你……你是怎麼得到它的，莎樂美？

女子丙　（收信）這你就別操心了。你不是聲言你倆只是「師生之誼」嗎？

尼采　這是個人隱私。我有權利愛人，她還沒有未婚夫。

女子丙　回答得好！我再念一下你的另一封情書，尼采先生。（掏信）「阿里阿德涅，我愛你！狄奧索尼斯。」這裏，你用希臘神話的典故比喻你倆的關係。阿里阿德涅是太陽神的外孫女、克里特王米諾斯的女兒，她被受其幫助、共過患難的丈夫忒修斯拋棄，酒神狄奧尼索斯愛上了不幸的阿里阿德涅，最後兩人喜結良緣。你借此向心上人傾吐愛情：「刺得再深些！再深些！刺傷、刺傷這顆心。哈哈，你折磨我，你是個傻瓜，你要把我的高傲折磨乾淨？給我愛吧—誰還給我溫暖？誰還我？——」

尼采　（狂叫）柯西瑪！你偷了我寫給她的情書！（搶奪）

女子丙　（收信入懷）尼采先生，你不是坦言你對柯西瑪的感情像聖母瑪利亞一般，沒有「非分之想」嗎？

尼采　我們的愛情是聖潔的，不沾染絲毫世俗骯髒的慾念。為了這位高貴的女神，我願意像聖杯騎士戰鬥到死！

女子丙　太感動人了！尼采先生，我再念一下你的第三封情書。（掏信）這是你寫給我的。「我的女弟子，是你絕頂聰慧的心靈直入我深奧的思想殿堂！我的小白鴿，是你純潔的白翼給我帶來天上的音樂，我多麼幸福！我的天使，是你火熱的愛情，使我衰弱的生命重又煥發青春，我多麼幸福！」

尼采　（陶醉）我多麼幸福……你嫁給我吧，親愛的莎樂美小姐。（緊握對方）

女子丙　（甩手）夠了！夠了！你表面上冠冕堂皇地說什麼不要結婚，不要結婚；女人會剝奪你的自由、妨害你的事業；可在背後你卻人盡可妻，向每一個稍有容貌、知識的女人大獻殷勤！

尼采　這不是事實；我是真心愛你！

女子丙　你連自己親筆寫的證言也矢口否定，還說什麼真心愛我？（把信甩地）

尼采　（拾信，一瞥）呵，原諒我吧，一條可憐的小狗。

女子丙　我不想結婚！

尼采　沒有了你，我便失去了愛情、靈感、前途、生命！（下跪）

女子丙　我接受了這一個，便會傷害另一個——我們共同的朋友保爾・瑞，他捷足先登，首先向我求愛。

尼采　該死的傢伙！我要跟他決鬥，把你從猶太佬的爪子下救下來！

女子丙　你不能這麼幹，尼采！

尼采　除非你拒絕他做你的丈夫，否則我們兩人中必有一個死於劍下！

女子丙　哪我豈不成了殺人的幫兇？昔日志同道合、探求學問的小團體就此四分五裂，成了血刃相見的仇敵。

尼采　愛我，還是不愛？你的一句話就能決定我的生死。

女子丙　（思忖）除非……除非？

尼采　你有什麼難以啟齒的？從心靈到肉體，你已經給了我巨大的歡樂。

女子丙　瞧你！我的意思是，除非我們那「三位一體」的社團關係以某種紐帶加以維繫。

尼采　（頓悟）我們三人一起學習一起同居？絕妙的主意！（欣喜若狂，親吻對方）

女子丙　（半推半就）你又佔我的便宜，弗里茨。

尼采　我的慾火在熊熊燃燒！（又要吻）

女子丙　（擋住）這是在大庭廣眾、光天化日之下，尊敬的尼采先生。

尼采　愛情是精神的，也是肉體的；性愛是甜蜜的，而不是痛苦的；肉慾是健康的，而不是下流的。我要大聲嚷嚷，讓那些道德家見鬼去吧！

女子丙　哈哈，這才是你的本色，弗里茨。

尼采　隨人家去說吧。我要結婚！我要伴侶！我要性愛！

女子丙　不過，我還想請教一個問題。

尼采　儘管問吧，你只要答應做我的妻子。

女子丙　關於女人，你不是有一句名言嗎？叫「瑞」來。（朝後臺喊）保爾．瑞！你說：「你要到女人那兒去嗎？別忘了帶上鞭子！」

尼采　（一怔，隨即跟著喊）保爾．瑞！

〔一青年男子上。〕

友人甲　是你們喚我？

尼采　我們要演戲；你和我的莎樂美三人一臺戲，瑞。

友人甲　我沒有演戲的天分，尼采。

尼采　我並不要你做大明星；我是編導兼主要演員，你只要聽我的指揮。

友人甲　不，不，我只聽莎樂美小姐的話。
尼采　莎樂美小姐是這個戲的總導演、監製人。
友人甲　（將信將疑）莎樂美小姐你？
女子丙　瑞，我要你來是——
尼采　（搶先）莎樂美小姐是想讓我執導一齣戲，以論證我說過的一句名言：「你要到女人那兒去嗎？別忘了帶上鞭子。」
友人甲　（氣忿）你這是對莎樂美小姐的侮辱！
尼采　戲還沒有開場，你怎麼知道它的結局呢？
女子丙　（莞爾一笑）你就一起參加遊戲吧，親愛的。
友人甲　（勉強）恭敬不如從命，莎樂美。
尼采　（喚）照相師！照相師！
〔友人乙上。〕
友人乙　你好，弗里茨！
尼采　波奈特先生，我和這兩位朋友要演一齣「三位一體」的小品，請你照個相，我們將把它留作人生的最好紀念。

友人乙　我樂意為諸位效勞。

尼采　我去準備一下。（下）

〔女子丙感到好奇。友人甲悶悶不樂。友人乙在擺弄攝影機。〕

〔尼采上，推著一輛小車。〕

尼采　莎樂美小姐請坐到車上，你是當然主人。我和瑞是拉你行駛的兩匹馬兒。（拿過繩子）這是馬韁。（把它繫在自己和瑞的手臂上。瑞掙扎）你不願意為我們的女王效勞，瑞？

女子丙　（大笑）弗里茨，真有你的！

友人甲　我自己來，尼采！

尼采　女主人，恭請你拿好韁繩。（把繩子的另一端甩給女子丙）

友人乙　可以開始嗎，尼采先生？

尼采　等一下！（又從車上拿起一根小木棍，繫上一段繩子，遞給女子丙）這是你的馬鞭，莎樂美小姐。

〔女子丙心領神會、洋洋得意地玩弄鞭子。〕

〔尼采朝友人乙示意。〕

友人乙 諸位準備。（對好攝影機鏡頭）

〔女子丙揚起鞭子。〕

〔尼采和友人甲拉動小車，前者趾高氣揚，後者垂頭喪氣。〕

女子丙 駕！（揮舞鞭子）

友人乙 好！（隨著一陣煙霧過去，便從攝影機裏取出一張照片遞給女子丙，眾人圍看）

女子丙 太好了！太好了！謝謝波奈特先生！（下車）

〔友人乙推著小車下。〕

〔尼采手舞足蹈，友人甲唉聲歎氣。〕

〔女子乙氣勢洶洶上。〕

女子乙 （奪過照片，迅速一瞥）恬不知恥！搞這種玩意兒？我還以為您是高貴的貴族小姐呢？呸，人盡可夫的女人！我不許你作賤我的偉大的哥哥！

女子丙 （一怔，奪回照片，冷笑）你以為是我要佔令兄的便宜？是我愛上他？我可以和他同睡一張床而毫無邪念……第一個把同居計畫當成無比下流意圖的人正是令兄。當他無法實現他的粗野婚姻時，就以精神友誼作為開始——呸！什麼

女子乙　「精神友誼」？全部男人想的都是一樣的勾當——同女人睡覺！

尼采　莎樂美！你……我不能眼看一位偉大的天才被一個蕩婦、一個女巫、一個騙子所毀滅。哥哥，我們走！

女子乙　（**惱怒**）你這個自私而嫉妒的女人，破壞了我的好事！滾！你不是早就滾了嗎？原諒我吧，莎樂美小姐。一切惡是我幹的；用你的鞭子狠狠地抽打我吧，我心甘情願地死在你的沾血的鞭子下，我將多麼幸福！（**朝其下跪**）

女子丙　（**絕望**）撒旦！女巫！（**逃下**）

友人甲　（**冷冷地**）正像令妹所說的我的愛會把你——一位偉大的天才毀滅；況且，我根本不愛你，尼采先生！

尼采　（**喜出望外**）是的！是的！莎樂美小姐怎麼會把芳心交給一個粗野、狂妄、自私、追求肉慾的偽君子呢？

友人甲　（**氣急敗壞**）我寧可被你殺死，也決不允許你污辱我的人格！

尼采　呵，我還沒有說完呢，尼采先生。莎樂美小姐需要一位勇敢而高尚的騎士，而不是你的胡言亂語、虛榮心十足的產物——哲學！

（**撲去**）決鬥，臭騎士！殺死你，腦袋裏藏著毒藥的膽小鬼！

〔**兩人撕打**〕

女子丙　你們瘋了？都給我住手！住手！

〔友人甲掙脫，狼狽不堪。〕

尼采　哈哈，我勝利了！我勝利了！我將成為世界上最幸福的人！

女子丙　瑞，振作起來！（親吻友人甲）我倆走，親愛的！（攜手同下）

尼采　（震驚，絕望）呵，上帝……（跪倒，痛哭）

第6場

〔尼采狼狽而上；他衣敝履破、失魂落魄，摸黑前行。〕

尼采　痛苦呀！痛苦呀！痛苦像鞭子一般地抽打我；無聊呀！無聊呀！無聊像黑暗一般地侵襲我。失去了一切，人生還有什麼意義？沒有了作為，生存不如死亡……

〔幽靈甲上。〕

幽靈甲　我不是早就說過：人生毫無意義，人生便是痛苦，人生等同墳墓？

尼采　（膽怯）你是誰？

幽靈甲　相信恐懼比信任人類更安全。

尼采　（驚喜）阿圖爾・叔本華？(4)我的先師！我的父親！我該怎麼辦？怎麼辦？

幽靈甲　（拿出書本）拿去讀吧，尼采！這是我花了畢生心血而著作的；關於人生的一切問題都可以從中得到答案。

尼采　（接閱）《作為意志和表象的世界》。太好了，太好了！可是……

幽靈甲　可是什麼？你還有什麼需要我導讀的地方？

尼采　我的視力壞了，現在又是黑夜，我看不清書上的文字，老師。

幽靈甲　好吧，我親自為你授課，只要書裏的東西能化為你的血液、你的腦髓，尼采。

尼采　太感激了，尊敬的老師！

幽靈甲　其實，我的著作只是告訴世人一個簡單的真理：什麼上帝、什麼彼岸世界，都是幾千年來人為的謊言；世界只有一個，那就是我們人類生於斯死於斯的此岸世界，這才是真實的世界、表象形成的世界。世界即意志，一切現象包括個體的人都是意志的客體化即表象，意志則是一種盲目不過的生命衝動；人受其驅使便產生慾望，慾望無窮，滿足有限，這就必然帶來痛苦。所以，一切生命在本質上即是痛苦，當慾望得到滿足或克服，又會產生無聊……

尼采　老師，您的教誨就像呼嘯的皮鞭抽打我的裸體，給我帶來了幸福的戰慄、甜蜜的痛苦！

幽靈甲 把你的讚美變成聆聽、膜拜、行動、傳道吧！

尼采 是，老師。

幽靈甲 世界的本質是生命意志，它是無限的，它在有限的個人身上得不到滿足，人的個體生存的結局是死亡。我們每過一天，就更接近墳墓一點，死神不時朝生命發出冷酷的微笑；人生就像逆水行舟無論怎樣跟風暴搏鬥、繞過暗礁，最終都逃不脫覆滅的命運！

尼采 大師，你給我打開了一個嶄新的世界，儘管這個世界可怕而陰沉，但卻是真實的世界；我不再對它恐懼。以前，偉人相信人的尊嚴、哲學家啟示人類的發展、作家標榜人類是「宇宙的精華、萬物的靈長」……原來這些都是謊言、欺騙！意志既沒有開端、也沒有結束，它是荒謬的，它推動的宇宙是無意識的。

幽靈甲 我發現了真理，而你接近了它，這令人欣慰；但你還沒有進入核心。在教授下一堂課之前，我給你介紹一位朋友，他是我的思想的身體力行者理查・瓦格納。(5)

尼采 （狂喜）偉大的天才！德國的樂聖！高不可攀的人物！

幽靈甲 去吧，尼采！（隱沒）

尼采　（忙修飾儀表；邊問）他在哪兒？他在哪兒？（環顧）大帥！大師！

〔幽靈乙上。〕

幽靈乙　歡迎你，尼采先生！

尼采　（握手）我這是在做夢吧？

幽靈乙　你是在我的客廳裏。（音樂聲）這兒賓至如歸、歌衫舞扇，樂隊正在演奏我的作品。

尼采　我太幸福了，尊敬的瓦格納先生！（縮手）您的手怎麼這樣冰冷？

幽靈乙　這是你的心冷如冰塊，尼采先生。

尼采　我的心？對，是您用爐火融化了我心中的堅冰。

幽靈乙　聽說你喜歡音樂、鄙人的音樂，所以我邀請你光臨寒舍，尼采先生。

尼采　「寒舍」？比宮殿還富麗堂皇！我太榮幸了，尊敬的瓦格納先生。您的全部作品：《仙女》、《愛的禁忌》、《李思濟》、《紐倫堡的名歌手》、《漂泊的荷蘭人》等，我都鑒賞過。

幽靈乙　是嗎？

尼采　是的，是的。我原來喜歡舒曼的音樂，不久狂熱地愛上了您的音樂、音樂戲劇，是貝多芬的音樂和莎士比亞的戲劇的有機結合。而它的效果不僅取決於演出，更取決於作曲；音樂表演不僅在於技巧上的革新，更重要的是思想上的革命。戲劇應該誠如您所宣言的那樣「浸泡在音樂的魔泉中」，以尋找古希臘神話故事為其題材，否定蘇格拉底的文化。

幽靈乙 你說得太好了，弗里茨！

尼采 在您的作品中，閃耀著叔本華哲學思想的光輝，您並不畏懼死亡和黑暗，相反去擁抱它、謳歌它。

幽靈乙 （驚喜）你也喜歡叔本華？

尼采 在叔本華那裏我才找到了真實的世界、人生的真諦！

幽靈乙 （擁抱尼采）我們這對忘年交，彷彿是孿生兄弟，叔本華則是我們的導師和父親。我宣布，從今天起，我家的大門隨時隨地為你而敞開，我的作品將由你來作首席評論。（全場掌聲）親愛的尼采，我將把你介紹給我的夫人、李斯特的女兒、音樂王國的皇后柯西瑪。柯西瑪！

尼采 （陶醉）我正被帶上奧林匹斯神山！

〔兩人同下。〕

第7場

〔尼采載歌載舞上，他修飾一新、容光煥發，雙目微閉，摟著「舞伴」心醉神迷地跳舞。〕

尼采 聖母……天使……愛神……幸福！幸福！幸福！

〔幽靈甲上。〕

幽靈甲 你在幹什麼，尼采？

尼采 （一驚）我？我在跟我的愛人柯西瑪在天堂裏跳舞，上帝以慈光照浴著我倆……

幽靈甲 尼采！你瞧瞧自己究竟在搞什麼鬼把戲？

〔尼采睜開眼睛，瞥見懷抱的是一具骷髏，嚇得急忙甩掉。〕

尼采 （驚魂未定）骷髏！舞伴怎麼會變成骷髏？

〔骷髏倒地，摔得四碎，化為烏有。〕

尼采 （發狂地旋轉，尋覓）柯西瑪，柯西瑪！天堂，天堂！音樂，音樂！

幽靈甲 （斥責）這兒根本沒有什麼柯西瑪、天堂、音樂！一切的一切都是你的幻覺！

尼采 不不！剛才是您給我介紹瓦格納的，瓦格納還跟我秉燭長談，談您的哲學、音樂、人生。我一次次地朝拜瓦格納的聖地，我一本本地寫下劃時代的著作（甩下書籍）《悲劇的誕生》、《希臘悲劇時代的哲學》……這一切難道都不是真的，大師？

幽靈甲 （不屑一顧）這是我對你的考驗。

尼采 什麼，您不相信我？這又是為什麼？

幽靈甲 現在開始教新課——《作為意志和表象的世界》的核心部分。先回答我的問題，先生！

尼采 （咆哮）你太狂妄了！這兒不是你發號施令的地方！

幽靈甲 〔尼采頭痛欲裂，抱頭蹲地。〕

尼采 是，先生。

幽靈甲 我已經講過：我們生活的世界是表象形成的世界，它既不是名稱、也不是形式，而是一種虛幻的東西，一個痛苦而無聊的夢。這個世界毫無意義、人生毫無意義，意義是人自己的虛構之物……

尼采 （插話）如果是這樣，還有什麼活頭？人生不是在做夢嗎？人和無知無為、吃喝昏睡的畜生還有什麼兩樣？

幽靈甲 白癡！你又回到老路上去了，我的授課白費了！

尼采　老師講得有理，我恭敬地請您繼續教課。

幽靈甲　既然人生沒有意義，基督教所宣揚的來世、天國都是一派胡言。那麼我們就應認清意志的內在矛盾及其本質上的虛無性，自覺地否定生命意志，歸入梵天或者進入「涅槃」的解脫境界。

尼采　您要我像畜生一樣地生活、螻蟻一樣地苟活？

幽靈甲　須知我們人類並不比畜生、螻蟻神聖、高貴、理智。

尼采　那麼，我所愛的哲學、音樂、戲劇、愛情、友誼、寫作等等都是無聊的，都應該唾棄嗎？

幽靈甲　一切都是虛幻的，尼采！

尼采　連您的哲學也在內？

幽靈甲　（一怔）可以這麼說吧；但不過這必須是全人類都認識到我所宣講的真理，並為此實踐之後。

尼采　您豈不等於說只要人類中還有一個不認識、沒實踐你的真理，您的哲學仍然是唯一真實的東西嗎？

幽靈甲　對，尼采。如果你沒有別的要問的話，授課到此結束。

尼采　慢走，先生！請問：您為什麼要喝咖啡、上飯店、追時髦、養寵物？您為什麼

幽靈甲　還要去圖書館、進劇院、欣賞歌劇？

尼采　你這是什麼意思？

幽靈甲　這都不是您加以鞭撻的虛幻的東西嗎？

尼采　（虛怯）這是我的私人生活。你作為我的學生，自己又當過大學教授，怎麼連這點起碼的禮儀都不懂？

幽靈甲　這個世界不需要禮儀！它根本就是非神聖、非道德、非人道的荒誕世界！

尼采　尼采，你到底想幹什麼？

幽靈甲　您為什麼不去自殺？

尼采　你太過份了！

幽靈甲　不，這正是您自己對人的要求！您要求世人自覺地否定生命意志——去死。難道還有什麼比自殺更直接、更便捷、更乾脆地寂滅一切煩惱、圓滿一切功德，而進入至高的解脫境界嗎？

尼采　你？你不是我的學生！

幽靈甲　不，我仍然是您的學生。可是您卻放不下架子瞧一眼學生的論文，人生沒有意義，並非您發明的專利。其實，早在您出生的二千多年前，古希臘人就發現了這個真理。他們的痛苦和無聊比我們現代人更甚，為了活下去，活得幸福，他們必須找到生存的支柱：金錢、肉慾、物質財富、戰爭……他們什麼都試過了、厭倦了，最後找到了藝術——解救人生的唯一靈丹妙藥，那就是以奧林匹斯山上諸神的形象為內容的史詩和雕塑、音樂、悲劇的藝術。

幽靈甲 （諷刺）這倒是新鮮的東西—

尼采 （怒吼）別打斷我的話！可是，這一切被該死的蘇格拉底和基督教敗壞了。什麼科學至上、知識萬能；什麼彼岸世界、上帝全知全能……這個世界變得更壞了！幸運的是，您拆穿了它的假面具，提醒世人要正視現實。

幽靈甲 我為此感到自豪。可是，我的功績遠遠不止你說的這點。

尼采 您的功績是死的說教。

幽靈甲 你咒罵我的偉大學說是「死的說教」？

尼采 您叫人類否定生命意志、生毫無樂趣、生不如死，死是解脫，這不是死人哲學嗎？這和基督教所宣揚的此岸世界的苦難、彼岸世界的極樂的謬論又有什麼兩樣？

幽靈甲 你竟敢誣衊我的真理和我所批駁的基督教謊言是殊途同歸、同流合污？

尼采 人生沒有意義、人生是痛苦的，人必有一死。但既然人生了下來，那就應該快快樂樂地過一生，沒有意義可以創造意義，縱使這個意義你說它是製造謊言也

幽靈甲　行，只要使自己活得充實、活得健康、活得高貴！

尼采　呵，你從我那兒學習，為的是把我打倒？

幽靈甲　我們本來是同聲相應、同氣相求，現在卻要分道揚鑣了。因為你走向死亡，而我獲得了新生！

尼采　叛徒！奸賊！你的末日到了？（逼近對方）

幽靈甲　（吃驚）你要殺死我，叔本華？

尼采　（狂笑）你這個病夫還自吹生命力強盛，卻不堪一擊。我是死亡之神！（撲去）

幽靈甲　呵，你是鬼魂！

〔兩人搏鬥，尼采不敵。〕

幽靈甲　哈哈……在你還沒有創造未來之前，你已徹底完蛋了？（卡住對方脖子）

尼采　（急中生智）狄奧尼索斯(6)！狄奧尼索斯！

幽靈甲　你的酒神也救不了你！我是冥王哈得斯！哈哈。

〔尼采力氣倍增，朝幽靈甲腦門一擊。〕

〔幽靈甲慘叫一聲，倒地。〕

尼采　哈哈。

第8場

〔尼采撐起身來，他蓬首垢面、衣衫破爛、跌跌撞撞。〕

尼采　（吟誦）他教導我的，已成為過去；他體驗到的，將永世長存。瞧瞧他吧，這個死不悔改的鬼魂！

〔幽靈乙上。〕

幽靈乙　尼采，尼采！你在哪兒？

尼采　是您找我，尊敬的瓦格納先生？

幽靈乙　你怎麼很久沒有上我家了？我和柯西瑪非常願意和你晤談，你的大作《悲劇的誕生》，我們都拜讀了，我從來沒有讀過這樣一本好書，簡直偉大極了！

尼采　謝謝，先生。

幽靈乙　你怎麼啦？瞧你這樣狼狽、還有血跡，是摔了一跤，尼采？

尼采　是的……原諒我身體不好，疲勞、虛弱、還要償還文債。

幽靈乙　你應該休息，去溫泉療養，尼采。我完全諒解你。你知道在新落成的國家歌劇院首演了我的新作《尼伯龍根之歌》四聯劇，你看了沒有？這是我一生中最為重要的作品，也是德意志精神的振興之作。

尼采　（獨白）他不提也罷，說了更叫人失望。

幽靈乙　你身體欠佳，想必不能來劇院欣賞，我深表遺憾。它的每場演出都獲得了巨大成功！王公貴族、精英人士、名媛淑女、富商大賈都來喝彩、捧場……如果你在場，你的任何褒揚，我都視作是最大的榮幸。

尼采　（獨白）整個劇場只有我一個人沒有鼓掌。

幽靈乙　為了彌補你的缺憾，我特地贈給你我的最新作品——即將上演的歌劇《帕西法爾》，這是騎士帕西法爾為救世主保衛聖杯的故事。（贈）

尼采　（接閱）「送給我最親愛的朋友弗萊德里克‧尼采，教會執事理查‧瓦格納。」

幽靈乙　你應該對我的禮物表示友誼，好朋友。

尼采　（獨白）只要我說出實話，我們的友誼就此完了。

幽靈乙　朋友之間有什麼不可直言談想的，哪怕你的最尖銳的批評，我也會當作是治病的苦口良藥。這是一部「浸泡在音樂的魔泉」中的最佳劇作。劇情是謳歌古代神話中的武士帕西法爾怎樣保衛聖杯。基督耶穌在最後晚餐時用過的聖杯，原來由一群武士守護著，但他們禁不起美色的誘惑，都被魔鬼克林莎殺害了，而且搶走了聖杯。英雄帕西法爾戰勝了誘惑，殺死了魔鬼，奪回了聖杯……呵，崇高的氣息、恢宏的場面、壯麗的音樂、動人的故事，它必將給我帶來更大的榮譽和利益。

尼采 （陰鬱地）您的帕西法爾其實就是基督本身，惡魔克利莎則是異教徒的首領。這即是說，基督教戰勝了異教、善戰勝了惡，這是一曲基督的頌歌。

幽靈乙 （欣喜若狂）你說得太對了！你說出了我的含而不露的心聲，不，簡直就是我的心！

尼采 （獨白）教會執事？保衛聖杯的武士？基督的頌歌？救世主？陶醉於肉麻的吹捧？與上流社會廝混？他怎麼變得如此庸俗、墮落?!

幽靈乙 弗里茨，我授給你這個榮譽：讓你首席評論《帕西法爾》這部傑作！

尼采 好，我現在就來「評論」，瓦格納先生！《帕西法爾》比《尼伯龍根之歌》走得更遠，它充滿了宗教的氣息、血腥的場面、陳腐的音樂、骷髏般的內容——

幽靈乙 （震驚）什麼什麼？住口住口！我命令你住口！全世界都在讚美我的音樂！只有你一個人誹謗它——

尼采 （打斷）我的抨擊還未結束！這確是一支基督的頌歌，可這是您背叛自己的理想而向基督投降的貢品。您比一般基督徒還不如，他們至少沒有出爾反爾；您比叔本華還頹廢，叔本華雖然悲觀厭世，但他到死始終不改初衷地否定上帝，

幽靈乙　與基督世界作戰。您根本不是叔本華的學生！
（劇痛）猶大！法利賽人！你在我的心窩上捅了一刀！你為什麼要這樣對待我呢？（跌跌撞撞，驀地發現了叔本華的屍體）叔本華？叔本華的屍體！呵，你這個瘋子！原來是你殺害了叔本華、我最尊敬的師長……所以，你還想來殺死我——他的忠實的學生！

尼采　（惶恐）不，不是我殺的，是……是我自衛，他突然倒地死了。（後退）

幽靈乙　殺人的兇手，你逃不了！（追上）

〔尼采掙脫，幽靈乙猝然倒地。〕

〔尼采驚恐地察看，發現對方已變成一具骷髏。〕

〔尼采逃下。〕

第9場

〔瘋子背向舞臺而上。他形色倉皇、左顧右盼、忐忑不安。〕

〔若干市民從另一邊上。他們掩嘴竊喜：「瘋子！」「瘋子！」〕

〔瘋子不知所以，喃喃而語，後背撞著市民甲。〕

市民甲　你又在尋找上帝嗎，先生？

瘋子　（吃驚，轉身）你嚇了我一跳。

〔眾人嬉笑：「瘋子也會受驚嚇？」「人怕瘋了，瘋了怕人！」「嘻嘻！」〕

瘋子　瘋子？你們才是瘋子！

市民乙　對對，你們才是瘋子，瘋子可不是瘋子。

瘋子　（朝其一記耳光）你以為我聽不出你是在指著修士罵賊禿？

市民丙　瘋子一點不瘋，誰說他是瘋子？該打！

市民乙　你怎麼打人？

瘋子　我還要殺你！

市民乙　殺人！殺人！上帝呵，瞧這雙可怕的眼睛！（躲藏）

市民甲　別胡纏攪了，咱們談正經事。先生，你又是在尋找上帝吧？

〔眾人起鬨：「尋找上帝！尋找上帝！」〕

瘋子　你們是瞎子！聾子！癡子！我不是告訴你們上帝死了？是我們共同殺死了上帝？

市民丙　對對，我們得了健忘症，幸虧先生提醒。

市民甲　那麼你又在找什麼？先生肯定在幹一件大事。

瘋子 （突然喊道）我殺了人！我殺了人！瞧這雙手，全是血！血！血！

〔眾人驚恐萬狀，紛紛逃遁：「瘋子殺人了！」「瘋子殺人了！」〕

市民甲 （鼓勇）我不相信你會殺人，像先生這樣一位有身分、有教養要當偉人的人怎麼會殺人？讓我們坐下好好談談，我也是有知識、講科學的人。（和瘋子席地而坐）

瘋子 先生，我真的殺人了！我不想殺人；我已經殺了上帝，全世界都在追殺我：教會、基督徒、政府官員、員警……我沒命地逃呀逃呀，可是人自己撞到我的刀口上來了，而且一死死了兩個人。（哭泣）

〔眾人漸漸圍觀，有的驚歎、有的惋惜：「他一殺殺了兩個人！」〕

〔「他不想殺人，人自己要他去殺。」「可憐的瘋子！」〕

市民甲 別打擾他！且聽這位先生說話，他是這兒的主人！

〔眾人附和：「對對，他是主人！」「聽他說！聽他說！」〕

瘋子 你們要我說什麼呢？如今我成了殺人的逃犯！

市民甲 唔，你能不能告訴我們你為什麼要殺人，不不，是他們自己要找死的原因？

瘋子 （沉痛）我活得痛苦極了，毫無樂趣，我什麼也沒有。我就去請教碰到的第一個死鬼，你們知道他怎麼教我？

市民乙 他一定教你及時行樂，哪怕染上梅毒也決不後悔！

市民丙 他一定教你追求財富，哪怕為一塊錢幣也願跪著乞討！

市民丁 他一定教你貪污腐化，哪怕身敗名裂也無所謂！

瘋子 你們說的都是瘋話！他竟說活著一點意思都沒有，你就去等死吧。我請教他生，他卻要我死！你們說句公平話，我能不殺死他嗎？我要死，也要先殺了他再死！

〔眾人感動：「殺得好！殺得好！」〕

瘋子 我殺了他之後感到有些不安，他畢竟做過我的老師。這時候，第二個死鬼闖了過來。

市民甲 我明白了。第二個死鬼立即發現了第一個死鬼的屍體，你恐怕敗露真相，乾脆也把他一刀了之。

瘋子 你這是瘋子的想法！他原先跟我一起尋找過上帝，後來又參與了殺死上帝、還寫了頌歌。不知怎麼一來，他忽然鬼迷心竅，或者禁不起魔鬼的誘惑，竟又歡呼上帝活著，痛哭流淚地哀求上帝寬恕。你們瞧，這樣一個出賣耶穌的猶大、反希臘的法利賽人，難道不該殺死嗎？

市民乙　（對丙）他說的瘋話是什麼意思？

市民丙　管它是什麼意思，只要有好戲看。

市民丁　可憐的傢伙！

瘋子　你們在商量什麼鬼把戲？該死的，公開你們的觀點！

市民甲　別誤會！別誤會，先生！死鬼從來就不是好人嘛！

〔眾人歡呼：「殺得好！殺得好！」〕

瘋子　我殺了他之後感到有些痛苦，倒不是後悔，也不怕報復。想到他曾給我的種種好處，我感激不盡；現在他死了，我失去了一位最好的朋友、知音、對手！他倆都是偉大的人。我淚流滿面、痛不欲生，而你們這班卑鄙無恥、怯懦懶惰的愚氓、把高雅的悲劇當作庸俗的下流戲消遣的末人，竟拍手稱道殺死這兩位偉人！

〔眾人面面相覷、不知所措、狼狽不堪。〕

市民甲　喔，偉人？請寬恕我們吧，先生。你可否告訴我們這兩位偉人的芳名，讓我們一起哀悼？

〔眾人附和：「哀悼！哀悼！」〕

瘋子　第一位不幸的被害者是大名鼎鼎的哲學家阿圖爾・叔本華！

〔眾人啞然失笑。〕

瘋子　（吃驚）什麼，你們竟敢嘲笑聖人？是他把你們從上帝虛無的魔掌中救出來，你們卻褻瀆他聖潔的靈魂！（揪起甲）快說！

市民甲　你放了我，先生，我直言相告。

瘋子　我寧可相信畜生，也不相信人類！你說了我放，我是言必信、行必果的。

〔眾人鼓譟：「瘋子！瘋子」「別相信瘋子的話！」〕

市民甲　我要被勒死了！一樣的死，我不過白費唾沫。先生，你的叔本華早就死了，是生病死的。

〔眾人哄聲大笑。〕

〔瘋子驀地鬆手，慘叫摔倒，不省人事。〕

市民甲　先生你怎麼啦？先生你醒醒，叔本華不是你殺的！

〔眾人附和：「瘋子！瘋子，你沒有殺叔本華！」〕

〔瘋子猝然而起，眼冒兇焰。〕

〔眾人呆若木雞，戰戰兢兢。〕

市民甲　你可以放心了，你至少可以卸脫一半罪名，如果我們知道另一位偉人的芳名。

〔眾人恢復常態：「對對！讓我們分享另一半的驚喜。」〕

瘋子　另一位不幸的被害者是家喻戶曉的大音樂家理查・瓦格納！

〔眾人笑得前俯後仰。〕

瘋子　你們是發瘋！是他把你們浸泡在音樂的魔泉中的，你們竟敢踐踏他那高貴的屍體！（揪住甲）不說，我勒死你！

市民甲　我說！我說！瓦格納也死了，剛才死的！是中風！

〔眾人捧腹大笑。〕

〔瘋子後仰倒地，昏死過去。〕

市民甲　你醒醒，先生！你可以徹底解脫殺人的罪名了。

〔眾人附和：「對對！你不是殺人兇手！」〕

〔瘋子毫無反應，僵臥不動。〕

〔眾人焦急地圍觀，七嘴八舌。〕

市民甲　他恐怕死了，人家會以為是我們殺害他的。

市民乙　把他送到醫院裏搶救？不過，誰來承擔醫藥費？

市民丙　把他埋了；萬一他活過來，會恩將仇報？

市民丁　乾脆把他殺了，反正他已經死了，再埋掉無危險。

市民甲　咱們用民主的辦法表決，大家同意不同意？同意舉手，不同意是叛徒！（舉手）

〔眾人紛紛舉手。〕

市民甲　表決結果，令人滿意，一致通過！我命令丁採取革命行動；同志們做好戰鬥準備！

市民丁　（拔出匕首，緊閉眼睛）瘋子先生，免得你厭世殺人、陰魂不散，我們送你到東方極樂世界！（刺下）

〔一瞬間，瘋子一躍而起，丁匕首刺空，眾人驚慌失措。〕

瘋子　你們在幹什麼？

市民甲　你活了……這太令人高興了！我們還以為你以身殉職了，在為你開追悼會呢。

〔眾人會意地嚎啕大哭。〕

瘋子　你們哭什麼？我不是活得好好的！

市民甲　呵，先生，你的生命意志強過鋼鐵，怎麼會死呢？我們還要開音樂會慶祝你再度降臨人間、並且請你擔任指揮！

（眾人鼓掌歡呼：「救世主！救世主！」）

瘋子 我是在什麼地方？

市民甲 市場上。

瘋子 你們要去劇院聽歌劇？

市民甲 聽，鐘聲！先生，我們要去教堂做彌撒、領聖餐、唱讚美詩。（劃十字）阿門！

（眾人紛紛劃十字，喊「阿門」！）

瘋子 上帝不是死了？

（眾人接口：「被你和我們一起殺死的！」）

瘋子 哪為什麼還要去上帝的墳墓？

市民甲 我們不能沒有上帝。

（眾人齊聲：「我們不能沒有上帝！」）

瘋子 賤民！賤民！你們還要製造一個假上帝膜拜？我要殺了他！殺了他！（撿起匕首）

（眾人狂呼：「上帝！上帝！惡魔！惡魔！」）

瘋子 我先殺了你們這些可鄙的奴隸、罪惡的賤民！

市民甲 （認出瘋子的面目）呵，他是尼采？尼采！（逃下）

〔眾人邊逃邊喊：「救命！救命！」「尼采殺人了！尼采殺人了！」〕

〔瘋子追下。〕

第10場

〔查拉斯圖拉(7)拄杖而上。〕

查氏 （禮讚）太陽，偉大的星球！如果你的光輝不去照耀人間，你的幸福何在呢？十年來，你每天朝我的洞穴走來，假如沒有我的鷹與蛇，你也會厭倦自己的光明和這條舊路。如今，我要把你的恩惠回報給世人。

〔臺後傳來市囂聲。〕

查氏 我度過黑夜、穿過森林、越過高山、涉過大海、橫過平原，來到了城市。

〔眾市民倉皇而上。〕

查氏 你們這是為何，慌不擇路、爭先恐後地逃命？是發生了火災？是爆發了戰爭？是洪水猛獸襲來了？

市民甲　是瘋子，手裏拿著刀，要追殺我們！
查氏　瘋子殺人？你們這麼多人，為什麼不奪下他的刀？
市民乙　他是惡魔！已殺了兩個人，這是他親口招供的，沒有人搞逼供信。
查氏　殺人的惡魔？我要叫他放下屠刀！
市民丙　你？你手無寸鐵的人怎麼對付得了劊子手？上帝也對付不了他！
查氏　喔，他敢於和上帝較量？
市民丁　你去送死，連上帝也被他殺掉了！
查氏　他就是殺了上帝的瘋子？那我更有必要去會晤他。
市民甲　你去不得，修道士！我們可擔不起你讓瘋子殺掉的罪名。
市民乙　瘋子又要把殺人的罪名按到我們頭上。
市民丙　他說是我們和他一起把你殺死的！
〔眾人齊道：「修道士，去不得！」〕
市民丁　瞧！瘋子來了！快逃命！（眾人逃下）
〔瘋子舉著匕首上。〕

瘋子　（追殺）殺死奴隸！殺死賤民！

查氏　（迎去）你在幹什麼，無名氏？

瘋子　（一怔）

查氏　放下刀子，咱們就地談話。

瘋子　你擋我的道，先殺了你！

〔查氏扼住瘋子的手腕，對方掙扎。〕

瘋子　快鬆手，惡魔！我要殺死你！我要殺死你！

查氏　（奪下匕首）你不會殺我的，無名氏。

瘋子　（驚恐）你你要殺我？我非殺了你不可！（奪刀）

查氏　殺人不是你的本行；你的本領是著作、用筆桿子著作。（把匕首折斷，甩掉）

瘋子　（震驚，發狂）我不懂筆桿子！我是瘋子！我要殺掉你這個聖杯騎士！

查氏　（低聲地）我知道你不是瘋子，就像你明白我不是惡魔一樣。你想拯救人類，代替上帝的位置。

瘋子　（推開對方）你……你是誰？

查氏　你說你殺死了上帝，我說上帝死了；你說你要拯救人類的厄運，我說我受了太

瘋子 陽太多的恩惠，我要把光明帶往人間。

查氏 （戰慄）你？你怎麼鑽到我心臟裏來了？撒旦的化身！我要和你搏鬥！（撲去）

瘋子 （抱住對方）我是你的精神上的兄弟，親愛的尼采！

查氏 （掙脫）你！你到底是誰？

瘋子 我從古代走來，又向未來走去，我舉著神聖的火炬，禮讚光明、驅除黑暗，信徒們稱我為「老駱駝」。

查氏 （欣喜若狂）呵，查拉斯圖拉！查拉斯圖拉！我找到你了！我找了二千年！找遍了全世界！（跪拜）

瘋子 （扶起）不要禮拜我；要禮拜火，尼采。

查氏 禮拜火？

瘋子 我們都是火的信徒；謳歌善、撻伐惡，創造光明的世界！

查氏 （狂喜）好好！揮舞刀劍、開動槍炮，殺得世界亂紛紛，毀滅舊世界，創造新世界！

瘋子 不要用刀劍，要用筆桿；不要用槍炮，要用唇舌去戰鬥。

查氏 這……我和你一起去戰鬥、一起去毀滅、創造！

查氏　不，你用筆桿，我用唇舌。你的筆桿遠勝於刀劍的威力，尼采！

瘋子　（失望）就我一個人？

查氏　對！離開親人、朋友、戀人、民眾；離開城鎮、教堂、劇場、公共會堂……到曠野去、到森林去、到高山去、到江河湖海去，面壁十年、潛心著述。

瘋子　呵，你要我孤身獨處？忍受狂風暴雨、炎火寒冰、雷電霜雪的打擊？遭受妖魔鬼怪、蛇蟲百腳、黑暗毒霧的侵襲？我嚐夠了孤獨寂寞的滋味，我寧可死也要遠離孤獨！

查氏　你的孤獨算得了什麼！我在山上孤獨地修行了十年、被惡驅趕了百年、被世人冷遇了千年。我獨來獨往，修得正果。現在，不是又回來了？

瘋子　孤獨呵，可怕的孤獨！

查氏　這是強者的孤獨、創造者的孤獨、賦予生命以全新意義的孤獨！去吧，尼采！

瘋子　唉，孤獨有七重皮，任何東西都穿不過它，查拉斯圖拉。

查氏　雄鷹在天空高飛，不是多麼壯麗的孤獨？

瘋子　我要做雄鷹，衝破雲霄！

查氏　土狼在荒原嗥叫，不是多麼悲壯的孤獨？

瘋子 我要做土狼，震撼四方！

查氏 超人在遠離人類和時間六千英尺的峰巔，不是多麼燦爛的孤獨？

瘋子 我要做超人，星光燦爛！

查氏 那就去吧，尼采！我也要離開你去獨當大任。

瘋子 永別了，查拉斯圖拉！

查氏 我們不久還會有見面的日子，尼采。

瘋子 不不！我剛遇到你，怎麼就要離開你？

查氏 （**怒吼**）快去，瘋子！（**揚長而去**）

第11場

〔尼采驚魂未定而上，他扶著背脊。〕

尼采 查拉斯圖拉！查拉斯圖拉，你在哪兒？

〔服務員托著盤子上。〕

服務員 是你喊我，先生？你有什麼吩咐？

尼采　我沒有喊你。我是喚查拉斯圖拉。
服務員　查……查拉斯圖拉？好像我們旅館裏沒有姓查氏這個客人。
尼采　怎麼沒有？剛才我還見到他，他把我推了一跤，還罵我是瘋子。
服務員　瘋子？怪不得我上樓時聽到「噗通」一聲。先生，你是做夢吧？
尼采　直到現在我的背脊還痛。
服務員　你一定是沒有睡好？昨夜海上起了風暴，原先這兒陽光燦爛、風平浪靜的天氣，今天一下子被拋入冬天，不少動身的旅客不得不留下來。
尼采　他發怒了，我沒有聽他的話。
服務員　我知道這是海神波塞冬。海神要發怒，旅客便遭殃。
尼采　我是指查拉斯圖拉！他昨夜來過了，他要我行動。
服務員　（不解）查拉斯圖拉……行動？
尼采　對，查拉斯圖拉行動了！他比你們的但丁還偉大，他是創造者，但丁只是信仰者。他甚至比歌德和莎士比亞還偉大，至於吠陀詩人都是祭祀師，連給查拉斯圖拉解鞋帶也不配！
服務員　先生，你在說天書吧？

尼采　白癡！你連人類最偉大的思想家都不知道？

服務員　我只知道《聖經》，我一心想養家活口……求求你，店主會砸了我的飯碗的。

（哭泣）

尼采　對不起，阿米拉。你可以走了，我要出門去。

服務員　（驚）先生你去哪兒？

尼采　我去找查拉斯圖拉。

服務員　海上起了風暴，他不會來。外面又在下凍雨，天氣冷得很！

尼采　他一定會來，我一定要找到他！你給我備好雨衣。

服務員　是，先生。你還沒有吃早飯？你瞧我忘了……大家在等你共進早餐呢，尼采先生。

尼采　今天我沒有胃口，我要去迎接客人，不，是主人。

服務員　我扶你下樓，先生。

〔眾旅客上，大多是老婦人。〕

〔眾人瞧見尼采走近，不安地忙著劃十字，竊竊私議。〕

旅客甲　瞧！這個彎腰弓背、瞎眼瘸腿的人，彷彿來自地獄的撒旦！

旅客乙　阿門！聽說還是大學教授呢，卻不務正業，到處遊蕩，像個鬼魂！

旅客丙　教授？哼，是個被學校開除出來的異教徒！

旅客丁　不會吧？不過誰知道呢？他除了出門就是整天躲在雞窩裏不知在搞什麼名堂？

旅客戊　呵呀！他在山野裏呼喚山鬼水怪，在洞穴裏耍弄魔法妖術！

〔**眾人驚恐：「太可怕了！」「上帝呀！」「快離開這兒！」「小心，別讓他聽見！」**〕

尼采　（彬彬有禮地）早上好！諸位早上好！

〔**眾人慌忙還禮：「早上好，尼采先生！」**〕

〔**尼采裹緊大衣，穿上雨衣，拿起手杖。**〕

〔**眾人又恭敬又真誠地嘖嘖讚歎。**〕

旅客甲　瞧！人家尼采先生腰背筆挺、風度翩翩，彷彿來自英國的紳士！

旅客乙　不愧為大學教授，多有教養！不管颳風下雨，也要到外面去尋求學問。

旅客丙　還有誰像這位先生那樣的正人君子：不抽煙、不喝酒、不吃大魚大肉；每餐只一小杯清茶、一塊麵包。

旅客丁　就是在基督徒中也找不出這樣的好人！他不打牌、不跳舞、不胡鬧、不荒唐！

旅客戊　呵呀！你從不看見他身邊有女人，就是在旅遊時也潛心修行。

〔**眾人興高采烈地：「太幸運了！」「上帝呀！」「住下去！住下去！」「別打擾尼采先**

生！」〕

服務員 尊敬的尼采先生，如果能長住敝店，我們深感榮幸！

〔眾人禮讚：「阿門！阿門！」〕

〔尼采頻頻致意，下。〕

服務員 呸！又窮又酸的藥罐子！

〔眾人哄聲大笑：「陽萎！梅毒！神經病！」〕

第12場

〔賣藝人上。〕

〔市民們紛至遝來。〕

〔賣藝人圈場地、拉鋼索、取道具。〕

〔觀眾鼓譟：「快來瞧呀！」「走鋼索！」「好好！」〕

〔查拉斯圖拉上。〕

查氏 （獨白）人們在市場上看雜耍，這是我宣揚真理的最好機會。（擠入人叢，站到鋼索下）

賣藝人甲　安靜！請大家安靜！雜技馬上就要開始了！我們要為大家表演精采的節目！（下）

賣藝人乙　安靜！請大家安靜！滑稽馬上就要開始了！小丑要叫你們笑、要使你們哭！（下）

〔**觀眾鼓掌：「獻技！獻技！」「小丑！小丑！」**〕

查氏　市民們！觀眾們！在你們欣賞表演之前，請允許查拉斯圖拉做開場白。我要教你們怎樣做超人！人類是應當被超越的。你們曾做怎樣的努力去超越他呢？直到現在，一切生物都創造了高出於自己的種類，難道你們願意做大潮流的逆浪？難道你們願意返回獸類、不肯超越人類嗎？……超人是大地的意義、是閃電、是瘋狂……

〔**觀眾大惑不解、議論紛紛：「他是誰？」「大概是報幕人吧？」「他說什麼？一點也不懂！」「別打擾！他說完了，正戲就開場。」**〕

查氏　從前侮辱上帝是最大的褻瀆；現在上帝死了，因此褻瀆上帝的人也死了。現在最可怕的是褻瀆大地……我要教你們什麼是幸福、什麼是道德、什麼是正義、什麼是憐憫……你們聽明白了嗎？不不，我闡述的這些觀念和你們體驗的絕然不同—

〔**人叢中爆發出不滿：「我們聽夠了！」「我們要看走鋼索！」**〕

〔賣藝人甲重上，瞧見查拉斯圖拉演講，似乎有些不知所措。〕

〔觀眾鼓譟：「走鋼索！走鋼索！」〕

〔賣藝人甲手持平衡木開始走鋼索。〕

查氏　（見機行事）瞧吧！人類就是一根繫在野獸和超人之間的軟索、一根懸在深谷上的軟索。人生就像這走鋼索一般，往前走是危險的、中途停頓或後退更危險。人類的偉大之處，正在於它是一座橋而不是目的。人類的可愛之處，正在於它是一個過程與段落……

〔觀眾不理不睬，全神貫注於走鋼索。〕

查氏　市民們！觀眾們！且聽我說！與超人相反，就是末人、最可輕蔑的末人。你們雖則是末人，但只要與傳統道德決裂，追求超人的價值，那麼就會有真正的幸福……

〔觀眾抗議聲：「我們受騙了！他不是報幕人！」「要末人，不要超人！」「滾下來！江湖騙子！」「走鋼索！走鋼索！」〕

〔查拉斯圖拉失望地下臺。〕

〔賣藝人乙登上鋼索，跟在甲後面；一邊做出滑稽可笑的動作，招來陣陣掌聲，一邊威脅著前者。〕

賣藝人乙 快快，跛子！前進！懶骨頭！偷路者！怕死鬼！不要讓我用腳使你發癢（朝其一腳）你在鋼索上幹什麼？該死的，你擋了高貴小丑的去路！（從其頭上躍過）哈哈，我勝利了！我勝利了！

〔觀眾鼓掌、歡呼、嘲諷：「小丑好！小丑好！」「大胖笨！大胖笨！」〕

〔賣藝人甲慌亂中踩空墜地，奄奄一息。〕

〔市民們一哄而散。〕

〔賣藝人乙逃之夭夭。〕

查氏 怎麼啦，朋友？我能否為你效勞？

賣藝人甲 謝謝，先生？我知道魔鬼遲早會約我去的。現在他正在把我往地獄裏拖去，你能阻止他嗎？

查氏 我以榮譽起誓；沒有魔鬼，也沒有地獄。你的靈魂將比你的肉體先死，你不要害怕。

賣藝人甲 我豈不像個動物——受鞭打和饑餓的脅迫而去走鋼索？

查氏 不！以危險為職業並沒有什麼可蔑視的，你因職業而死，我會親手埋葬你。

〔賣藝人甲握手，平靜地死去。〕

查氏 朋友，我會背你到葬地去。（負屍而行）

〔賣藝人乙上。〕

賣藝人乙 （低語）查拉斯圖拉，請你離開這座城市吧。

查氏 （驚）是你丑角？

賣藝人乙 你才是丑角！城裏所有的人都恨你，你把自己和這死狗結成伴侶，你的自瀆救了你的性命。離開這兒，否則，明天我這活人又將跳過一個死人！（下）

查氏 （獨白）人生是多災多難的，而且常常是沒有意義的：一個丑角可以造成他人的致命傷。我將以生存的意義教給人們：那便是超人，從人類的烏雲裏射出的閃電。

〔查拉斯圖拉把屍體放入一棵大樹的樹洞裏。〕

查氏 朋友，我把你埋葬在這兒，餓狼找不到你、蛆蟲吃不到你。再會吧，我要朝向我的目標前進，但決不再向群眾說話，而要向同伴說話。我要加入到創造者的行列中、加入到收穫者、慶豐收者的行列中，我將給他們指出彩虹和超人之梯。（下）

第13場

〔曙光中，查拉斯圖拉上。〕

查氏　晨安，太陽！我一覺醒來，神清氣朗，精力充沛。我要把你賜給我的光明帶到人間，可是，我還不夠高傲、不夠聰明，請你賜給我恩惠吧！

〔一頭蒼鷹從天上飛下。〕

〔一條青蛇從地下爬來。〕

查氏　（驚喜）呵，這就是我的同伴鷹與蛇了！太陽下最高傲的動物！太陽下最聰明的動物！感謝你，太陽！歡迎你，鷹與蛇，我的同伴！

〔蛇盤在鷹的脖子上，凝視查拉斯圖拉。〕

查氏　鷹與蛇呵，在人群裏我所遇到的危險比野獸還多，我前面的路是荊天棘地，請你們指點我吧！（抱起鷹與蛇放在自己的肩上）

〔一頭駱駝負重而上。〕

查氏　駱駝呀，你這樣不勝重負地在沙漠裏前進，不覺得吃力麼？

駱駝　不，我不怕重負、不怕辛苦，走過群山，去往沙漠。

查氏　你肩膀馱的是什麼重物？

駱駝　精神，我負著再重的精神也覺得暢快。

查氏　你的精神令人欽佩！在沙漠裏前進，你如果得不到食物和水，你還能負重嗎？

駱駝　我馱著比生存更高的價值！

查氏　這就像一個老深究，只知道死讀書，不懂得思考一樣。

駱駝　這是上帝叫我馱的。

查氏　我告訴你沒有上帝，只有心造的幻影！你所以難以負重，是你背負了許多不相干的東西。甩掉額外的負擔，你就能輕裝上陣。

〔駱駝轟然倒地，變成一頭獅子。〕

查氏　獅子呀，你獲得了自由，你就能成為沙漠的主人！

獅子　我是百獸之王，查拉斯圖拉。只要我一發威，豺狼虎豹、飛禽走獸，誰都聞風而逃，或者伏地稱臣？（吼叫）

查氏　呵，你的神威果然震天動地、飛沙走石；但不過你且慢得意忘形。獅子，瞧你的對手！

〔巨龍上，臥於道中；它遍體發光，金鱗上都鑄有「你應」兩字。〕

獅子　你是誰？你為何擋住我的去路？

巨龍　我是上帝和主人的巨龍。我命令你應該做什麼什麼……否則你休想通過！

獅子　不！我回答你毒龍，我要！

巨龍　（一驚）你？你還要什麼？上帝創造的一切價值已在我身上閃耀，你只需聽命就是！

獅子　我要創造新價值！

巨龍　哈哈……你獅子，「創造新價值」？大大的笑話！你只會破壞，不會創造！

獅子　（驚恐）呵呵呵，我就要破壞舊世界！憑我的力量、勇氣、膽略，撕碎你這黑暗的創造物！

〔獅子撲向巨龍，兩獸相鬥，同歸於盡。〕

〔死去的獅子變成一個新生的嬰兒。〕

查氏　孩子呀，你這麼嬌嫩、這麼稚弱，你能擔當大任嗎？

小孩　你不會說童話麼，查拉斯圖拉？

查氏　呵，是強大的獅子在毀滅舊世界中死去，弱小的你能創造出一個美麗的新世界嗎？

小孩　（載歌載舞）我是天真和遺忘，一個新的開始、一個遊戲、一個自轉的輪子、一個原始的動作、一個神聖的肯定。

查氏　我懂了！這是精神的三變形：駱駝—獅子—嬰兒；這是精神的永恆迴圈：是—否—是。新價值就在新生命中孕育成長。

小孩　（挽手）來呀，查拉斯圖拉！我們去否定！我們去創造！（同下）

第14場

〔查拉斯圖拉上，後面跟著鷹與蛇。〕

查氏　（驚慌）我剛才夢見了什麼，使我冷汗涔涔，全身打抖？

鷹　你夢見了你的仇敵又眾多又強大，他們偷去了你的武器而襲擊你！

蛇　你夢見了你的朋友被嚇壞了，紛紛叛離了你！

查氏　這是真的嗎，鷹？我因為又要和仇敵戰鬥而深感幸福。

鷹　真的，你要和仇敵去搏鬥，查拉斯圖拉。

查氏　這是真的嗎，蛇？我必須坦率地向世人宣揚真理。

蛇　真的，你必須到朋友那兒去傳播你的真理，查拉斯圖拉。

查氏　那我們下山去！

鷹與蛇　去哪兒？

查氏　幸福島。

鷹　伊甸園？

蛇　不。伊甸園是上帝的禁苑，幸福島是超人的樂園。

查氏　蛇說得對！我們走吧。

鷹　我來開路。天上的飛禽、地下的走獸，都擋不住我們前進的腳步！（同下）

〔查拉斯圖拉肩負鷹與蛇上。〕

查氏　到了，這就是幸福島！瞧！無花果從樹上掉下，新鮮而香甜；我就是吹落熟了果實的北風。

〔若干群眾上；有的拾無花果，有的試嚐口味，有的欣賞美景。〕

查氏　吃吧，嚐吧，朋友們！吸取它的美汁和果肉！在我們周圍正是秋天，天朗氣晴的下午。

〔人們漸漸圍攏來。〕

查氏　朋友們，從前人們望著遠方的大海，便說上帝；現在，我教你們說超人——

〔嘩聲大作：「超人？」「我的上帝！」〕

查氏　我的話才開始，你們便顯示不安？好，你們可按序提問，我會一一解答。

群眾甲　天上不是有至高無上的上帝麼？

查氏　上帝只是一個假定、一種信仰；而這種信仰對你們是有害的、惡劣的、非人性的。

群眾乙　哪我們該怎麼辦？

查氏　相信超人！超人是可以感知的、可以創造的。你們能把自己變成超人，但你們必須受苦受難。

群眾丙　哪麼怎樣創造呢？請你給我們證明，不要只說不做。

〔群眾鼓譟：「對對！」「證明！證明！」〕

查氏　朋友們！那兒有一塊巨石，讓我用意志的鐵錘，在人生的大理石上千錘萬鑿，你們便瞧見創造物了。

〔查拉斯圖拉不遠處有塊巨大的臥石。〕

〔查拉斯圖拉走去，對巨石揣摩了一下，從懷裏拿出金光閃閃的錘子和鑿子工作起來。〕

〔查拉斯圖拉勞作迅猛、嫺熟，錘鑿猶如風馳電掣、雷打浪擊一般。〕

〔一尊金剛怒目的巨人雕像從石料中顯現。〕

〔群眾驚喜地：「超人！超人！」〕

查氏 （端詳作品，興奮地）把神聖的柱石立起來！立起來！（和群眾樹起雕像）

〔群眾手舞足蹈地歡呼：「聖柱！聖柱！」〕

群眾丁 （突然取出十字架）十字架！十字架！

蛇 （驚叫）教士！

鷹 （振翅）仇敵！

〔嘩聲大作，有的驚慌失措，有的頂禮膜拜，有的怒目瞪視。〕

查氏 （阻止鷹的舉動）你是教士、我的仇敵。但是，我不想用暴力來報復你對我的攻擊；我要用真埋的寶劍擊潰你那謊言的木刀！

群眾丁 查拉斯圖拉！你竟敢用你的虛妄的超人來對抗真實的上帝；用麇集猛獸毒蛇的幸福島來代替鳥語花香的伊甸園！上帝為了卑微的人類贖罪，不惜讓自己的兒子被釘死在十字架上，而你用魔鬼的立柱要人類墮落、再次犯罪！

查氏 （嘲笑）偉大的上帝！神聖的上帝！你以一個人的死，卻要所有人苟生；用虛偽的價值和空洞的謊言囚禁人們生存的欲望；除了把人們釘在十字架上，他們不知道怎樣去愛上帝。

群眾丁 魔鬼！魔鬼！（揮舞十字架）

查氏 基督教的十字架釘著屍體、跪著生命；超人的聖柱光芒閃耀、頂天立地！

〔群眾呼喊：「超人！超人！」〕

鷹 從幸福島滾出去，仇敵！

蛇 從朋友中清出去，教士！

〔群眾丁甩掉十字架，逃下。〕

〔群眾手舞足蹈：「超人……超人……」〕

查氏 超人還是雕像，超人還沒有誕生，超人還需要創造。（跟著舞蹈）

〔群眾呼喊：「創造！創造！」〕

查氏 朋友們！創造必須孤獨、創造必須痛苦！

〔群眾呼喊：「不要！不要！查拉斯圖拉！」圍其舞蹈。〕

查氏 是超人在喚我回去，因為我沒有登到峰頂；是聖柱在喚我回去，因為我還不夠成熟。不過，我會回來的，對你們宣傳超越之道！（下）

〔群眾呼喊：「查拉斯圖拉！」〕

第15場

查氏〔查拉斯圖拉上。〕

（亢奮）呵，我登上了絕嶺險峰，我開始了孤獨的旅程，我回到了家。瞧！雲海上晨風拂面，紅日噴薄、朝霞絢麗；高峰上，寒夜冷森、天宇澄明、星光燦爛；我已經到達了偉大的路標。

〔侏儒上，站在下方窺探查拉斯圖拉。〕

查氏 （一陣寒噤）我雖憑著最高的勇敢而登臨絕地，可是如果這一切梯子使我失敗呢？如果我不在頭上學習升騰，我怎能再向上呢？

侏儒 但願你的精神飛升、飛升，我要拉扯你的身體下沉、下沉！哈哈（拽住查拉斯圖拉）

查氏 魔鬼？

侏儒 不，我是侏儒！你的智慧就像拋出的石頭，拋得越高，摔得越重，最後把你砸死。

查氏　（一怔）你！（逼視對方）

〔侏儒鬆手欲離。〕

查氏　站住，侏儒！我要跟你決鬥！我要用生命殺死你這死亡、用勇敢戰勝你這憐憫！

侏儒　我奉陪，查拉斯圖拉！

查氏　我們決鬥的方式是這樣的：你瞧，在我們面前有一個柱門，它有兩條路通出去，會有兩種結局。但是，誰都未曾走到它們的盡頭，這兩條路都延伸著一個永恆，但又會在另一個瞬間即柱門處交會。因為一切真理是彎曲的；時間也是一個環——

侏儒　（打斷）永遠輪迴！人也在永遠輪迴！微賤之人也在永遠輪迴！

查氏　我嫌惡！我嫌惡！「微賤之人也在永遠輪迴」！

侏儒　這不是你的立論嗎？生活既無意義、又無目的，卻不可避免地在那兒永遠輪迴，毫無目的地墮入虛無。

查氏　你歪曲了我的思想，我要把你這跛子甩下萬丈深淵！

侏儒　（發出狗叫聲）哈哈。（下）

〔查拉斯圖拉驚恐地閉目掩耳。〕

查氏　（驚醒）侏儒哪兒去了？還有柱門呢？這一切的對話還在轟響，我是在做夢嗎？

〔查拉斯圖拉倒頭睡下。〕

〔一條又粗又黑的蛇爬來。〕

〔大蛇鑽入他的口中。〕

〔查拉斯圖拉喘著粗氣、面部痙攣，扭動身子，奮臂把大蛇往外拽，大蛇紋絲不動。〕

查氏　（驚恐，鼓勇）咬吧，咬去它的頭！咬吧！（使勁把它一咬為二，吐掉蛇頭）

〔查拉斯圖拉神態劇變，頭部圓光四射，發出怪笑。〕

查氏　呵，我怎能忍受著這樣生活下去呢？我又怎能忍受著現在就死去呢？

〔鷹與蛇相偕而上。〕

〔鷹與蛇見狀，面面相覷，站在一旁。〕

查氏　我的深邃的思想呀，起來！你久睡的大爬蟲，起來！我查拉斯圖拉，人生之辯護者、受苦之辯護者、迴圈之辯護者—我呼叫你，我的最深邃的思想！（訇然倒地，猶如死人）

〔鷹與蛇伏在他的身旁。〕

鷹　你怎麼啦，查拉斯圖拉？如果你遇到傷害，我就去找你的仇敵。

蛇　你不能不吃不喝，查拉斯圖拉？你還要拯救愚氓。

〔鷹與蛇見查拉斯圖拉毫無反應，竊竊私議。〕

〔鷹取來食物：葡萄、蘋果、甜菜、羔羊……〕

〔蛇始終守護在病人身旁。〕

〔查拉斯圖拉甦醒，本能地拿起一顆蘋果就吃。〕

〔鷹與蛇驚喜地雀躍。〕

鷹　查拉斯圖拉，你已經躺了七天！快起來走出你的洞穴吧，世界如同花園一樣地期待你。

蛇　查拉斯圖拉，你孤獨地躺了七天！快起來走出你的洞穴吧，萬物都盼望你早日恢復健康。

查氏　鷹與蛇呀，謝謝你們的守護。你們的言語、你們的音調彷彿舞蹈於絢爛的虹橋上。

鷹與蛇　（唱）是的，查拉斯圖拉。萬物都在舞蹈，而且迴圈。萬物方來，萬物方去，存在之輪永遠迴圈！萬物方生，萬物方死，存在之輪永遠運行！

查氏　唉，人類永遠迴圈，甚至最偉大的人也太渺小——那就是我對人類的憎惡！甚至最渺小的人也永遠迴圈——那就是我對一切存在的憎惡！

鷹與蛇　（齊喊）你別說了，新痊癒者！

鷹　你應該到花園般的新世界去，查拉斯圖拉！

蛇　你最好為自己準備一架新的豎琴，查拉斯圖拉！

鷹　你的同伴看透你是什麼人，並必須成為什麼人。看呀，你是永久迴圈的說教者——這就是你的命運！

蛇　查拉斯圖拉，但願你說話，無畏而自信，因為一種沉重的負擔和壓迫脫離了你，你是最堅忍的人！

〔查拉斯圖拉平靜地躺著，默不作聲。〕

〔鷹與蛇離去。〕

第16場

〔查拉斯圖拉躺著，不時地打抖。〕

查氏　哦，我的靈魂呀，我已教你說：「今天」、「有一次」、「先前」，也教你在一切「此」和「彼」中間跳舞，以你自己的節奏。我的靈魂呀，我在一切僻靜的角落救你出來，刷去你身上的塵土、蛛絲、黃昏的陰影。我的靈魂呀，我洗卻你瑣屑的恥辱和鄙陋的道德，我勸你赤裸昂立於太陽之前。

〔查拉斯圖拉的靈魂從其頭上出來。〕

靈魂 查拉斯圖拉，我已經聽見了你的給予。你還說你給我這權利如同暴風雨一般說著「否」，如同澄清的蒼天一樣說著「是」，你恢復了我在創造和非創造之上的自由，而且使我洞燭未來的貪欲；你教會我蔑視，那不是如同蟲蛀一般的蔑視。乃是偉大的大愛的蔑視……

查氏 我的靈魂呀，再沒有比你更仁愛、更豐滿、更博大的靈魂了！我給了你一切，現在我卻兩手空空。

靈魂 不過，我倆之中誰應當受感謝呢？給予者不是因為接受者已接受而感謝嗎？贈與不就是一種需要嗎？接受不就是慈悲嗎？

查氏 我的靈魂呀，誰能看見你的微笑而不流淚？在你博大而慈愛的微笑中，天使也會流淚的。

靈魂 一切的啜泣不都是懷怨嗎？一切的懷怨不都是控訴嗎？我的查拉斯圖拉！

查氏 我的靈魂呀，我給予你一切，我已兩手空空。我吩咐你歌唱，那就是我的最後的贈禮。

靈魂 我歌唱！我歌唱！我的查拉斯圖拉！（返入其頭）

查氏　哦，生命呵，我最近凝視你的眼睛，我看到了黃金的閃耀——我的心為歡樂而幾乎停止跳動。

〔查拉斯圖拉的生命從其身上坐起。〕

生命　查拉斯圖拉，我遠離你時你說「我愛你」，我接近你時你說「我怕你」；我逃跑時你說是誘惑你，我尋覓把你找到，你又說為我受苦。

查氏　你的冷酷猶如火焰，你的仇恨多麼迷人，你的逃跑把人束縛，你的嘲弄使人熔化。

生命　瞧，查拉斯圖拉，你把我說成了什麼？束縛者？糾纏者？憎恨者？迷人精？（舞蹈）生命就是舞蹈！查拉斯圖拉，跟我舞蹈吧：叢林、山野、湖畔……

查氏　你跳倦了嗎，生命？那邊是綿羊和晚霞，牧人的簫管在奏著催眠曲。女巫！假如我從來就對你歌唱，現在你應當對我哭喊！聽我的鞭嘯！瞧我的鞭子！

生命　查拉斯圖拉，別這樣可怕地擊打你的鞭子！這呼嘯聲會殺戮思想—而且正當我有了精美的思想，我倆都是永不作好、也不作壞的匹配的伴侶。我倆必須互相和解。假如有一天智慧離開你，那麼我的愛也會逃遁你。你並不如你所說的那樣愛我；我知道你就要離開我！

查氏　是的，但你也知道（耳語）

生命　哦，查拉斯圖拉，你那麼——（兩者凝視，又哭又笑，相擁而舞）

查氏　呵，我怎能不渴望永恆，渴望迴圈之結婚的戒指？我永遠找不到一個女性，我願意和她生孩子，除非她是我所愛的女人；因為我愛你，永恆！

生命　是的，是的。永恆呀，因為我愛你！

〔查拉斯圖拉和生命合而為一。〕

第17場

〔尼采肩負重物而上。他彎腰弓背、步履蹣跚，目光炯炯、精神抖擻。〕

尼采　（獨白）我為什麼會寫出這樣的好書？《查拉斯圖拉如是說》這部著作，是我給人類的空前偉大的贈禮。它的聲音將響徹千古，它不僅是世界上最高邁的書、山頂雄風最真實的書，也是最深邃的書、是寶藏、是源泉！

〔出版商上。〕

出版商　（打著呵欠）誰一大清早在大街上開大炮，把我從好夢中驚醒？

尼采　（獨白）哪個出版商得到我的手稿，都會給他帶來最大的榮譽和利益。（敲門）施蒂納先生！

出版商　（開門）呵，尼采先生？請進！請坐！這麼大冷天您光臨寒舍？

尼采　我寄給你的《查拉斯圖拉如是說》的序言，你瞧了沒有？我已經等了很久了。

出版商　喔，查拉斯圖拉？我甚表歉意，我還沒有時間拜讀呢。

尼采　（失望）我今天帶來該著作的前三部手稿。（放下包裹，取出一捆稿子）

出版商　這麼多？我還以為這是把您像老駱駝一般壓斷了脊樑的金銀財寶呢？

尼采　（氣忿）你怎麼把這無價之寶跟那些黃蠟蠟、臭烘烘、一無是處的糞土相比呢？

出版商　您說得似乎有理，但不過您要是有一美金的話，您就不必像老牛拖破車似地親自背著手稿來了，您完全可以雇個僕役。

尼采　該死的一美元！你到底出不出書？不出，我另找出版社；這是世界上最好的書！我告訴你：即便把所有偉大靈魂的精華集合起來，也創造不出一段查拉斯圖拉的談話來……在他面前，沒有人知道什麼是高度和深度，也沒有人知道什麼是真理。在他面前，沒有智慧、沒有心靈的省察、也沒有語言的藝術，文句熱情洋溢、辨才化為音樂——

出版商　出出出，尼采先生！您把手稿全放在這兒。

尼采　最後部分待寫，真正是輝煌的結尾！

出版商　那您趕快完稿，我立即出版！今後凡是您的大作均由我施蒂納出版公司獨家出

版；稿酬從豐。您稍等些日子便可以收到樣書和稿費了。再見，尼采先生！（同下）

第18場

〔尼采上。他憂心忡忡，步履蹣跚。〕

尼采　（獨白）我為什麼這樣聰明？我為什麼知道得比世界上任何人都多？因為我懂得並實踐養生療法；營養、氣候、地點的選擇，這對於一個偉大的天才是必須的。

〔出版商上。〕

出版商　（拭汗，揮扇）這種火熱的天氣，竟然還有蟬來火上加油地噪得人不得安寧！

尼采　（獨白）我的寶貝怎麼了？那個出版商究竟要什麼花招？他是不是要給我一個驚喜？（敲門）施蒂納先生！

出版商　（開門）呵，尼采先生？請進！請坐！您怎麼毒日下還來敝舍？

尼采　我是來問你《查拉斯圖拉如是說》怎麼了？你說馬上出，但出到現在連書的影子都沒有？你要我稍等些日子，我幾乎等了半年！

出版商 您息息火，耐耐心。您來得正是時候，我恰好要找您。

尼采 你說！

出版商 您的大作確實是部好書，我拜讀後立即安排了出版事宜。無奈我接到有關方面的通知，要我為主日學校出版五十萬冊聖歌集，我是個基督徒，不能不尊重教會的旨令——

尼采 （打斷）呵，聖歌集？這恰恰和我的《查拉斯圖拉如是說》唱反調。基督教是什麼東西！

出版商 （驚恐）您說它是什麼？

尼采 基督教否定生命、否定本能、否定創造、否定藝術和美，讓人從心靈到肉體感到自己有罪而成為奴隸，它宣揚的是頹廢的道德；而我的查拉斯圖拉肯定生命、肯定本能、肯定創造、肯定美和藝術，自己要作自己的主人，鼓吹的是健康的道德！

出版商 呵，上帝！這可是異端邪說！

尼采 你根本不懂我的大作！

出版商 我不是哲學家，尼采先生。言歸正傳，為印那部聖歌集，耗費了我一個月時間。

尼采 哪接下來為什麼不印我的書？你知道我寫這部書稿，付出了多大代價：各種病痛、心疼、寒冷、酷暑、孤獨、寂寞、失戀、流浪、失敗……我是出於對千秋萬代的責任心呀！出於拯救人類的天職呀！

出版商 我知道，我知道。否則，我怎麼會接受您的書稿？

尼采 哪你為什麼不兌現呢？把我等得快死了。家父是在三十六歲時死的，我早已活過了家父的年齡。

出版商 哪兒的話？您會長命百歲的，全世界都會讀到您的傑作！我已經吩咐工人開印大作，不料，又有意外來了：教會又要我再印反對猶太人的小書，向全世界發行，否則，我會被革除教籍……這樣又佔去了我幾個月時間。

尼采 該死的東西！你還要嘮叨第三個延宕出版大作的理由！

出版商 （返身，拿出一本新書）先生瞧！

尼采 （驚喜）《查拉斯圖拉如是說》一本空前偉大的著作終於問世了！（喜極而泣）

出版商 （親熱地）好啦好啦，我成全了您的願望，您得趕快把樣書校對；大著的第四部分完稿亦請趕快寄來，我要把它向全世界發行，像《聖經》那樣人手一冊，財源滾滾！

尼采 （囁嚅地）施蒂納先生，你……你應諾的稿費？

出版商 什麼？稿費？您還想預支稿費？我為了出版這部書，冒了巨大的風險，投入了

尼采 所有的資金，您居然還向我要錢？

出版商 我，我今天還沒有進食……你能不能借給我回去的旅費，施蒂納先生？呵，您不是發明了饑餓療法？您不是喜歡孤獨的散步？特別是眼下正是怡人的夏天，長途跋涉對於您的身心健康大有益處，而且還是你沉思遐想的最佳機會，尤其是偉大的天才。

尼采 先生——

出版商 好啦好啦，我還有正經事要辦。待您的書稿全部寄來，您的豐厚的稿酬一齊付清。抓緊吧，尊敬的尼采先生！（同下）

第19場

〔查拉斯圖拉上。他白髮蒼蒼、未老先衰；但精神矍鑠，身背挺直。〕

〔鷹與蛇追隨左右。〕

鷹 查拉斯圖拉！你已經在山洞裏修行了很長時間，你應該走出去向世人傳道你的幸福。

蛇 查拉斯圖拉！我們給你採集新鮮的蜂蜜和可口的食物，你必須登到峰頂去垂釣幸福的高貴者。

查氏　你們說得有理，鷹與蛇。讓我們走出洞穴，放眼天涯，周圍的大海在閃爍著人類的曙光，頭上的澄空是紫色的寧靜。

〔鷹與蛇下。〕

〔臺後傳來一陣呼喚：「救救我！救救我！」〕

查氏　是誰在呼救？

〔一老叟拄杖而上，跌倒在地。〕

查氏　呵，原來是你預言家？歡迎！歡迎你來這洞天福地作客！（扶起）

預言家　一切都一樣，沒有任何東西有價值的，世界毫無意義，知識使人窒息。

查氏　從前你曾和我同桌吃飯，今天我依然歡迎你分享我的幸福。

預言家　你幸福嗎，查拉斯圖拉？你站在那兒並不像一個為幸福而眩暈的人；你必須跳舞，否則你就會跌倒。

查氏　閉嘴，你這憂愁的風袋！我比你清楚，世界上存在幸福島！我仍然歡迎你去我的洞穴作客。

〔預言家下。〕

〔臺後傳來一陣呼喚：「救救我！救救我！」〕

〔兩個頭戴皇冠的人牽一頭驢上。〕

查氏　（旁白）這兩個國王趕著一頭驢到這兒來幹什麼呢？

國王甲　查拉斯圖拉，我們是從禮儀之邦逃出來的，我們是從好社會裏逃出來的！

國王乙　查拉斯圖拉，那兒高貴者腐化墮落，一切都虛偽腐爛而且血腥。我們是從賤民中逃出來的，那兒充滿了污穢、惡臭、腐朽的瘋狗、蒼蠅、屁販子、野心家！

國王甲　現在最高貴、最優秀、最可愛的要數農民：粗壯、敏捷、堅強；他們才是最高貴的種類。

國王乙　所以我才不願作賤民的王。現在作帝王有什麼用！

查氏　我聽到你們的話而滿心喜悅。是呀，現在作帝王有什麼用！

國王甲　因此，我們要尋找比我們更高尚的高人，我們送給他這頭驢，是因為最高的人也是大地上最高的王。

國王乙　我們終於找到了最高的人，那就是你查拉斯圖拉！

查氏　謝謝你們對我的抬舉，但我並不是高人，即我所指的超人；超人還沒有誕生，但他正在孕育中。

國王甲　你是，查拉斯圖拉！我們服從你的命令，用寶劍和戰爭奪回我們的王國！

國王乙　你是，查拉斯圖拉！我們遵循你的教誨，用聖經和權杖恢復我們的道德！

查氏　（失望）兩位國王，請牽著你們的驢到我的洞穴作客。前面又有呼喚聲。

〔兩國王牽驢下。〕

〔臺後傳來呼喚聲：「救救我！救救我！」〕

〔水蛭專家上。〕

水蛭專家　（自言自語）這世界上除了查拉斯圖拉和吸血的水蛭，沒有什麼東西值得我注意。

查氏　剛才是你喊我嗎？你蹲在泥坑裏幹什麼？瞧你胳膊上還流血呢。

水蛭專家　我研究水蛭，我是精神的智者。水蛭的腦子就是我的世界，這是世上最重要的事情，其他的一切都毫無意義！

查氏　喔，你就是水蛭專家，可敬得很！你為什麼不去研究人，人的腦子，精神的智者？

水蛭專家　人？研究人有比我研究水蛭偉大麼？我研究水蛭就是為人類造福，讓人拜倒在萬能的科學腳下，查拉斯圖拉。

查氏　是科學為人類服務，還是人為科學服務？

水蛭專家　現在，研究水蛭是我唯一的事，其餘的一切與我無關！

查氏 現在你亟需要的是治療你的創傷，我的洞府裏有治療的良藥。

〔水蛭專家下。〕

〔臺後傳來呼喚聲：「救救我，查拉斯圖拉！」〕

〔巫師上。他狂歌酣舞，如癡如醉，跌倒在地。〕

查氏 （旁白）他想必是位高人？他發出呼救聲，瞧瞧能否幫助他？（走去，攙扶）

巫師 （不理會，唱）誰還愛我？現在誰還熱烈地愛我？給我以溫暖的手！給我以燃燒炭火的心！……你無恥者！你不相識者！你強盜！……什麼？什麼？嚇嚇！……滾開吧！他逃跑了！我唯一的伴侶—最大的敵人，我的不可知的神——我的絞死之神……

查氏 （頓悟，怒喝）巫師，住口！你這嬉耍的戲子！你這偽幣製造者！你這說謊者！我看透了你！（揮杖打擊）

巫師 （躍起）別打了，查拉斯圖拉！我是在作表演。智慧的查拉斯圖拉，你無情地用真理擊打，你的鞭子擊碎了我的謊言。

查氏 滾開，我不需要你的阿諛奉承！你這虛偽的騙子！

巫師 誰敢對我當今最偉大的人如此辱罵？呵，查拉斯圖拉，其實我很厭倦、厭惡我的巫術，我不是偉人，但為什麼要假裝呢？你很清楚……我仍在虛妄地追求偉

查氏　大，然而我力不從心地失敗了。你追求過偉大，這是光榮；但也暴露了你，你並不偉大。

巫師　……所以我要呼救，尋覓一個真正的偉人，那就是你查拉斯圖拉！

查氏　不，你尋覓的不是我。在這賤民橫行的時代，誰是偉大，誰是渺小，你還是到我的洞穴裏去問問我的鷹與蛇吧？

〔巫師下。〕

〔臺後傳來呼喚聲：「救救我，查拉斯圖拉！」〕

〔神父上。他又老又黑，身披法衣，歇息路中。〕

查氏　（旁白）是他喊我？這個老黑人像剛才巫師那樣擋住我的去路。

神父　呵，你是旅遊者吧？請幫助一個迷路者、一個受傷的人、一個尋覓聖人和隱士的老黑人吧！

查氏　老人家，你是誰？

神父　我是最後的神父、過去的教皇。

查氏　你是最後的教皇？現在全世界都知道從前信仰的上帝已不復存在。

神父　你說得對，旅遊者！我供奉那上帝直到最後一刻。現在我雖然退職了，失去了主人，卻仍然沒有感到有一刻自由和快樂，除了虔信的回憶。所以，我想尋覓不信神中的最虔信者——查拉斯圖拉。

查氏　我就是不信神的查拉斯圖拉。（握手）

神父　（驚喜）呵，你就是查拉斯圖拉！你自稱為不信神，但你比你信仰的更虔信。接近你，我感到有種福祇之甘甜和芬芳。我感到喜悅，也感到悲哀。

查氏　歡迎你來作客，最後的教皇！我的洞穴是良好的避難所。我喜歡一切悲愁者在堅固的土地和堅固的兩腿上站起來。可是，誰能從你的肩頭卸下你的憂鬱？我太柔弱了，我們將期待將來有人復甦你的上帝。

神父　舊的上帝死了，我將從神聖的典禮供奉新的上帝。（下）

〔臺後傳來呼喚聲：「救救我，查拉斯圖拉！」〕

〔一群牝牛擁著一個乞丐上。〕

查氏　該死的傢伙！你們仗著獸多勢眾，竟然圍攻一個孤弱的人？（驅趕牝牛）

乞丐　（惱怒）你要幹什麼，陌生人，破壞我的好事？我在對牠們演講。

查氏　（驚）你在這兒尋求什麼？

乞丐　我在尋求大地的幸福，所以才向這些牝牛學習；而你卻驅散它們！你是誰？

查氏 我是大憎惡的克服者——查拉斯圖拉！

乞丐 呵，查拉斯圖拉！是上天贈予我禮物和珠寶的人。（吻其手）

查氏 你這奇異而可愛的人，我也認出你來了，你就是那個自願拋棄了巨大財富的乞丐。你以財富和富裕為恥辱，而逃往赤貧者那兒，你把豐裕和好心贈給他們，但他們卻拒絕接受。

乞丐 現在上層社會是賤民，下層社會亦是賤民。現在貧與富是什麼？我不知道這種區別，所以逃得很遠，從牝牛那兒學到很多好東西。你瞧它們有多麼真誠，發明了反芻，躺在陽光下品嘗大自然的甘美。它們也警戒一切使心情沉重的思考。

查氏 （搖頭）你還是瞧瞧我的動物吧，那鷹與蛇。去我的洞穴吧！

〔乞丐和牝牛下。〕

第20場

〔查拉斯圖拉上。〕

查氏 （獨白）呵，我走遍了群山和森林，到處尋覓那些感到絕望而呼救的人們、到我的洞穴作客。現在，我將歡快地回去。

〔臺後傳來呼喚聲：「救救我，查拉斯圖拉！」〕

〔最醜陋者上。他如同鬼魅，坐於路旁，瘋瘋癲癲地發出怪叫。〕

查氏　（旁白）這是瘋子、鬼魅！我應該趕快避開。

最醜陋者　哈哈，你想逃離我，查拉斯圖拉！你不是說，我們不久就會見面嗎？哈哈，現在我來了，你卻想逃離我，查拉斯圖拉？

查氏　剛才是你向我發出呼救？

最醜陋者　是我誘使你來，查拉斯圖拉！你解答我出的迷語，什麼是對於見證人的復仇？我首先是誰？

查氏　你是殺死上帝的兇手！你這鬼魅，因為我看透了你，使你難堪，所以你要對見證人復仇！

最醜陋者　你說得還不夠正確，查拉斯圖拉。我殺死了上帝，我是元兇。現在全世界都在追殺我，我為此感到驕傲、感到狂喜！從來最受迫害的人不都成功了麼？越迫害人的人越容易追隨別人！但那是他們的憐憫，我不需要他們的憐憫，所以逃來找你。

查氏　你到底要我做什麼？

最醜陋者　現在是賤民掌權的時代，憐憫是被一切末人稱作的道德：他們不知道尊敬偉大的不幸、偉大的醜陋、偉大的失敗、即偉大的我！是你第一個發出警告，要提防憐憫，但所以許多人正尋找你向你求救。所以我警告你，你也要反對你自己的憐憫！

查氏 你警告我別走你的老路，我以讚美我的路而感謝你！你去到我的洞穴，先同我的動物談話，它們是最驕傲的動物、最智慧的動物，它們是我的好顧問。我愛偉大的蔑視者，人是要被超越的一種東西。

〔最醜陋者下。〕

〔查拉斯圖拉孑然獨行。〕

〔臺後傳來呼喚聲：「站住！查拉斯圖拉，等一會！」〕

〔影子上。〕

〔查拉斯圖拉一震，加快腳步。〕

影子 查拉斯圖拉，你怎麼啦？我是你的影子！

查氏 （止步）你到底是誰？你在這兒幹什麼？你為何自稱是我的影子？我不喜歡你。

影子 不管你喜歡不喜歡，你離不開我！我是個漫遊者，曾跟隨你的腳踵行之，沒有目的、也沒有歸宿，所以我雖不是猶太人，也不是永久，但也無異于永久漫遊的猶太人。

查氏 （默然。冷對影子）

影子 真的，我常常緊跟真理之腳踵！真理之腳踵卻踢我的頭。有時候我想說謊，但是瞧！只在這時我擊中了真理。我所愛的已不復存在，我如何還愛自己？

查氏 像我所愛而生活，否則別生活！

影子 哪兒是我的家？我詢問而尋覓，沒有找到。哦，永久的住處？徒然呀！

查氏 你自由的精神和漫遊者呀，你有很壞的白天，注意更壞的夜晚不要再來吧！你可憐的漫遊者和感傷者，你倦怠的蝴蝶呀，今夜你想有一個休息處和家麼？若是願意，就到我的洞穴去吧！現在我要趕快離開你！

〔影子消失。〕

第21場

〔查拉斯圖拉上；他神采奕奕、昂首闊步。〕

查氏 （獨白）我像一個四海為家的猶太人到處漫遊，我尋覓了那些需要我幫助的高人們而一無遺漏。我有生以來第一次睡了個安穩覺。我終於滿心喜悅地返回我在山上的洞穴。

〔臺後傳來呼喚聲：「救救我，查拉斯圖拉！」〕

查氏　（大驚）什麼，又是求救聲？而且這排雷驚濤般的聲響來自我的洞穴？！

〔國王、巫師、神父、預言家、水蛭專家、乞丐、最醜陋者、影子等蜂擁而上，一齊吶喊：

「救救我，查拉斯圖拉！」〕

〔他們的身後站著鷹與蛇。〕

查氏　這是怎麼回事，高人們？我已經把我的洞穴作為你們的避難所，還給你們蜜之贈禮和幸福的號召，而且讓我的鷹與蛇回答你們的問題。

〔眾人爭先恐後、七嘴八舌地鼓噪著什麼。〕

查氏　我聽不清你們的話，你們能不能一個個地說話？

〔眾人又是鼓噪連天。〕

鷹　住口！你們再這樣像蛙鳴般地吵鬧，我就撲殺你們！主人，我告訴你，這些人像蟬一樣地發問，但都是微不足道的問題，因此，我拒絕回答。

蛇　主人，他們提出的問題愚蠢而瑣碎，真叫我難以相信他們是高人、上等人？

查氏　別這樣，鷹與蛇。他們是我的賓客、被保護人，我們應該給他們禮遇。

〔眾人吶喊：「查拉斯圖拉，救救我們！」〕

查氏　安靜！安靜！高人們，我給你們每人兩件禮物：第一件是「安全」，使你們免於野獸的危害；第二件是我的小手指，這樣你們有了全手、全心。眾位拿去吧！

〔眾人歡呼、致意：「查拉斯圖拉萬歲！萬歲！」「查拉斯圖拉天神，我們高人追隨你便有了偉大的希望！」〕

查氏　不要向我頂禮膜拜，我不是神，也活不到千歲、萬歲。你們是高人，但你們的高邁還不足，意志也不夠堅定；你們是高人、高人的族類，但你們心中仍有許多歪曲和變形。世界上還沒有一個鐵匠能為我把你們錘正、錘直。你們只不過是橋樑；更高的人從你們身上渡到彼岸。流氓說，在上帝面前人人平等。可是上帝死了，在流氓面前，人人不平等。高人們呀，離開市場，登上高山，在風雨陽光下學習舞蹈與歡笑吧！

〔眾人發出驚訝聲：「呵呵呵！」〕

查氏　（肩負鷹與蛇）我的動物呀，我愛你們。讓我們到洞外去呼吸新鮮空氣！（下）

〔頓時，嘩聲大作：「他去了！他去了！」「怎麼辦？怎麼辦？」「恐懼！恐懼！」〕

〔驢子上。發出歡叫：「唏—哈—是呀！」〕

〔查拉斯圖拉肩負鷹與蛇上。〕

查氏 剛才洞穴裏喧譁如沸，如今卻寂靜似死，他們在裏面幹什麼？

〔眾人一齊跪倒，朝驢子頂禮膜拜。〕

〔最醜陋者頭戴皇冠、腰圍紫帶，虔誠地領頭念祈禱文。〕

最醜陋者 一切榮耀、尊嚴、智慧、感謝、讚美、力量，歸於我們的上帝！永遠！永遠！永遠！阿門！

眾人 （應和）一切榮耀、尊嚴、智慧、感謝、讚美、力量，歸於我們的上帝！永遠！永遠！永遠！阿門！

驢子 唏—哈—是呀！

查氏 （震驚）你們在幹什麼？竟把一頭驢子當作上帝拜倒！（揮杖毆打眾人）你們是最壞的瀆神者、最愚蠢的老婦人！你神父，你是把一頭驢子當作上帝讓大家膜拜的始作俑者！你巫師，誰還信你，當你信仰了對驢子的崇拜？你水蛭專家，你的靈魂對這種皈依者的祈禱和焚香不是太純潔了麼？你國王，為什麼不拋棄這頭蠢驢？你預言家，向驢子磕頭就是最有價值、最有意義的事嗎？你乞丐，為什麼不去膜拜你的牝牛？你影子，自稱為是的思想家，卻變作僧侶搞偶像崇拜！你最醜陋者，你殺死了上帝，為什麼要製造一個驢子上帝呢?!

最醜陋者　你是個無賴！你為什麼不長一對驢耳朵？人人都有驢耳朵。你是個無賴！上帝是否活著，或者死而復活，或者徹底死了，你們誰最知道？我！哈哈！你是個無賴！查拉斯圖拉！（奪下對方的手杖，折斷）

查氏　既然是這樣，你們這班丑角，為什麼要在這兒佯狂喬裝？你們這班蠢驢，夢想返老為童那就請便！我的超人決不進入你們的天國；他腳踏大地，走往天涯！你們這些侏儒，和下賤的末人並沒有什麼兩樣！

最醜陋者　（狂叫）殺死他查拉斯圖拉，無賴！

〔眾人朝查拉斯圖拉撲去：「殺死無賴！殺死無賴！」〕

〔鷹與蛇保護查拉斯圖拉撤退。〕

〔臺後傳來一聲獅吼。〕

鷹與蛇　（驚喜）獅子！獅子！

眾人　（驚恐）獅子！獅子！（逃下）

查氏　吉兆到了，獅子來了，我的時候降臨。我將離開洞穴，迎著太陽，尋找超人！（同下）

第22場

〔尼采拄杖而上。他面色陰沉、搖搖晃晃、怪裏怪氣。〕

尼采 （獨白）我為什麼這樣智慧出眾？因為病魔雖能折磨我的身體，但心靈卻絕對健康！我有一雙顛倒乾坤的手、我有一副超越地域、民族的眼光，我血統高貴、生命強勁、情感真誠、心地純潔、勇於戰鬥、善於創造，我厭惡一切庸眾、尋覓唯一超人……

〔出版商上。〕

出版商 又是誰在這種愁風苦雨的秋日裏，像頭蟋蟀似地叫得人火冒三丈？吵吵吵！

尼采 我找到了！我找到了！開門！開門！施蒂納先生！（捶門）敲敲敲！你他媽的把我的大門都敲破了！（開門）呵，原來是尼采先生？歡迎

出版商 光臨！瞧您的衣裳都濕透了，快脫下。您有什麼火燒眉毛的大事、急事，要在這該死的天氣趕來？

尼采 （惱怒）我的大著《查拉斯圖拉如是說》，我等你出版快要瘋了！我這用生命和心血凝成的結晶全都託付給你了，可是你不給我一馬克的稿費！大著的最後部分乾脆甩入水中！

出版商 關於稿費一事，不必我再費唇舌。該書的第四部分，我告訴你：對這種格言式的東西，讀者根本不感興趣！

尼采 你這個白癡！竟敢詆毀這部空前絕後的傑作？（揪住對方）本書採用格言和警句正是它的偉大之處！擁有世界上最多讀者的《聖經》難道不是用這種形式寫的嗎？但聖經又怎能跟《查拉斯圖拉如是說》相比呢？能夠如此大膽地運用嶄新的前所未有的、真正創造技藝寫大著的人還從未有過！

出版商 放手，先生……有話好說。

〔尼采鬆手。〕

出版商 我為了出您的書，快要破產了……別別！

尼采 你為什麼不去做廣告、推銷？只要全書出版，全世界都會人手一冊，蜂擁搶購的。

出版商 （冷笑）我自己無力出版大著，為您的書稿我找遍了同行，可是，沒有一個人願意接受。

尼采 謊言！騙人！你非出不可！

出版商 別動武！別動武！……我甘願冒傾家蕩產、開除教籍、坐牢殺頭的危險，只要出資二百八十四馬克，我立即給您開印大著！

尼采　行，施納蒂先生！這是二百八十四馬克——我傾其所有的養老金。（付錢）

出版商　（接錢）好，尼采先生。咱們一手交錢，一手交貨——這是大著《查拉斯圖拉如是說》第四卷四十冊。（交書）

尼采　（忘乎所以）哈哈，我找到了查拉斯圖拉！哈哈，查拉斯圖拉已深入人心！

（下）

第23場

〔尼采捧書上；他衣冠楚楚、目光炯炯、步履從容，邊走邊喊。〕

尼采　快來呀！快來呀！我要贈給你們世界上最珍貴的禮物——《查拉斯圖拉如是說》！

〔市民們一哄而上，紛紛伸手：「瘋子！瘋子！」「珍寶！珍寶！」〕

〔尼采給市民們分發書籍。〕

〔市民們大失所望：有的把書丟掉、有的不願接受、有的趕緊離去。〕

〔尼采收回書本，繼續前行。〕

尼采　快來呀！快來呀！我要贈給你們世界上最珍貴的禮物——《查拉斯圖拉如是

說》！

〔女子們蹀躞而前，喜不自禁：「尼采！尼采！」「禮物！禮物！」〕

〔尼采給女子們分贈書籍。〕

〔女子們頗感掃興：有的去作手紙、有的不屑一顧、有的塞入皮包。〕

〔尼采不改初衷，繼續前行。〕

尼采　快來呀！快來呀！我要贈給你們世界上最珍貴的禮物——《查拉斯圖拉如是說》！

〔幽靈們雀躍而來，做著鬼臉：「查拉斯圖拉！查拉斯圖拉！」「祭品！祭品！」〕

〔尼采給幽靈們贈送書籍。〕

〔幽靈們頓時作色：有的嗤之以鼻、有的嚴加拒絕、有的撕成碎片。〕

〔尼采勉為其難，繼續前行。〕

尼采　快來呀！快來呀！我要贈給你們世界上最珍貴的禮物——《查拉斯圖拉如是說》！

〔服務員和旅客們蜂擁而上、爭先恐後：「好人！好人！」「贈品！贈品！」〕

〔尼采給他們贈送書籍。〕

〔服務員和旅客們興致索然：有的掉頭而去、有的抬手推開、有的物歸原主。〕

〔尼采垂頭喪氣，繼續前行。〕

尼采　快來呀！快來呀！我要贈給你們世界上最珍貴的禮物——《查拉斯圖拉如是說》！

〔友人們紛至遝來，熱情有禮：「弗里茨！弗里茨！」「大作！大作！」〕

〔尼采給友人們贈送書籍。〕

〔友人們嗒然若失、搖頭歎息：有的神情冷漠、有的隨手歸還、有的不辭而別。〕

〔尼采悵望遠去的人影，一瞥滿懷的書籍而長吁短歎。〕

尼采　呵，總算還有一個知音……

〔友人丙重上。〕

友人丙　請原諒，弗里茨。我一點也不明白查拉斯圖拉說的任何一句話。大作奉還，以免枉費了你的好心，禮物還是贈給知音吧！（還書）

尼采　（尷尬，自嘲）這就對了，親愛的朋友。其實，只要明白查拉斯圖拉說的六句格言，你就可以出類拔萃，達到比現代人更高的境界。

友人丙　是的，是的，尼采先生。（下）

〔尼采失聲痛哭。懷抱的書掉落一地。〕

尼采　呵，我的頭胎兒子死了！這部寫給所有人讀的書，可是沒有人能讀懂它；因為我的時代還沒有到來！

〔一輛馬車從遠處駛來，在尼采面前停止。〕

〔馬兒俯下頭去叼起一本書。〕

〔尼采覺悟到了什麼，狂喜地摟住馬頭親吻。〕

馬夫　（驚恐）你是誰？你要做什麼？

尼采　我是尼采·凱撒！我是狄奧尼索斯！我是釘在十字架上的人！我是查拉斯圖拉！

馬夫　瘋子，滾開！（揮舞鞭子）

〔臺後呼應聲：「瘋子！瘋子！」〕

尼采　我不是人，我是炸藥！

馬夫　（大恐）炸藥？快跑！（抽打）

〔臺後呼應聲：「炸藥！炸藥！」〕

尼采　（怒叱）惡魔！末人！賤民！不許你鞭打我的坐騎！

〔馬夫鞭打尼采，尼采倒地，馬車輾過。〕

〔臺後呼喊聲：「炸彈自爆了！」「瘋子死了！」〕

尼采　不！我的時辰尚未到來！有的人要死後才出生！（死）

——劇終

二〇〇四年一月初稿

二〇〇七年十月二稿

注釋：

(1)柯西瑪：大音樂家李斯特的女兒，富有文藝修養與女人魅力，前夫是鋼琴家兼指揮家漢斯・馮彪羅，後嫁給瓦格納。瓦格納夫婦建立了歌劇的聖地——拜羅伊特節慶劇院。尼采暗戀她。

(2)莎樂美：露・安德莉亞斯・莎樂美（一八六一～一九三七），一位征服天才的女性。她是俄羅斯流亡貴族的掌上明珠，有懷疑上帝的叛逆，是才華橫溢的作家、特立獨行的女權主義者；她為尼采所深愛、受弗佛洛德賞識、與詩人裏爾克同居同遊。對後者的創作和感情生活影響很大，被視為是良師益友。

(3)查拉斯圖拉：又譯瑣羅亞斯德（前六二八年～前五五一年）是古伊朗宗教改革家、先知、瑣羅亞斯德教創始人。該教是流行於古代波斯（今伊朗）及中亞等地的宗教，中國史稱祆教、火祆教、拜火教。瑣羅亞斯德教是基督教誕生之前中東和西亞最有影響的宗教，古代波斯帝國的國教，曾被伊斯蘭教徒貶稱為「拜火教」。瑣羅亞斯德教的教義一般認為是神學上的一神論和哲學上的二元論。

(4)阿圖爾・叔本華：（一七八八～一八六〇）德國著名哲學家，被稱為「悲觀主義哲學家」。他是黑格爾絕對唯心主義的反對者、新的「生命」哲學的先驅者。生活富裕，但一生不得志，死前才時來運轉。

(5)理查·瓦格納：（一八一三～一八八三），德國作曲家。他是德國歌劇史上一位舉足輕重、承先啟後的人物。但他在政治、宗教方面思想的複雜性，成為歐洲音樂史上最具爭議的人物。尼采先是崇拜他，後和他決裂。希特勒對其音樂頗有好感。

(6)狄奧尼索斯：他與羅馬人信奉的巴克斯（Bacchus）是同一位神祇，他是古代希臘色雷斯人信奉的葡萄酒之神，並推動了古代社會的文明，確立了法則，維護世界和平。護佑希臘的農業與戲劇文化。

蘇格拉底
—人類的馬虻—
（話劇）

反映古雅典的生活場景，
仿照古希臘戲劇形式，
塑造殉道者蘇格拉底崇高形象的真史劇。

序言

蘇格拉底是古希臘、西方乃至人類文明史上第一個為言論自由和思想自由而捐軀的殉道者；而殺害他的恰恰是當時社會制度最先進、最文明的雅典奴隸制民主政體！

關於蘇格拉底之死的情況，我們除了從他的兩個弟子柏拉圖和色諾芬的著作所知外，幾乎沒有找到任何有價值的歷史文獻佐以新鮮的東西。這樣，千百年來便給了專家學者提供了一個寬廣的想像空間和著述空間。

激起我對蘇格拉底之死一事興趣的卻是下述諸多問題：蘇格拉底的言論、思想，當時為什麼既不見容於雅典寡頭政權，也不見容於民主政權呢？蘇格拉底真是雅典民主政體的大敵嗎？同路人？還是相反？「哀其不幸，怒其不爭」？蘇格拉底在法庭判處他死刑時公然宣稱：那些判處他死刑的人將遭到比他更痛苦的刑罰。然而，千百年過去了，為什麼至今還未見雅典法庭乃至希臘國家法院給予蘇格拉底這樁人類文明史上最大的冤假錯案予以糾正呢？難道長達二十四個世紀，人類還沒有能力鑑別「蘇案」是正確還是謬誤嗎？難道現代文明社會對罪大惡極如殺人犯、恐怖分子予以寬容，在相當多的國家裏以「人道」、「人權」為名，讓其逃脫死罪；相反，對除了運用言論自由以外沒有犯過任何罪過的蘇格拉底不寬容，對當時的蘇案表示沉默？無關痛癢？不進行反思？不伸張正義？而四年一度的奧林匹克運動會卻作為人類的大事進行得轟轟烈烈。是思想有益於人類，還是體育有益於人類？體育能給人類帶來和平和幸福嗎？

二千多年來，人類的物質文明、自然科學得到了飛躍發展，可是精神文明、人文科學卻大為遜色。上帝死了，人類並沒有什麼長進：物慾橫流、道德淪喪、戰火不息、生態破壞、政府腐敗、貧富懸殊……則是全世界的痼疾，並沒有比古希臘雅典城邦和當時世界的情況好到哪裏去。更令人震驚的是，在剛剛過去的二十世紀裏，在一些所謂最文明、最民主、最進步的國家裏，卻上演了禁止言論自由和思想自由的大醜劇，把蘇格拉底式的悲劇推向極端，甚至比中世紀宗教法庭審判異端更殘酷、更難以想像，這是人類文明史上最不幸的時期：前蘇聯的大清洗、鎮壓持不同政見者；德國納粹對猶太人人權的摧殘和文明的滅絕；中國的反右派運動、文化大革命；美國的麥卡錫主義……對言論的箝制、思想的禁錮、自由的扼殺、人權的摧殘，達到了登峰造極的地步！即使在今天這種邪惡而黑暗的現象還在不少國家、地區不同程度地發生著。所以，蘇格拉底有句名言依然有著放之四海而皆準的現實意義：「誰想推動世界，誰就先讓他推動自己！」

當今世界上知識分子多如牛毛：御用的知識分子、專業化的知識分子、沉默苟且的知識分子、唯利是圖的知識分子……而真正的知識分子、特立獨行的知識分子、對人類命運終極關懷並鬥爭的知識分子，像福柯、班達、薩義德所稱道的知識分子如蘇格拉底、耶穌、斯賓諾莎、伏爾泰、勒南、奧威爾等卻寥若晨星、鳳毛麟角。呼籲真正的知識分子，呼籲人類自己拯救自己，這也就是筆者創作《蘇格拉底——人類的馬虻》這部話劇的主要原因。

拙作為了真實、生動地反映古雅典的生活場景，塑造蘇格拉底這位殉道者的崇高形象，筆者仿照了古希臘悲劇的舞臺程式：露天演出、劇場均設在戶外、有姓名的劇中人只六、七個、演出始終保持歌隊、歌隊起著諸多作用等。

人物表（以上場先後爲序）

蘇格拉底　（西元前四六九～前三九九）雅典哲學家。

克珊娣珀　蘇格拉底的妻子。

傳報人　雅典人。

三孩子　蘭普羅克勒、索福羅尼斯科、梅列克塞努，蘇格拉底的兒子。

歌隊　由雅典公民十二人組成，其中包括陪審員。

執政官　出任雅典法庭庭長。

梅勒托　雅典詩人，蘇格拉底的控告者。

呂孔　雅典演說家，蘇格拉底的控告者。

安尼托　雅典政治家、制革匠，蘇格拉底的控告者。

眾弟子　柏拉圖、安提西尼、阿波羅多勒斯、赫摩基尼斯、斐多等，蘇格拉底的弟子。

克里同　雅典商人，蘇格拉底的友人。

警力　雅典法庭公差。

獄卒　獄吏，雅典監獄公差。
典獄官數人　雅典監獄官員。
監刑官　雅典監獄官員。

布景

雅典城區蘇格拉底之家。
阿瑞斯山半圓形劇場‧雅典最高民衆法院法庭。
尼克斯山麓雅典監獄。

時代：西元前三九九年，雅典奴隸制民主政體時期。

開場：蘇格拉底之家（辭家）

〔蘇格拉底自屋內上。〕

蘇格拉底　禮讚你，光輝的太陽！禮讚你，偉大的阿波羅！(1)每天清晨，當星星閃爍、月亮西沉，人和萬物還在睡夢中，我便悄悄起床，赤著雙腳、坦裸胸膛，迎接你從東方升起。無論是寒風凜冽的嚴冬，還是熱浪肆虐的盛夏，我數十年如一日從不間斷地做晨課！猶如你每天駕著四匹噴火駿馬拉的金車在天空運行，給人類帶來光明和幸福；我也開始一天的工作：鍛鍊身體、與人交談、勸人為善、宣揚你的神諭，「認識自己」。然後披著朝霞，目送你在西方落入環繞大地的瀛海奧克阿諾斯而回家……

〔克珊娣珀自屋內上。〕

克珊娣珀　蘇格拉底！蘇格拉底！

蘇格拉底　克珊娣珀是你？別大聲嚷嚷把孩子們吵醒？親愛的，你是來跟我一起迎接日出？太好了！

克珊娣珀　好個屁！但願我的赫斯提(2)把你的阿波羅嚇跑。今天不要出太陽，永遠也不要出太陽！

蘇格拉底　呵，克珊娣珀，這是為什麼？

克珊娣珀　問你！

蘇格拉底　我？我不知道。

克珊娣珀　不知道？不知道？我可不上你的圈套！

蘇格拉底　親愛的，你今天怎麼啦？我的阿佛羅狄忒突然變成了阿瑞斯？(3)

克珊娣珀　哼！你每每跟人家言談總是裝作自己什麼都不知道，謙虛地向對方請教，激起對方的虛榮心，在他得意忘形地賣弄之時，你卻乘虛襲擊，然後，你以勝利者的姿態揚長而去。

蘇格拉底　呵，你真是我的另一半。絕頂聰明的克珊娣珀擊潰了幼稚愚蠢的蘇格拉底！

克珊娣珀　你又在釣鉤上放香餌？我不要聽！我不要聽！我心裏可明亮呢。

蘇格拉底　蘇格拉底卻墮入黑夜中，孤立無援，痛苦不堪，見不到他的愛妻和可愛的孩子們。誰來救救我，羸弱的蘇格拉底？

克珊娣珀　我，克珊娣珀！不，不，我險些上了你的當！

蘇格拉底　什麼，克珊娣珀能拯救雅典城裏威靈煊赫的哲學家？天大的笑話！她只會做家務、帶孩子、幹雜活，是個只配與奴隸為伍的庸人。

克珊娣珀　什麼，你敢小看我，老廢物?!

蘇格拉底　不敢，不敢，如花似玉的智慧女神雅典娜。(4)

克珊娣珀　我的光亮會照亮你的心房。

蘇格拉底　我卻昏昏沉沉，還在睡夢中呢。

克珊娣珀　傻瓜！我告訴你，太陽一出，執政官就會派人來抓你去法院受審。

蘇格拉底　（致意）多謝你，雅典娜開啟了老廢物的心竅，我將謹守你的教諭去法庭報到。

克珊娣珀　赫拉(5)，我幹了什麼蠢事，又被這老傢伙耍了？

蘇格拉底　寶貝兒，早餐準備好了嗎？我吃了好上路。

克珊娣珀　讓審判你的法庭為你提供一日三餐！

蘇格拉底　我再次感謝你的教導。那麼再見，親愛的！

克珊娣珀　你真的這麼愚蠢，不知道人家是要陷害你，而你反倒把自己當羔羊一般往虎口裏送？

蘇格拉底　他們這是給我的絕妙機會，讓我能在公眾面前宣揚真理。

克珊娣珀　癡漢！癡漢！他們將誣告你不信神，引誘青年人墮落，這還不夠嗎？

蘇格拉底　把這兩條罪名加到我的頭上，是我的老友、那個憤世嫉俗、悲觀失望、諷刺一切、懷疑一切的喜劇家阿里斯托芬幹的好事。二十年前，他在喜劇《雲》中把我塑造成一個教學生不敬神、只知詭辯、不敬父母、胡言亂語，而在雲端裏遊蕩的怪物。當時，我只當他說笑、放屁，而且諷刺的物件牛頭不對馬嘴。如今那幾個控告者不過是拾人牙慧，重彈老調而已。

克珊娣珀　我不准你去！

蘇格拉底　一個公民不守信用就會遭人唾棄，一個城邦不講誠信就會自取滅亡。三天前，傳報人通知我到庭，我答應了。

克珊娣珀　你給我待在家裏，從今以後不許你再整天在外面遊蕩，招災惹禍。

〔兩傳報人從觀眾右方上。〕

傳報人甲　蘇格拉底，我們奉執政官的命令！

傳報人乙　蘇格拉底，你必須準時到場，不得有誤！

蘇格拉底　我會準時到場的，傳報人。

克珊娣珀　你們聽著！在外面由男人做主，在家裏由女人做主。誰敢對我男人發號施令，我用桿麵棍砸爛誰的狗頭！

〔兩傳報人嚇得從觀眾右方逃下。〕

蘇格拉底　克珊娣珀，我去去就回，你和孩子們等我回來吃中飯。不，不，還是你們先吃，只要給我留一碗麥片粥、一條鹹魚、一把葡萄乾。

克珊娣珀　（朝內喊）蘭普羅克勒！索福羅尼斯科！梅列克塞努！快醒醒！快來呵，你們的老爸要被壞人抓去了！

〔三個孩子從屋內奔上，抱住蘇格拉底。〕

三孩子　「孩兒不讓爸爸被壞人抓去！」「孩兒不放爸爸走！」「爸爸，這是真的嗎？」

蘇格拉底　是爸爸自己要去，洗刷別人潑在爸爸身上的污水，向公眾宣揚神賜的福音，讓我們居住的城邦變得牢固、讓我們的同胞生活美好。這些道理你們不一定懂，但日後會記著爸爸說的並非是空話。你們應該歡送爸爸才是。

三孩子　聽爸爸的，還是聽媽媽的話？

蘇格拉底　媽媽是出於好意；尊重長輩、孝敬雙親是做子女的美德、義務。剛才你們已經照媽媽的吩咐做了，如果現在又照爸爸說的回屋裏去做功課，那更是好孩子。

三孩子　爸爸再見！

蘇格拉底　孩子們再見！

〔三孩子回屋內。〕

克珊娣珀　（氣憤）光禿頭！赤腳佬！老頑固！即便你得到宙斯的恩准(6)，我也不准你跨出家門一步！

蘇格拉底　那我就等天后赫拉的怒氣發過之後再出家門。

克珊娣珀　刺人的馬蜂！（端起一盆水朝蘇格拉底當頭澆下）

蘇格拉底　我不是說過嗎，克珊娣珀的雷霆會在暴風雨中收場？

〔克珊娣珀哭笑不得，回屋。〕

〔蘇格拉底自觀眾右方下。〕

進場歌

〔歌隊自觀眾右方上。〕

歌隊　（第一曲首節）蘇格拉底你去不得呀！你一去便回不了家門，再也見不到你的妻子和孩兒。他們早在那兒設下陷阱、布好羅網，但等你落井下石、入網射箭，你會白白送命，還將遺臭萬年！

（第一曲次節）蘇格拉底你去得對呀！你一去便平息了滿城風雨，雅典人會因此感謝你。他們早在那兒用桂冠、掌聲歡迎你，但等你一展風采，雄辯滔滔，你會毫髮不損，還將流芳百世！

（第二曲首節）唉呀，蘇格拉底頭也不回地去了，昂首闊步的樣子就像天神阿波羅，與前來陪伴他的弟子談笑風生，全不知前途上布滿陰雲、荊棘叢生。蘇格拉底，你不是說過神對你最為眷顧，那麼神怎麼會在你生死關頭時不發出警告？

（第二曲次節）哈哈，蘇格拉底終於上路了，鵝行鴨步的樣子好比酒鬼狄俄尼索斯。(7)他的那班為虎作倀的弟子要幹什麼？須知前途上陽光燦爛、鮮花盛開。蘇格拉底，你宣稱神對你最為恩寵，那麼神自會在你榮耀時表示默許。

（第三曲首節）蘇格拉底你現在回去還來得及。你可以拒絕蠱惑者對你的誹謗，還有那盲從的一群對你的審訊；你或者躲到德爾菲神廟請求庇護，或者帶著你的親人逃離雅典去外邦避難。

（第三曲次節）蘇格拉底你休聽那些壞主意。那三位起訴人都是高貴公正的人士，五百陪審員更是全體公民的代表。你如果祈求阿波羅即是和雅典娜為敵；你若是逃亡外邦，更是背叛祖國！

第一場：法庭（控告）

〔阿瑞斯山半圓形劇場．雅典最高民眾法院法庭。〕

〔執政官自觀眾右方上。〕

執政官　公民們！陪審員們！今天我們民主的城邦、神聖的雅典最高民眾法院第一法庭將在這兒進行一場非常重大的審案，那就是三位公民起訴阿洛佩卡區的蘇弗羅尼克斯之子蘇格拉底犯有嚴重罪行。（場上一陣騷動）肅靜！肅靜！我、執政官蘭尼莫斯作為本法庭庭長向公眾保證，審案會是公正而透明的。現在，我宣布正式開庭！先請三位起訴人出庭，他們是：梅勒托！呂孔！安尼托！

〔場上又是一陣騷動。〕

〔梅勒托、呂孔、安尼托自觀眾右方上。〕

執政官　我先來介紹一下起訴人的身分、職業。這位是對蘇格拉底的第一控告者，才華橫溢、勇敢無畏的青年詩人梅勒托。

梅勒托　大人過獎，小人定當效犬馬之勞！

執政官　這位是老當益壯、擅長雄辯、有名的演說家呂孔先生。

呂孔　不敢當。庭長大人，老朽將不顧年老體弱、笨嘴拙舌而揚善伐惡。這位便是家喻戶曉、德高望重的安尼托先生，本邦最正直的公民、殷實的富商、傑出的政治家！

執政官　尊敬的執政官庭長，鄙人對倍多和宙斯阿戈爾奧斯起誓(8)：為捍衛雅典的民主制度和城邦的長治久安而奮鬥！

安尼托

〔場上響起熱烈掌聲。〕

執政官　好！現在傳被告蘇格拉底！

〔蘇格拉底自觀眾右方上。〕

〔場上頓起喧譁，掌聲、噓聲、呼喊聲交織一片。〕

執政官　不准喧譁！工作人員維持秩序！全場保持肅靜！被告蘇格拉底，男、七十歲、雅典公民、父親雕刻匠、母親接產婆、自己哲學家、無正當職業……

歌隊長　蘇格拉底，兆頭對你不利呀！天平似乎並不向你傾斜，指控你的人何止他們三人；你寡不敵眾呀。

蘇格拉底　我相信法律是公正的，真理並不在於人數的多少。你大概記得五年前的那樁公案吧：我們的將領在海上打了勝仗反而受到集體審判，起因是將軍們沒有把陣亡戰士的屍體帶回來而激起公憤。當時我被選入五百人會議，這是我一生中擔任的唯一一次公職，我堅決反對這種荒唐的判決，所有的人指責我、攻擊我，我寧死也要堅持真理。事後，他們承認判處將軍們死刑是違法的。

歌隊長 頭顱掉了，後悔還有什麼用！

蘇格拉底 它可以使雅典人引以為戒，避免再次發生類似的悲劇。

歌隊長 蘇格拉底，你忘了三年前險遭不幸的事嗎？當時是寡頭執政，三十僭主命令你和另外四人到薩拉彌斯把正直的公民李恩抓來處死，而你卻獨自回家。如果不是寡頭政權迅即倒臺，你完全可能以抗命罪逮捕處決。

蘇格拉底 你是說推翻寡頭政權的民主政體比前者更壞？哈哈。

執政官 （喝令）被告不得與任何人交談！控告人按序起訴。

梅勒托 我，梅勒托向法庭控告蘇格拉底。他，蘇格拉底觸犯了雅典城邦的神聖法律，犯有以下兩條嚴重罪行：第一條，不承認我們國家所供奉的神，即全體雅典公民虔敬、熱愛、賜福給我們的奧林匹斯山的諸神：偉大的宙斯、雅典娜、阿佛洛狄忒、愛洛斯、赫耳墨斯、得墨忒耳等等；(9)卻另奉新神。第二條，腐蝕青年人的心靈，蠱惑青年人墮落。

歌隊長 （旁白）憑這兩條罪名中的任何一條，蘇格拉底都會受到法庭最嚴厲的判決。

梅勒托 蘇格拉底年輕時就跟著祖國的叛徒、哲學家阿那克薩戈拉標新立異、造謠惑眾。後者因不信神而被雅典法院判處死刑。蘇格拉底比他的老師走得更遠，阿那克薩戈拉胡說太陽是一塊燃燒的石頭，蘇格拉底每天清晨禮拜，但他所拜的不是太陽神阿波羅，而是他自己！他自封新神，而且要群眾膜拜！

〔場上嘩聲大作：「是的！是的！」「不！不！」〕

執政官 不准喧譁！讓梅勒托繼續指控！

梅勒托 蘇格拉底所立的新神究竟是什麼東西呢？是「靈機」！出自他心中的「靈機」！(10)

〔場上驚疑聲：「靈機？」「靈機就是魔鬼！」〕

梅勒托 公民們說得對，靈機就是魔鬼！蘇格拉底要用自己心中的魔鬼來代替我們的國神。事實難道不是這樣的嗎？若干年前，蘇格拉底公然宣稱，德爾菲神廟裏的女先知稱他為世界上最有智慧最聰明的人，而且為了證明所謂神諭，他無所不用其極地貶低雅典各行各業所有最高貴最有智慧的人；而他自己則凌駕於神人之上！

〔場上喧囂，爭執聲起：「蘇格拉底太囂張了！」「梅勒托歪曲事實！」「蘇格拉底否定雅典娜決不容忍！」「梅勒托你的證據？證據！」〕

梅勒托 公民們！我是以高度的原則性和愛國熱情而對蘇格拉底指控的。我要求法庭對他進行嚴厲的判決！

執政官 梅勒托，你的第二部分控告的具體內容呢？

梅勒托 蘇格拉底腐蝕青年人的心靈、迷惑青年人墮落的具體罪行，將由呂孔先生提供。

〔全場哄聲大笑。〕

〔梅勒托下。〕

執政官 由呂孔先生起訴。

呂孔 我老了，行將入土；我實在不忍心向同是老人的蘇格拉底先生控告。可是，公民的職責、演說家的義務又迫使我不得不這樣做。當我指控蘇格拉底犯有腐蝕青年人的罪行，我差不多心碎了；蘇格拉底先生自己有孩子；你們知道這個罪行懲罰起來有多麼可怕？所以，我一定要公正，公正，再公正！（啜泣）

〔場上感動聲：「瞧，呂孔先生哭了！」「多麼慈悲公正的老人！」「我也要哭了！」「……」〕

呂孔 感情不能代替理智、眼淚也無補於良心。憑心而論，蘇格拉底成年累月，光頭赤腳整日地與雅典人交談、探討、辯論，似乎是想使我們的城邦變得更加美好，使我們的青年人變得更加高尚；青年是祖國的未來、雅典的希望。唉……

歌隊長 蘇格拉底你要當心呀，眼淚之中有兇焰、哀歎後面有炸雷。

呂孔　透過現象看本質、撇開動機究效果。蘇格拉底利用自己的年歲、名聲、口才，借所謂宣揚善、教育、藝術、道德而腐蝕青年人，使他們落入歧途：不敬父母、污蔑雅典、背叛祖國。這樣的事例不勝枚舉，我隨手就能拎出一串：1.蘇格拉底的得意弟子阿爾克比亞德曾擔任雅典的重要公職海軍總司令，可是他為了法庭要判其瀆神罪而叛逃敵國——斯巴達。2.蘇格拉底的另一個弟子克里底亞斯、還有查爾米德斯都墮落成為寡頭政權的三十僭主。他們都曾是被蘇格拉底毀了的好青年。

〔場上議論紛紛：「可怕呀！可怕呀，蘇格拉底教壞了青年人！」「那些人的墮落跟蘇格拉底無關！」「究竟應該相信誰的話呢？」「……」〕

〔弟子甲從觀眾右方上。〕

弟子甲　公民們！陪審員們！我就是蘇格拉底的弟子柏拉圖；而克里底亞斯、查爾米德斯這兩個被呂孔指控為蘇格拉底教壞的人，都是我的親戚。如果正如他所說的話，我怎麼再會去追隨蘇格拉底呢？他們的墮落恰恰是忠言逆耳、自以為是，離開了蘇格拉底的緣故。

〔場上大嘩：「說得好！柏拉圖是雅典的好青年！」「柏拉圖也墮落了！」「呂孔，你在耍陰謀詭計！」「呂孔，你騙取我們的眼淚！」「滾下來，柏拉圖！」〕

〔柏拉圖下。〕

呂孔　諸位，請聽我說！蘇格拉底腐蝕青年、毀壞城邦——

〔呂孔的話被喧譁聲打斷。〕

執政官　肅靜！肅靜！呂孔你下去吧。現在請大家傾聽人民領袖安尼托的控告！

〔呂孔下。〕

安尼托　公民們！陪審員們！我憑著至高無上的主神宙斯的名義發誓：我對蘇格拉底的控告是公正無私、千真萬確的；如果我的指控有絲毫謊言，我原意接受法律對我的懲罰，甚至處決！我將以親身的例子再次證明蘇格拉底確實是在毒害青年，那就是我的兒子小安尼托。他原本是個道德高尚、心地純潔、孝敬父母、才華出眾的好青年，但由於蘇格拉底的日夜蠱惑，他就此變得不守本分、遊手好閒、酗酒縱慾，徹底墮落了。如果只是我個人的悲劇，我還能忍辱負重；可是看到那麼多青年人被教壞了，我作為一個雅典公民、一個政治家，你們說我能袖手旁觀、不出來伸張正義嗎？

〔場上鼓掌聲、歡呼聲：「不能！不能！」「向安尼托致敬！」「致敬！致敬！」〕

安尼托　不，應該向蘇格拉底致敬！（場上驚愕聲）是的，我沒有說錯，是向蘇格拉底致敬。我們應該不懷任何偏見去評價一個人。在戰爭年代，蘇格拉底為祖國立下的功勞，雅典人是不會忘記的：他在波提代亞、第力安、安菲坡里三次戰役中所表現的勇敢無畏、堅守崗位、衝鋒陷陣、救護戰友的精神，為青年們樹立了優秀的榜樣。在此，我代表雅典人民和民主政體再次感謝他！（走去，緊握蘇格拉底）

〔場上爆發出熱烈的掌聲、歡呼聲：「安尼托萬歲！」「蘇格拉底是好樣的！」〕

〔蘇格拉底又感動又不知所措。〕

安尼托　（旁白）蘇格拉底，我瞧見你熱淚盈眶、嘴唇哆嗦的模樣而感到不安。我弄不清這究竟是安尼托在法庭上指控你的罪行，還是在市政大廳裏褒獎你的功績？

歌隊長　（回到原位）蘇格拉底在寡頭專政時與三十僭主進行英勇鬥爭的事蹟更是耳熟能詳，不必我贅述了。正因為我們向昨天的蘇格拉底致以崇高的敬意，所以我們必須向今天的蘇格拉底進行無情的譴責。他像大家所說的那樣完全墮落了！是民主政體培育了他、造就了他，他卻忘恩負義，像復活的毒蛇「報答」拯救它的農夫一般而傷害祖國。他利用我們民主政體的自由、寬容而到處搖唇鼓舌、顛倒是非、蠱惑人心。他偽善地宣稱什麼「我自知自己什麼都不知道」，又偽造神諭說自己是「世界上最有智慧的人」。

〔場上響起喧譁聲：「安尼托說得對！」「安尼托是賢明公正的！」「蘇格拉底是這樣自吹自擂的！」「蘇格拉底厚顏無恥！」〕

安尼托　安靜！安靜！請允許我把話說完。就是這個蘇格拉底，一面把由全體公民選出來的執政官貶得一錢不值，另一面卻把自己抬得比天神還高。呵，揭開他那包藏的禍心，原來他是想讓他這個唯一的寡頭來統治雅典，把你們當奴隸！這，我們能答應嗎？

〔場上吼聲如雷：「不！」「我們堅決不答應！」「蘇格拉底該死！」〕

〔弟子甲上。〕

弟子甲 我抗議！安尼托你歪曲事實！事實是蘇格拉底不滿你們盜用人民和民主的名義而攫取財富和權力。民主政體只剩空殼，形同虛設，參政的公民、陪審員、議員只是傀儡。所以，蘇格拉底要建立理想國——（話頭被場上的喧囂聲打斷）

〔喧囂聲：「胡說！胡說！」「柏拉圖污蔑我們！」「滾！柏拉圖滾下去！」〕

執政官 柏拉圖申辯無效！安尼托繼續指控。

安尼托 公民們！陪審員們！我控告蘇格拉底否定雅典的神而另立新神、腐蝕青年、危害國家——

〔場上有人打斷安尼托的話頭：「我提供反證！」〕

執政官 是安提西尼？法庭允許提供反證。

〔弟子乙從觀眾右方上。〕

弟子乙 與安尼托言之無物的指控恰恰相反，蘇格拉底既沒有否定國神而另立新神，也沒有腐蝕青年。我親眼目睹、親身體驗蘇格拉底常常在家中獻祭、在城邦的公共祭臺上獻祭；蘇格拉底總是勸導人們不要犯罪，勉勵青年人培養自制和各種德行……

〔場上喧譁聲：「安提西尼說得對極了！」「我也親眼看見蘇格拉底獻祭！」「要安尼托，不要安提西尼！」〕

執政官 反證無效！安尼托繼續指控。

〔安提西尼下。〕

安尼托 在我結束話頭之前，我必須發出警告：你們必須提防蘇格拉底的欺騙誘惑；他說得好聽些叫雄辯，說得不好聽就是詭辯。我的指控完了。謝謝大家！

執政官 現在休庭。午後繼續開庭！（同下）

第一合唱歌

歌隊 （第一曲首節）能言善辯的蘇格拉底到哪兒去了？卻由他的弟子作無力的申辯？這一切指控難道都是真的嗎？叫一灑同情之淚的人們也搖頭歎息。蘇格拉底，我們懷念你往昔的光榮，更痛惜你今日的恥辱！

（第一曲次節）理窮詞屈的蘇格拉底低頭認罪了，三位高貴起訴人的證詞是多麼有力。除了奴隸，雅典人誰不信這是真的？讓如釋重負的人們歡呼雀躍。蘇格拉底，我們要對你繩之以法！

（第二曲首節）蘇格拉底你說得對呀！我們引以自豪的民主政體只剩空殼，雅典金色的太陽已墜入大海。它的締造者伯里克利斯有多麼偉大，現在的執政者卑鄙渺小，他們富有黃金寶石、廣廈華服、奴隸女人；用可憐巴巴的幾塊錢幣雇用窮人來除去眼中釘！

（第二曲次節）不准你們咒罵英明的領袖，民主制依然像豔陽高照。雅典娜神像有多麼壯麗，她手持矛盾正重振昔日的雄風，我們的執政者英明正確，昨天領導人民推翻了篡權的僭主，今天又獎賞我們向賣國賊發起進攻。

（第三曲首節）他們為一家老小的生計不得不出任陪審員，還自以為是城邦的主人、國家的樞紐；不知道成了野心家、蠱惑者手中的工具和彈丸。他們津津有味地吃著政府提供的免費午餐，一面幸災樂禍地嘲笑又餓又渴的蘇格拉底。

（第三曲次節）我們是世界上最幸福、最自由的人，人人都擁有奴隸、能出任公職，我們駕船前進就像佔卜或者吵架一般容易。我們衷心希望有更多的罪犯受到審判，並叫那又老又醜的嚼舌鬼永遠閉嘴！

第二場：法庭（申辯）

〔執政官自觀眾右邊上。〕

執政官　開庭！傳蘇格拉底！

〔蘇格拉底自觀眾右邊上。〕

執政官　蘇格拉底，你聽清楚今天上午三位控訴人對你的指控嗎？

蘇格拉底　聽清楚了。

執政官　蘇格拉底，法庭允許你申辯，但不得請他人為自己辯護。

蘇格拉底　公民們！陪審員們！今天是我有生以來第一次站到雅典的法院、民主法庭的被告席上來。梅勒托、呂孔、安尼托等三人對我作了有力的指控，他們的論證是如此令人折服；遺憾的是，他們所說的幾乎沒有一句符合事實。

〔場上喧譁聲：「這不是事實！」「控訴人表揚了你的善！」「讓他說！讓他說！」〕

執政官　安靜！安靜！不許打斷蘇格拉底的自我辯護。

蘇格拉底　瞧！這有多麼奇怪：控訴人一面聲嘶力竭地指控被告蘇格拉底犯有嚴重罪行，

一面又慷慨大方地讚揚蘇格拉底立過汗馬功勞？他們這麼做是顯示控訴人是多麼公正無私，然而其真正的用心是把昨日的蘇格拉底捧到天上，為的是把今天的蘇格拉底摔碎地上。

〔場上喧譁：「我抗議！」「被告在污蔑原告！」〕

執政官　抗議無效！蘇格拉底繼續申辯。

蘇格拉底　控訴人在對我的指控中已經警告過你們要防止我的欺騙，也就是說我非常擅長雄辯。其實，我根本不懂雄辯，除非他們把說真話的人看作技巧高超的詭辯家。我不會像他們那樣以絢麗的詞藻和動聽的語言來裝飾自己的申辯，絕不會！多年來指控我的人為數不少，他們說有個叫蘇格拉底的智者，「上察天文，下究地理，搖唇鼓舌，顛倒是非，並教唆他人仿效自己。」你們在阿里斯托芬的喜劇《雲》中已經見到。今天，梅勒托、呂孔、安尼托對我指控的罪狀，不過是重彈老調而已。他們之所以要這樣做，因為我說了真話。神諭說我是世界上最聰明的人，我感到驚訝，我充分意識到自己毫無智慧。為了證明神諭的真理性，我遍訪了雅典的政治家、藝術家、手藝人等等那些自詡為是最聰明、最有智慧的人。我發現智慧、聲譽最高的人幾乎完全無知；智慧、聲譽低於他們的人反倒有實際知識。原來神不過是借我的名字為例而告誡人類：你們之中即使有像蘇格拉底那樣最聰明的人，也意識到自己的智慧是微不足道的。這樣，我便四處樹敵，遭人嫉恨——

〔場上的喧譁聲打斷蘇格拉底的話頭：「不許被告把矛頭對準人民領袖和城邦精英！」「蘇格拉底不打自招！」「要蘇格拉底正面回答！」〕

執政官 蘇格拉底你離題了！讓被告正面回答控訴人的指控。

蘇格拉底 這一重任使我無暇顧及家務和國事。事實上，我為國家的神效力弄得一貧如洗。我不受歡迎的另一個原因是，許多有閒的富家子弟自願跟隨我，並以我為榜樣去詰難他人，由此，被詰難者遷怒於我，說我給青年人灌輸了有害的思想。那麼，我再次請教他們：我蘇格拉底到底幹了些什麼？教唆了什麼，導致青年人墮落？

〔場上爆發斥責聲：「挑釁！挑釁！」「被告自己幹的壞事怎麼不知道？」「控訴人早已說了你毒害青年！」〕

蘇格拉底 唉，他們無詞以對，只會重複攻擊我的陳詞濫調。我說了真話，就成了不受歡迎的原因；我剝下了他們的偽裝，所以要被指控有罪。

〔場上喧囂聲：「我抗議！」「我也抗議！」「呵，是梅勒托、呂孔起來抗議了！」「蘇格拉底必須正面申訴！」〕

執政官 抗議有效！蘇格拉底，我警告你：你再下言千言，離題萬里，我立即剝奪你的

蘇格拉底　申辯權！公民們！陪審員們！上述是我針對以前的原告的指控所作的自辯。現在，我將依次駁斥今天的原告即梅勒托、呂孔、安尼托對我的指控。我要求法庭允許我跟這三人對質。

執政官　同意。

蘇格拉底　梅勒托！

〔梅勒托自觀眾右方上。〕

蘇格拉底　原告梅勒托在控訴書裏指控我犯有兩條嚴重罪行：不相信國家信奉的神而另立新神；腐蝕青年人的心靈、蠱惑青年人墮落。我首先申辯第一條指控，梅勒托！憑著我們共同信奉的神起誓：你說我教唆人們相信某些神而不相信國家所確認的神。

梅勒托　我發誓：你根本不信神！

蘇格拉底　你們都聽見了梅勒托的證詞，他說被告蘇格拉底根本不信神。那麼請問：你一開頭便指控我不信國家的神而另立新神；難道世界上真的有像蘇格拉底這樣的罪犯，犯有既信神而又不信神的罪行嗎？（場上哄聲大笑）

梅勒托　你……你不信神，你信的是靈機！魔鬼！

蘇格拉底　梅勒托，你自以為擊中了我的要害？恰恰相反，你將自食其果！梅勒托你說我信靈機即魔鬼而不信神，是嗎？

梅勒托　你只信靈機！只信魔鬼！

蘇格拉底　我從不隱諱靈機，靈機就是神的聲音。神不是通過聲音向人啟示該做什麼不該做什麼嗎？難道還有人爭論打雷是否發出聲響或者它是否最大的預兆嗎？難道守候在三足鼎的德爾菲神廟的女祭司不也是通過聲音來傳達神的旨意嗎？而你們這幾個心中沒有靈機的人，才會惡毒地以莫須有的罪名控告我！

梅勒托　誹謗！誹謗！

蘇格拉底　梅勒托，你指控我的第二條罪行：腐蝕青年人的心靈、蠱惑青年人墮落。那麼你是否認為除我以外，所有雅典人都使青年人學好，只有我使青年人學壞？

梅勒托　絕對如此！

蘇格拉底　那麼你說說究竟是誰由於受到我的影響而從虔誠變成邪惡、從自制變成放肆、從節儉變成浪費、從節酒變成酗酒、從勤勞變成偷懶或者貪圖其他罪惡的享受呢？

梅勒托　我確實知道！你誘使許多人服從你而不服從自己的父母。

蘇格拉底　誰？誰？誰？我就是要你說出具體的人來，以證實蘇格拉底的罪行。

梅勒托　你敗壞青年！

蘇格拉底 看來你像鸚鵡學舌只會學你自己。（場上哄笑）梅勒托，你認為我是有意敗壞青年，還是無意這樣做的呢？

梅勒托 當然你是有意教他們墮落的！

蘇格拉底 梅勒托，你以為我是老糊塗了！如果我有心這樣做，我就要冒害人害己的危險，我還沒有蠢到故意去犯罪的地步。如果我無意這樣做，法律程序不是把犯罪者召到法庭，而是私下對其教育和斥責；法庭是為懲罰而設立的，不是為教化而設立的。梅勒托，你這位為神眷顧的博學詩人，怎麼連這點起碼的常識也不知道呢？

〔場上哄笑聲、斥責聲一片：「有理！有理！」「詭辯！詭辯！」〕

梅勒托 人身攻擊！人身攻擊！庭長先生、執政官大人，我要求你禁止被告對我的攻擊！

執政官 要求無效。

蘇格拉底 現在輪到呂孔跟我對質了。呂孔！

〔呂孔自觀眾右方上。〕

蘇格拉底 公民們！陪審員們！我首先聲明：呂孔先生為我即將主演的悲劇痛哭流淚，為此，我感謝他。但是，我不會在他敗北時為他灑一滴同情之淚！

呂孔　呵，你們都聽見了，蘇格拉底對我有多麼殘忍！他用冷酷對待我的熱情、以邪惡回報我的仁慈；但我將一如既往地像好心的農夫憐憫凍僵的毒蛇。

〔場上喧譁聲：「蘇格拉底恩將仇報！」「呂孔又哭了！」「呂孔在演戲！」〕

蘇格拉底　呂孔，你在指控我腐蝕青年人的心靈、蠱惑青年人墮落的罪行中，向陪審員們提供了具體的證據：1.是我使雅典的軍事家阿爾克比亞德叛逃敵國。2.又是我使雅典的政治家克里底亞斯、查爾米德斯成為三十僭主，而他們都是我的弟子。

呂孔　蘇格拉底，你是否老得健忘了，還要我給你再復述一遍臺詞？

〔場上哄笑聲、叫好聲。〕

蘇格拉底　呂孔，如果你把與我交談、聽我辯論、跟我學習的人，都稱作是我的弟子，那麼我承認上述三人也都是我的弟子。

呂孔　你有成百上千的弟子，而阿爾克比亞德、克里底亞斯、查爾米德斯則是你的得意門生！

蘇格拉底　回答得好！呂孔，我再問你：這三個人是在成為我的弟子之後變壞的呢，還是在這之前變壞的呢？

呂孔　當然是在成了你的弟子之後變壞的！呵，被告是在設置陷阱，但我決不會受騙上當！

蘇格拉底　你們都聽清了，呂孔說他們三人是成了我的弟子之後變壞的。眾所周知的是：阿爾克比亞德是在跟隨我之後，由於他的出色成績而被雅典人推上政治舞臺的，成了城邦的寵兒。呂孔卻說他跟我之後變壞，這豈不是在歪曲事實、顛倒黑白嗎？克里底亞斯和查爾米德斯跟隨我時，我便發現他倆心術不正、追求名利官位。他倆忠言逆耳、心生怨仇，以至在寡頭執政時對我報復，並以法律的名義禁止我說話的權利。由此可見，這三人變壞，罪責不應該我來擔負，而由他們自己負責！

〔場上喧譁：「對！對！」「不對！不對！」〕

呂孔　被告是在推卸責任！罪上加罪！

蘇格拉底　呂孔，按你的指控，我腐蝕青年人、教唆他們犯罪，這樣的事例「不勝枚舉」，你能「隨手拎出一串」。你現在還堅持這樣的說法？

呂孔　我決不會像你這樣出爾反爾！

蘇格拉底　那我恭請你再舉出被我教壞的青年的例子？

呂孔　你，你這是什麼意思？你教壞小安尼托罪責難逃！

蘇格拉底　等會兒讓他的父親跟我算帳。還有！

呂孔　當然還有！

蘇格拉底　請你一起公布於眾，以增加你指控的分量、增加我被判罪的力度。

呂孔　（汗顏）當然……還有……還有……

〔場上不滿聲、催促聲：「快說，快說呀！」「呂孔，我們支持你！」「呂孔，你是包庇被告？」〕

呂孔　（狼狽）我，我記不起來了。

蘇格拉底　呂孔博聞強記，剛才還在指責我健忘，轉眼間卻把自己嫻熟於心的一串事例忘得一乾二淨。這究竟是怎麼回事呢？

呂孔　……

蘇格拉底　這只有兩種解釋：一，他確實記不起來了；因為他是被自己憑空想像的東西攪糊塗了。二，這純粹是謊言，根本不存在第四、第五、第六，甚至更多的受害者。呂孔沒有想到我會追問到底。

呂孔　我抗議！被告在污蔑我的證詞！

執政官　抗議有效！呂孔先生，法庭允許你提供新的證據，以證實被告腐蝕青年人的罪行。

呂孔　謝謝庭長大人！我認為被告的誹謗不值一駁。這個雕刻匠出身的蘇格拉底是個

法律空談家、希臘的蠱惑者、微妙論據的炮製者、諷刺精美演講的嘲笑者、假裝謙恭的半個阿提卡人！(11)

〔場上喧譁聲：「牛頭不對馬嘴！」「證據？新的證據！」「我們等不及了！」〕

呂孔 諸位！諸位！我剛才舉的幾個例子已足以證明被告蘇格拉底敗壞青年的罪行了。我不再浪費你們的寶貴時間了，謝謝大家！

〔呂孔在哄笑聲中自觀眾右方下。〕

蘇格拉底 呂孔不愧為演講家！不過，他還是虛晃一槍，逃之夭夭。現在輪到安尼托回答我的質詢。安尼托！

〔安尼托從觀眾右方上。〕

蘇格拉底 在三個控訴人中，梅勒托是急先鋒、呂孔是應聲蟲，安尼托才是總指揮。他比前者都高明，我還沒有上陣，他就解除了我的武裝，叫我四面受敵，無法自衛——

安尼托 （打斷）住口！這是人身攻擊！我要法庭主持公道！

執政官 我警告你，蘇格拉底！如若再犯，剝奪申辯權！

蘇格拉底 安尼托，你以親身的例子，指控我毒害了你的兒子小安尼托。你說他是多麼好

安尼托　的青年：道德高尚、孝敬父母、才華出眾，但由於蘇格拉底的日夜蠱惑，他便徹底墮落了，這是否你的證詞？

既然被告承認了罪行；儘管這給我和我的親人、家庭帶來巨大的痛苦，給我的事業和政治生涯帶來巨大的危害，我還是對他予以寬容。可是，他對我國無數青年的毒害，我怎能濫施仁慈、放棄鬥爭呢？如果我這樣做，就是對城邦和全體雅典公民的犯罪！

〔場上歡呼聲、掌聲：「安尼托說得好！」「安尼托是雅典的救星！」「人民領袖安尼托萬歲！」〕

執政官　安靜！安靜！蘇格拉底你應該抓緊時間申辯。

蘇格拉底　大家不是看清了安尼托在強姦我的心意嗎？安尼托，你表揚昨天的我是個好公民，你抨擊今天的我是個罪犯。你再復述一遍指控我的證詞。

安尼托　大家瞧吧，被告又在耍花招！蘇格拉底企圖用這種簡單化、庸俗化的問答法來化解嚴肅而複雜的法律問題；這也是被告詰難他人、炫耀自己、否定國神、腐蝕青年的一貫伎倆。我安尼托決不上鉤，我相信大家也不會被他蒙蔽！

〔場上喧譁：「對對！安尼托一貫正確！」「被告的鬼把戲可以收場了」「蘇格拉底的問答法就是好！誰都聽得懂！」〕

蘇格拉底　既然控訴人不願回答我的質詢，我只好自己來回答。（全場寂靜）控訴人表揚了我的善，我覺得還不夠而需要補充。（喧嘩聲：「無恥！無恥！」）罵人者且聽我說完了再罵不遲。控訴人忽略了我所做的一件大好事，其意義和影響遠遠超過了我做的其他好事。這件大好事就是安尼托加以無情譴責的「作惡」，說我「利用我們民主政體的自由、寬容而到處搖唇鼓舌、顛倒是非、蠱惑人心」，也就是僭主禁止我的說話術。是呀，我的大半生就是用這種說話方式在運動場、廣場、市場、劇院、街道向我的同胞宣揚真理、抨擊邪惡、完善道德、遠離物慾……我真不明白，我這樣做錯在哪裏？更有什麼罪呢？我為此感到自豪！

〔場上喧譁：「說得好！」「向蘇格拉底致敬！」「被告太過分了」「詭辯！被告在詭辯！」〕

安尼托　公民們！陪審員們！你們說得完全正確，蘇格拉底是在詭辯！他是雅典最大的詭辯家！我們城邦的大喜劇家阿里斯托芬先生早在二十年前，在他的傑作《雲》中就徹底揭穿了被告蘇格拉底是詭辯派即「智者派」(12)的總後臺，把他暴露於光天化日之下，燒掉了他辦的學校——思想所。

〔場上鼓譟：「打倒詭辯派！」「打倒蘇格拉底！」「燒掉思想所！」「向阿里斯托芬致敬！」〕

蘇格拉底　（大笑）哈哈……

安尼托 你還笑？笑什麼？

蘇格拉底 德爾菲神諭啟示我們說，人類的智慧沒有什麼價值，人類總是健忘、不長進。德爾菲神廟裏刻著這樣一句神諭：「認識自己」。而安尼托卻拒絕認識自己，所以無的放矢，射錯了對象。我多次聲明：我和詭辯派即智者派有著根本的區別：我用辯證交談，他用詭辯辯論；我相信神的存在，他懷疑神的存在；我教人過道德生活，他叫人追求高官厚祿；我從不自命為師，他一直以師自居；我授課不取報酬，視清貧問道為最大的幸福，他教課收高額的學費，以獲得財富和享樂為最高的目標。我擺了兩者的比較，你們說：蘇格拉底難道是智者派和智者派的總後臺嗎？

〔場上喧譁：「不是！不是！」「安尼托才是詭辯派！」「安尼托是詭辯派的總後臺！」〕

安尼托 詭辯！詭辯！我提請庭長注意：被告藐視法庭，再次把矛頭指向雅典全體公民和尊敬的陪審團。我們不能讓神聖的民主法庭成為蠱惑者動搖國基、逃脫法網的陣地！

蘇格拉底 庭長先生，請允許我把申辯結束。

執政官 同意。

歌隊長 （旁白）蘇格拉底，我知道你是對的，但是，你再堅持下去，就會被判處死刑。

蘇格拉底　（旁白）我感謝你的好意。（面對全場）剛才有位朋友規勸我，如果我這樣一意孤行，就會給自己帶來死刑的危險。我答謝那位朋友並告之大家：一個有價值的人，決不會把時間花費在權衡生與死的問題上，他在抉擇時只考慮一件事，那就是行動的是與非、行為的善與惡。為了榮譽，我會正視危險，不惜付出一切甚至生命！

〔場上掌聲雷動，雜有噓聲、倒彩聲。〕

安尼托　（氣急敗壞）我再次提請法庭注意：我們不能讓蘇格拉底這匹害群之馬這樣下去了！如果他沒有被傳到法庭來則罷，既然他來了，那就必須對他處以極刑，否則後患無窮！

蘇格拉底　（吃驚）呵，控訴人讓法庭召我來是為了把我置之死地？

執政官　蘇格拉底別感情用事，你應該相信法律是公正的。

歌隊長　蘇格拉底，這次我們陪審團不會按安尼托的意見辦，將把你釋放；但有一個條件，你不能再把時間花在這種探求上，你必須停止哲理研究。否則，一定要被處死！

蘇格拉底　尊敬的陪審員們，我是深受你們恩惠的忠僕，但我更應該聽命於神。只要我還有一口氣，還能活動，我就決不停止哲理的實踐。

〔場上喧囂聲、詛咒聲：「該死的蘇格拉底！」「蘇格拉底自絕於人民！」「蘇格拉底完蛋了！」〕

歌隊長 你這樣固執己見，我們無能為力。

蘇格拉底 我的話激起了暴風雨般的反對；但請你們學會克制。我向你們保證，如果我是在按神的旨意行事，而你們處死了我，你們所受的損失比我的大——你們再也找不到一個人代替我的位置。神特意指派我到雅典城邦，它就像一匹巨大的純種馬，因軀體龐大而日趨懶惰，需要馬虻的刺激。神派我到雅典來就是為執行馬虻的職責……

〔場上吼叫聲、詛咒聲：「我們不要馬虻！」「馬虻！馬虻！」「打死它！打死它！」〕

蘇格拉底 你們若是聽從了安尼托的邪說而一掌打死我，你們就將沉睡不醒直到死亡。

執政官 蘇格拉底你離題了，陪審員們不是來聽你空談的！

蘇格拉底 那麼，我的申辯到此為止。尊敬的陪審員們，我既不會乞求你們的寬恕，也不要指望我去做不名譽的事。我把對我的判決權交給你們和天神。

執政官 休庭！由陪審團議罪。

〔執政官和蘇格拉底、安尼托等人自觀眾右方下。〕

第二合唱歌

歌隊

（第一曲首節）有罪還是無罪？法庭要我們陪審員做出判決。別瞧這一顆小小的豆子，黑的可以叫人悲痛欲絕，白的能夠使人欣喜若狂。諸位請謹慎小心地履行你們的權利。

（第一曲次節）囚禁還是自由？一切都由我們陪審員說了算。瞧吧，這是一根大大的權杖，它可以把黑判成白，也可以把白斷為黑。諸位請放心大膽地執行上面的命令。

（第二曲首節）蘇格拉底是雅典最好的公民，我們怎麼能判他有罪？只有那些被狗吃了良心的富人、被錢奪了頭腦的愚氓才會判他有罪。我們寧可不要這三文錢津貼，讓一家老小挨餓，也決不把恩人蘇格拉底出賣！

（第二曲次節）蘇格拉底是城邦最壞的公民，我們怎麼能判他無罪？只有那些被他迷了本性的弟子、被他蒙了靈魂的癡漢才會判他無罪。只要再給我們加一文小錢，讓全家飽餐一頓，保證叫蘇格拉底有去無還！

（第三曲首節）我們趕快把白子投入票箱，執政官在催促陪審團判決。我們要讓蘇格拉底放心，人民和正義站在他的一邊；我們還要叫他的親人放心，他們為了他的事業做出了最大犧牲。呵，克珊娣珀來了！可憐的女人還不知道她的丈夫面臨的厄運。

（第三曲次節）我們抓緊把黑子投入票箱，不用庭長催促便捷足先登。我們要讓民主政體放心，凡是說壞話的都是敵人；我們還要起訴人放心，他們為了帝國的利益在進行無情的打擊。呵，克珊娣珀來了！該死的女人必然要為她的丈夫大鬧法庭。

第三場：法庭（判決）

〔克珊娣珀手提食盒自觀眾右方上。〕

克珊娣珀　（獨白）即便是犯人也只有殺罪，沒有餓罪。他們倒好，我家老頭子還沒有成犯人便不給他喝水、吃飯，讓他像一根枯木被大太陽烤死。我倒要問問當官的這是什麼狗屁法律？還是讓我先找那邊呆蹲的死老頭，否則他早就渴死、餓死，像一粒葡萄乾被人抬還家裏賺我的眼淚。蘇格拉底！蘇格拉底！

〔蘇格拉底自觀眾右方上。〕

蘇格拉底　克珊娣珀，你怎麼來了？這不是你待的地方，還是回去的好。

克珊娣珀　你不聽我的話，硬要到這兒來逞你的口才、出你的風頭，結果怎麼樣？羊肉沒吃到，反而沾了一身羊羶氣！

蘇格拉底　快了，快了，一俟執政官宣布結束，我就跟你回家享天倫之樂。

克珊娣珀　哌！只怕把你推到另一個世界上去。

蘇格拉底　你真會說笑。

克珊娣珀　誰跟你說笑？你即使不被處死，人家也要把你餓死、渴死！

蘇格拉底 你言過其實。蘇格拉底的忍耐力不會因為年事已高而喪失殆盡。不過，若是你帶來一杯涼開水，我會雙倍地感謝你，親愛的。

克珊娣珀 我不是來聽你的甜言蜜語的。（從食盒裏取出一塊麵包、一壺涼水，倒了一杯水遞去）

蘇格拉底 （接過）我即使三天三夜不吃不睡，還能跟你盡夫妻之樂呢。

克珊娣珀 （怒道）你這個沒有良心的東西！我養家活口，省吃儉用，又給你拿來吃的、喝的，你倒說這種瘋話?!（奪過水杯潑水，又甩掉麵包）

蘇格拉底 克珊娣珀你怎麼不懂，我是想在這平淡無味的生活中撒上些鹽？

〔克里同自觀眾右方上。〕

克里同 嫂子！嫂子！朋友們給他提供了免費的午餐，他早已吃飽喝足，所以才有胃口跟你打趣說笑。你不信嗎？瞧！這兒有他的吃食：葡萄乾、蜂蜜、乾酪、麵包、無花果、酒……

克珊娣珀 （一瞥，笑，捶打丈夫）老東西，你吃好、喝好、藏好，還哄騙我？該打！該打！

克里同 是該打，打了出出氣。

蘇格拉底 老朋友把我當成了什麼？吞噬一切的海洋。其實，我只要滄海一粟。克里同，

克里同　煩你把這些東西給我的妻兒，他們比我更加需要。

這你就不必操心啦。蘇格拉底，快喝掉嫂子帶給你的生命之水，你還要作戰呢。

（拿過水壺）

〔蘇格拉底一飲而盡。〕

〔蘇格拉底偕眾人自觀眾右方上。〕

〔執政官自觀眾右方上。〕

執政官　庭審繼續；蘇格拉底站到被告席上來！

〔蘇格拉底上。〕

執政官　諸位！出席今天本法庭的陪審員共五百零一人，滿員。經過法庭計票人的統計，投票滿額。現在，我宣布對蘇格拉底是否有罪的表決結果如下：二百二十一票為白子、二百八十票為黑子。法庭判決蘇格拉底：「有罪」！

〔場上嘩聲大作。讚美、斥責、掌聲、噓聲混成一片：「法庭判得好！」「陪審團該詛咒！」「蘇格拉底有罪！有罪！」「蘇格拉底無罪！無罪！」〕

執政官　大家安靜！安靜！我們民主政體的法律是公正嚴明的。遵循法律程序，對罪犯懲罰的方式，可由原告和被告雙方提出建議，最後由陪審團表決。先請原告代表梅勒托先生發言。

〔梅勒托自觀眾右方上。〕

梅勒托 尊敬的陪審員們！被告蘇格拉底的申辯不是真心誠意的悔過，而是繼續向我們敬愛的母邦和偉大的人民挑戰，這必然遭到我們的迎頭痛擊。法庭判決蘇格拉底有罪，這充分表達了全體雅典公民的意志。我感謝你們！（掌聲）我建議對蘇格拉底處以死刑，永絕後患！

〔場上掀起軒然大波：「好好！死刑！死刑！」「呵，不！不！」「梅勒托，畜生！你才該判死刑！」「克珊娣珀，這是法庭！」〕

執政官 （捶桌）法庭上不准喧譁！工作人員維持秩序！

〔梅勒托下。〕

執政官 蘇格拉底，現在由你對自己的罪罰提出建議。

蘇格拉底 尊敬的陪審員們！面對陪審團對我的判決，我並不感到沮喪；使我驚詫的卻是雙方的票數如此接近。如果有三十票改投一下，我就會被宣判無罪。然而，梅勒托卻說「全體雅典公民」都認為我有罪；這不是他在強姦民意嗎？我回顧自己的一生而問心無愧，從來沒有做過壞事；因此，我怎能自己懲罰自己？（場上譁然）我一生從沒過安靜生活，我從不關心大多數人所熱衷的事情，諸如賺錢、建立舒適的家庭、謀求高官厚祿等；也沒有參與政論、秘密結社、結黨等等在我們城邦從未間斷過的政治活動。我總是盡量去做我認為對你們最有利的事情：試圖說服你們更多地關心心靈的安寧和道德的完善，更多地考慮國家利益和其他公眾利益——

〔蘇格拉底的話頭被場上的喧譁、鼓譟打斷：「不要聽！不要聽！被告快判處自己！」「要聽！要聽！為蘇格拉底鼓掌！」〕

〔「我要求法庭趕快表決蘇格拉底死刑！」〕

〔「畜生梅勒托！我跟你拚了！」〕

〔「呵，克珊娣珀和梅勒托打起來了！」〕

執政官　拉開他們！警力拉開他們！蘇格拉底必須言簡意賅地提議對自己的懲罰！

蘇格拉底　我將自己的一生無私地貢獻給祖國和人民，如果要我給自己提議什麼公正的處罰？那麼，恰恰相反，他是公眾的恩人，他需要把時間花在對你們以道德上的幫助，對他沒有比享受國家贍養更好的報償了。他比奧林匹克競賽的勝利者更配得上這種待遇。因為這些人給你們帶來只是表面的成功，而我給予你們的是實際的成功。所以，我建議由國家出錢養我！（下）

〔場上大嘩：「無恥！蘇格拉底卑鄙無恥！」「光榮！蘇格拉底應該得到報償！」「被告太過分了」「蘇格拉底叫人失望！」〕

歌隊長　庭長，趕快表決吧！要不然法庭人亂，雙方揪起來就像雅典和斯巴達打仗。

執政官　建議結束！現在由陪審團投票表決起訴人代表梅勒托的提議。（下）

〔歌隊分成兩隊：一隊選擇白子，一隊選擇黑子。歌隊按序將選票投入罐內。〕

〔蘇格拉底偕克里同、克珊娣珀、眾弟子自觀眾右方上。〕

克里同　老朋友，你叫那些同情你的人也失望了。

蘇格拉底　克里同，我沒有罪，我沒有加害任何人；我也不能加害自己，我不應該遭到惡報。

克珊娣珀　老糊塗！你怎麼這般死不開竅？你不想想更多的人會投票讓你去死！

蘇格拉底　哪你要我自己承認有罪並提議坐牢嗎？我怎麼能整天待在監獄裏忍受獄官的折磨呢？我即使坐穿牢底也沒有錢去交付罰金。

克珊娣珀　死老頭子！給你錢時你推開錢；叫你交罰金你又哭窮！

蘇格拉底　我有錢也不會交付罰金；一樣會被剝奪自由。

克珊娣珀　（捶打）你去死！你去死！（哭泣）

克里同　不要哭，嫂子不要哭。我們趕快想個好辦法，乘陪審團還沒有做出最後判決。

弟子甲　老師，我建議你向法庭提議判處自己放逐的處罰；從前，法庭判阿那克薩戈拉死刑，他不是選擇放逐而倖免於難嗎？

蘇格拉底　柏拉圖呀，你是我心愛的弟子，像我這樣的老人，一旦離開母邦、冒著隨時被驅逐的危險在異國他鄉苦苦掙扎，了此殘生，這是什麼樣的生活？無論我走到哪裏，青年人都願意聽我的話，正如在這兒一樣。然而，不是我趕走他們，就是他們趕走我。

弟子乙　老師，你到了國外，只要獨善其身，自給自足，就能安度晚年；美德用不著言談和宣講。

蘇格拉底　安提西尼，我的哲學是與人為善，你卻要我獨善其身；我的工作方式是和人交談，你卻要我關門自省；你沒有領會我的哲學的本質。

〔弟子丙自觀眾右方上。〕

弟子丙　老師，不好了！

蘇格拉底　阿波多羅勒斯，天還沒有坍下來。你慢慢說。

弟子丙　我剛從那邊來，聽到計票人在計數，黑票遠遠超過了白票。

克珊娣珀　怎麼辦？怎麼辦？

眾人　（齊聲）交付罰金！

克珊娣珀　你再頑固，我跟你一刀兩斷！

蘇格拉底　如果我有錢就採納你們的意見；但我不能提這種建議，因為我一無所有。

弟子甲　老師你放心，我們已商量過了，建議罰款三千德拉克馬。

克里同　蘇格拉底，這就算是我們對你的犒賞；今天你打了漂亮的一仗。

弟子丙　快快！

蘇格拉底　尊敬的陪審員，請等一下。

〔執政官自觀眾右方上。〕

執政官　蘇格拉底，你要幹什麼？

蘇格拉底　我想我能支付一百德拉克馬，我建議自己罰款一百德拉克馬吧。

〔場上驚呼：「一百德拉克馬抵命？」「蘇格拉底你在開玩笑！」「他在拿自己的生命開玩笑！」〕

執政官　蘇格拉底，你在藐視法庭！

弟子甲　不，不！庭長先生！陪審員們！其實，蘇格拉底是想說罰款三千德拉克馬，但他沒有錢。我們願意借給他。

執政官　是這樣的嗎，蘇格拉底？

蘇格拉底　是的，柏拉圖、克里同想要我建議罰款三千德拉克馬。好吧，我同意。你們可以相信他們是有能力支付的。

執政官 晚了！我宣布計票結果揭曉如下：黑票為三百零一，白票為二百。本法庭判處蘇格拉底死刑，以服毒方式執行！

〔場上軒然大波，掌聲、歡呼聲、詛咒聲、哭泣聲交織一起。〕

克珊娣珀 天打雷劈的雅典人！你們殺了我的丈夫、清白無辜的蘇格拉底。我祈求復仇女神(13)，追殺你們的靈魂直到千秋萬代！

〔場上恐懼聲、叫罵聲：「復仇女神！復仇女神！」「魔鬼化身的女人！」「把克珊娣珀一起問罪！」「死刑！死刑！」〕

執政官 不要讓她擾亂神聖的判決，把這個瘋女人逐出法庭！

〔兩警力把克珊娣珀強行拖下。〕

執政官 公民們！陪審員們！法律無比地顯示它的公正：如果被告願意就法庭對他的正義判決發表意見的話，我們就給他這個權利。

蘇格拉底 公民們！陪審員們！那些教唆指控者作偽證誣陷我的人、那些被他們蠱惑而贊成判處我死刑的人，最終會感到自己是多麼不仁不義。至於我，既無人能證明我犯了所指控的罪，也沒有人能指出我向別的神起誓或提到什麼新神的名字。我一直勸導青年要堅忍不拔、樸素節約，難道說這是敗壞青年嗎？連那些控告者也沒有說我犯過下列按法律應判處死刑的罪行：搶劫廟宇、挖牆偷盜、賣人為奴、背叛祖國……然而，你們竟判我死刑？我實在大惑不解！

〔場上喧譁：「住口！住口！」「死刑！死刑！」〕

執政官 你犯規了，蘇格拉底！法庭是問你還有什麼要求？

蘇格拉底 在離開法庭時，我將由於你們的判決而被處死，你們則因邪惡和道德敗壞而被真理宣判死刑。我預言：劊子手們，我死後比你們殺死我更痛苦的懲罰，將降臨到你們身上。歷史這位真正公正的法官，將會對今天的所謂「公正」的法官做出新的審判！（場上掌聲、驚叫聲並作）請安靜一下，不要剝奪你們恩賜給我的最後說話的權利！死亡對我說來並非不是件好事，這就是神的啟示或者說靈機不來阻止我的原因。我只求你們一件事：我兒了長大後，如果你們認為他們把錢財或者其他東西代替善而放在首位，你們就應該譴責他們。再會了，我去赴死，你們則繼續生活：但我們之中，誰比誰更幸福，只有神知道。

〔場上呼喊聲、哭泣聲：「蘇格拉底，你不能走呵！」「好人走了，你叫我們怎麼辦？」〕

歌隊長 唉，蘇格拉底，我們未能使你免除死刑，我們痛呀！我們苦呀！

蘇格拉底 我感謝你們——對我主張無罪的人！這表明法庭和控訴人關於全雅典公民都認為我是壞人的說法是多麼荒謬。我向你們致敬——希望城邦給我榮譽的人！這顯示蘇格拉底忠於祖國，其思想深入人心。我將去另一個世界，但我仍會關心母邦和同胞；因為我的靈魂不死！

歌隊長 讓我們坐下來哭泣，讓我們唱著歌送行。

〔安尼托匆匆自觀眾右方上。〕

安尼托 這叫人太無法容忍了！庭長，你想拖延對被告的處決？

執政官 控訴人，我不用你來教訓我該怎麼辦？警力！

〔兩警力自觀眾右方上。〕

兩警力 大人有什麼吩咐？

執政官 我命令你們把蘇格拉底押往監獄，明晨處死！

兩警力 是，大人！

〔兩警力起押蘇格拉底。〕

〔場上一片哭聲。〕

〔傳報人丙自觀眾右方上。〕

傳報人丙 執政官，執政官大人！喜訊，喜訊！

執政官 喜訊？你帶來什麼喜訊？

傳報人丙　前往提洛斯島向阿波羅獻貢的國船剛剛起航，神廟裏祭司佔卜的結果是大吉大利。

〔場上嘩聲大作：「吉兆！吉兆！」「不利！不利！」〕

安尼托　（驚慌）尊敬的執政官，被告的死刑應該立即執行！

〔場上「贊成」和「反對」聲針鋒相對。〕

執政官　安靜！大家安靜！剛才傳報人帶來的資訊你們都聽見了，國船往提洛斯島向阿波羅神獻祭是件聖潔的大事。(14)根據雅典法律的規定：國船在出港到歸港期間，城邦對任何罪犯都不得處以極刑。所以，本法庭宣布：蘇格拉底的處決改在國船返抵雅典之日後執行。

〔場上歡呼聲、歎息聲交織。〕

〔歌隊長和弟子們一擁而上，擁抱蘇格拉底。〕

〔蘇格拉底與眾人自觀眾右方下。〕

第三合唱歌

歌隊　（第一曲首節）三列槳船呀，請你在海上慢慢地駛；阿波羅神呀，願你把獻禮者久久地留。讓蘇格拉底多活一天；多活一天，雅典便少一份罪孽。讓馬虻再狠狠地刺一下馬兒，墮落的雅典才會在沉睡中醒來。

（第一曲次節）三列槳船呀，求你乘風破浪快快地行駛；阿波羅神呀，請你讓朝聖團匆匆地離去。讓蘇格拉底少活一天；少活一天，雅典就多一重功德。把馬虻狠狠地打死；覺醒的雅典，全世界向你歡呼！

（第二曲首節）卸掉祭品的國船已在返航途中，太陽神金色的龍車駛過中天。蘇格拉底的生命已屈指可數，屈指可數！狂熱的雅典人迷了本性，狡猾的政治家準備了毒藥。處死了蘇格拉底，民主的雅典也殺死了自己！

（第二曲次節）滿載神諭的國船飛離海島，阿波羅金色的馬車又將起駕。蘇格拉底已然死當臨頭，死當臨頭！偉大的雅典人歡欣鼓舞，英明的領袖秉公執法。處死了蘇格拉底，民主的雅典便得到了新生！

（第三曲首節）伯羅奔尼薩斯戰爭猶在眼前，奴隸大逃亡就在昨天，巴特農神廟香煙繚繞，議事堂烏煙瘴氣。雅典不再有往昔的光榮，她的最後一位精英也將消失。夜色籠罩在天空和海上，城邦正被它漸漸吞沒。

（第三曲次節）斯巴達也在戰爭中重創，奴隸和財富會滾滾而來。瞧！奧林匹斯山高聳雲霄，雅典娜神像有多麼壯麗。城邦將會重鑄輝煌，英雄人物數以萬計。晚霞照在天空和海上，雅典反射出夕陽的金光！

第四場．．監獄（拒逃）

〔尼克斯山麓．雅典監獄．死牢。〕

〔蘇格拉底自牢內上。〕

〔蘇格拉底默誦著什麼。〕

〔蘇格拉底點亮油燈。席地而坐在寫著什麼。〕

〔蘇格拉底和衣而睡，發出鼾聲。〕

〔獄卒偕克里同自觀眾右方上。〕

獄卒　蘇格拉底！

克里同　別驚醒他，他止好睡，我等會兒喚醒他；謝謝你了。

〔獄卒自牢內下。〕

〔克里同走近床邊，欲言而止。移過小凳，坐在一邊，凝視熟睡中的蘇格拉底，現出焦急而無奈的樣子。〕

〔蘇格拉底自然地醒來，瞥見克里同。〕

蘇格拉底　克里同，你這麼早就來了？

克里同 天快亮了。

蘇格拉底 獄卒怎麼會讓你進來？

克里同 我跟他熟了，因為我常來。另外，我又給他小恩小惠。

蘇格拉底 你剛來呢，還是來了很久了？

克里同 來了一些時間了。

蘇格拉底 哪你為什麼不喚醒我，而是枯坐一邊？

克里同 我不忍心喚醒你，你睡得那麼香甜。從前我感到你是多麼幸運，有這樣開朗的性格；現在你大禍臨頭，仍舊從容平靜、處之泰然。

蘇格拉底 像我這樣的年紀還怕死？那真太不像話了。克里同，你這麼早就來看我一定有事？

克里同 我帶來了壞消息：那艘船今天回到雅典，也就是說你的生命明天就會結束。

蘇格拉底 但願如此。不過，我覺得船兒明天才抵達雅典。剛才，我做了個夢。

克里同 真的？你夢見了什麼？

蘇格拉底 我夢見了一位白衣麗人，光彩照人，朝我走來。她對我說：「蘇格拉底，三天後你會來到弗提亞的樂土。」(15)

克里同　你的夢說明不了什麼。

蘇格拉底　可我覺得涵義非常清楚。

克里同　（起立）蘇格拉底，現在接受我的勸告逃離此地，為時不晚。大多數人決不會相信儘管我們努力說服你而你拒絕逃亡。

蘇格拉底　親愛的，克里同，我們為什麼要顧忌大多數人的想法呢？真正有理智的人的想法更值得考慮，因為他們相信事實。

克里同　唉，你是否擔心可能落在我和我的朋友身上的後果？是否擔心如果你逃走了，會有人告發是我們幫你逃跑的？是否擔心我們會被沒收所有財產或繳納巨額罰款，甚至更嚴厲的懲罰？你應該打消這種顧慮。為了救你，我們願意冒更大的危險！

蘇格拉底　你說的我都明白，克里同，甚至想得更多。

克里同　那你就別再猶豫了。我告訴你：有些人願意把你救出去，逃離這個國家；付的錢又比較合理。我已經為此準備好足夠的錢。如果你不想用我的錢，那麼有不少僑居在國外的朋友也願意慷慨解囊。無論你去哪兒，你都會受人歡迎。如果你去色薩利，我也有很多朋友會尊重你、保護你，不讓他人來騷擾你。

〔蘇格拉底閉目不答。〕

克里同 蘇格拉底，我認為你的做法是不對的，在你保全自己的生命時你卻放棄努力。我既為你感到可恥，也為我們感到可恥。首先，本來有辦法使你完全不上法庭而離開雅典；其次，你的申辯失當；第三，我們落到這樣荒唐的地步，顯然是我們由於膽小怕事而失去了救你的機會。現在別無選擇，今晚一切都必須辦妥。我懇求你，蘇格拉底，接受勸告，別再固執了！

蘇格拉底 親愛的克里同，我非常感謝你的熱忱，如果這熱忱有正當的理由；否則，熱忱越強烈，我就越難從命。好吧，我們應該考慮一下是否必須遵循你的勸告？我一生從來不拿原則作交易，即便碰上這件事也一樣。首先考慮的問題：我們把錢付給準備營救我的人，然後逃離這兒。這樣做究竟對不對？如果表明這是錯誤的，我們就不應考慮是否會死或會遭受其他惡果：如果我們站穩立場，巋然不動，那就不應受生死影響，而應考慮別冒天下之大不韙。

克里同 那麼，我們到底應該考慮做什麼呢？

蘇格拉底 如果你能駁倒我的觀點，我就聽你的。否則，作為好朋友，你別再喋喋不休地勸我逃跑。在我採取行動前，我非常渴望得到你的贊同。我不願違背你的信念。

克里同 你怎麼說？

蘇格拉底 請你考慮一下合乎邏輯的結論吧。如果我們不事先徵得國家的同意而擅離此地，這是否在傷害祖國呢？是否以傷害為手段報復不合理的行為呢？

克里同　蘇格拉底，我無法回答你的問題。

蘇格拉底　讓我們這樣來看問題吧，假如我們準備從這兒逃走，雅典的法律就會這樣來質問我：「蘇格拉底，你要幹什麼？你想採取不正當的手段來破壞我們的法律、損害我們的國家，這難道能否認嗎？如果一個城邦已公布的法律判決沒有它的威懾力，可以被人任意取消和破壞，你認為這個城邦還能繼續生存而不被推翻嗎？」我們能這樣回答嗎：「是的，我是打算破壞法律，因為國家對我們通過了錯誤的判決，冤枉了我？」

克里同　當然要像這樣回答，蘇格拉底！

蘇格拉底　法律會這樣說：「在我們之間的協議上不是有關於服從法律的條款嗎，蘇格拉底？你不是同意了服從國家宣布的判決嗎？」如果我對此表示驚奇，法律會說：「蘇格拉底，你不是習慣於問答法嗎？現在請你回答，你以什麼名義來反對我們和國家，並想要摧毀我們？首先，難道不是我們給了你生命嗎？不正是通過我們，你父母才得以結婚和養育了你嗎？是我們要求你父親給予你文化和體育的教養，你難道不為此感激我們的法律嗎？既然如此，你是否認為對我們合理的東西對你同樣是合理的？你是否認為無論我們對你做了些什麼，你的報復都是不正當的？如果我們想要處死你，並堅信這是公正的，難道你以為你有特權反對你的國家和法律嗎？難道像你這樣獻身善的人還要宣稱這樣做是合理的嗎？要知道，即便是傷害了你的父母也是犯罪；如果傷害了國家，更是犯罪。」克里同，你將何以回答這些詰難？

克里同　我想法律所說的是對的。

蘇格拉底　如果有人在場，聽了我們的談話，又會指責蘇格拉底故技重演，又在用這種簡單的問答法、狡猾的詭辯術誘使人家應戰，從而使人敗北。那麼，我們換個辦法，你來扮演蘇格拉底，我來扮演法律。如果你能駁倒我法律，我就讓你蘇格拉底逃離此地，並且不加懲罰。

克里同　我同意。我相信我一定能戰勝你！

蘇格拉底　你別過早誇口，克里同。不，是蘇格拉底。讓我們繼續剛才的辯論。蘇格拉底，我們認為你現在準備對我們所做的事是非正義的，而我們對你卻仁至義盡。你瞧！儘管我們把你帶到這個世界上來，扶養你、教育你，讓你和同胞分享所有好東西，然而我們還是同意公布這樣一個原則：任何雅典人到了成年，認清了國家的制度和法律，如果對我們表示不滿，他可以帶著自己的財產到他願意去的任何地方、殖民地或者其他國家，法律決不阻攔。但另一方面，任何人當他認清了國家的制度和法律而仍然留下，那麼我們認為他事實上允諾按我們的旨意行事。任何人不服從我們就等於在三方面犯罪：第一，我們是他的父母；第二，我們是他的保護人；第三，他在允諾服從時既沒有服從我們，又沒有在假定我們出錯時說服我們改變決定，你是否同意我們的觀點？不同意，你可以申辯。

克里同　你藏著真正想說的話頭，法律。

蘇格拉底　如果你做了你們正在嘗試的事，我們就認為你犯了更嚴重的罪行。你就是你的同胞中最該受懲罰的人、也是最大的罪犯之一！

克里同　為什麼？請你教誨什麼都不知道的蘇格拉底。

蘇格拉底　我們有很多證據表明你對我們和國家是滿意的。如果你不是非常愛國，那你不會根本不願離開祖國。除了執行軍務，你從來沒有像別人那樣出國旅行、也沒有興趣去認識其他國家及其體制。你對祖國滿意的突出證據就是你在城邦里娶妻生兒。還有，即便在審判時，你寧願去死也不願選擇放逐。這表現了你崇高的形象、高貴的品質，蘇格拉底。

克里同　法律，我用不著你來奉承，像呂孔、安尼托所做的那樣。我對自己的抉擇決不後悔，而引以自豪！

蘇格拉底　回答得太好了，蘇格拉底！那麼，我們還要請教你：你現在的舉動和昨天的宣言是否自相矛盾、出爾反爾？你昨天說的和現在幹的表明你在玩弄我們、踐踏法律、背棄協議，就像最下賤的奴隸！你首先回答這個問題：你向我們承諾過要做好公民。這是否符合事實？

克里同　我無法否認，法律。

蘇格拉底　事實上你破壞了你同我們訂立的契約，沒有信守自己的諾言。你再想想你做這種背離信仰、玷污良心的事會給你和你的朋友帶來什麼好處？放逐、剝奪公民權、沒收財產等危險會落到他們身上。至於你，若去了鄰邦，比如底比斯或麥加拉，你會成為不受歡迎的人。如果你不去，你的生活還有什麼價值嗎？你還能像在這兒一般奢談善、誠實、制度、法律是人類最寶貴的財富嗎？你難道沒想到蘇格拉底和他的一切都會蒙上恥辱的污點嗎？

克里同　我考慮的比這更多。

蘇格拉底　你也可能逃離希臘，去投靠克里同在色薩利的朋友。那兒是個無法無天的地方，他們會樂於聽你講故事：你是如何化裝，如何逃跑的？那兒沒有人會指責你嗎？你上了年紀，活不多久，竟會貪生怕死、褻瀆法律？如果你避免激怒任何人，這是個辦法；否則你將遭來難堪的批評。你將像一個諂媚人和眾人的奴隸那樣生活。你關於善和正直的討論都到哪兒去了？你又怎能扶養、教育你的孩子們？如果你死了，你的朋友們難道不會照看他們嗎？

克里同　不！他們會被我的朋友照看得更好。我沒有盡到一個做父親的義務和責任。

蘇格拉底　請相信我們──你的保護人的建議，蘇格拉底。你不要過多地考慮你的孩子、你的生命和其他俗務，只考慮一件事：什麼是正義？如果你以不光彩的方式出逃，以寃報德，以罪還罪，破壞協議，傷害了你最不應該傷害的自己、朋友、國家、法律，那麼，你生前遭人憎恨，死後，冥府的法律也不會饒過你！

克里同 （旁白）我這個能言善辯，從來沒有被人駁倒，只有我說服人家的哲學家，此刻怎麼啦？除了只會說是和否，便什麼都不知道如何回答。

蘇格拉底 蘇格拉底，你上知天文，下知地理，最知人道，你對真理有著深刻獨到的研究，你是否覺得我的建議是老生常談、拾人牙慧？

克里同 法律，我只是個對真理的卑微謙遜的崇拜者，而非窮盡一切知識的驕傲擁有者。

蘇格拉底 喔？蘇格拉底，請你別聽克里同出的壞主意，還是按照我的建議去做吧。

克里同 法律，你說得對。克里同是在出壞主意；我如果聽了他的，會毀了我一生所遵循的原則。

蘇格拉底 克里同，謝謝你！你幫我戰勝了蘇格拉底，使他也戰勝了自己。

克里同 克里同？蘇格拉底？我被弄糊塗了。呵，我中了蘇格拉底的圈套！

蘇格拉底 不，克里同。親愛的朋友，我剛才真的聽到法律對蘇格拉底說話，就像我聽到神諭一樣。我只有洗耳恭聽的份，哪有本領去詰難他？所以，我有自知之明。有人認為我最有智慧，其實我一無所知。

克里同 我真後悔，我收回給你的壞主意；不，是好勸告，我以為你是法律呢。

蘇格拉底　我堅持自己的看法。現在我們找回了自己。如果你認為還能說服我，儘管說吧。

克里同　唉，我無話可說。

蘇格拉底　既然神指明了道路，那就讓我們遵照神的旨意行事吧。

〔眾弟子自觀眾右方上。〕

弟子丙　且慢，我有話要說！

蘇格拉底　是阿波羅多勒斯？還有安提西尼、柏拉圖、赫摩基尼斯、斐多……你們都有話說？

弟子甲　我們不是有意的。我們正要來看望老師，走近牢門時恰巧聽到老師和克里同的對話。

蘇格拉底　阿波羅多勒斯，剛才克里同沒有能說服我，你想說服我嗎？歡迎！

弟子丙　你不能去送死！老師，我們已經決定了救你出去，不管你是否同意！

蘇格拉底　呵，這麼強有力？理由？你們讓我隨你們逃離這兒的理由？

弟子丙　我們說不過你，老師。救你就是唯一的理由、最大的理由！

蘇格拉底　（笑）這確實是有力的理由。那麼我且問你：是神的力量大，還是你的力量大？我該聽神的，還是聽你的？

弟子丙　你又來了！我什麼都不知道，我只知道救你！

弟子丁　老師，你難道不知道雅典法官們由於受輿論影響已把許多無辜者處死，但同時又把許多真正的罪犯釋放嗎？

蘇格拉底　赫摩基尼斯，如果神明認為蘇格拉底最好現在就死，你以為奇怪嗎？我回顧自己的一生，覺得我活得比任何人好。我認為我一輩子過的虔誠和正義生活，就是最幸福的。如果現在繼續活下去，我很可能受不了老年的痛苦：目力減退、聽覺不靈、思想遲鈍、記憶衰退、學習緩慢，當我感到自己精力不逮而怨天尤人時，怎麼還能說我在過幸福生活呢？正由於神明恩待我、照顧我，才讓我死得其所，而且用最容易的方式，又讓親人和朋友帶來美好的回憶。

弟子戊　老師光榮地赴難，我不會感到純粹的痛苦，而是交織著甜蜜的愉快。因為這是遵循神的旨意，但是我還要說老師活著比死去帶給我們更大的益處。所以我建議由我頂替老師去死；當年是老師把我從一個微賤的奴隸救出來，成為自由公民。

蘇格拉底　親愛的斐多，你知道追求德行和善是我人生的目的。我怎麼能接受受惠者的報酬呢？

克里同　從理智來說，我要歡送蘇格拉底去就義，但從感情來說，我希望我們和蘇格拉底永遠在一起。柏拉圖，你是蘇格拉底最心愛、最有學問的弟子，最後的希望就仰仗你了。

眾弟子　老師的生命就指望你了，柏拉圖！

柏拉圖　不，不！這樣的重任，我無力承擔。相反，我倒認為我們應該尊重老師的意願：死比活更好，因為老師是遵循神的旨意。呵，你們別驚訝，別憤怒，且聽我說完。老師原先研究天文地理，不久悟出了一條真理：「誰想推動世界，就必先推動自己。」因此，轉而研究人學。老師把自己的一生獻給了哲學，即善和德行的事業。如果他以死能給我們帶來更多的善和德行，而不是帶走的話，我們巴不得老師做出死的抉擇！

〔眾人歡呼、鼓掌：「柏拉圖說得好！」「柏拉圖不愧為蘇格拉底的弟子！」「老師有救了！」〕

〔獄吏自屋內上。〕

獄吏　你們趕快行動吧！再不走便難以脫身；執政官就要來監獄了。

蘇格拉底　你在外面等著，我們準備一下。

〔獄吏下。〕

眾弟子　老師同意了？老師同意了！

蘇格拉底　在走之前，我給你們講一則短小的寓言：我在等待處決的日子裏，想練習彈琴，但這兒沒有豎琴；想學習寫詩，利用一些現成的又為我熟悉的伊索寓言，

把我所想到的第一個寓言改寫成詩。我不會寫詩，只是想表達我的心意，請別見笑。下面就是這首改寫的寓言詩。（朗誦）

伊索高聲叫道：「你們科林斯人呀！

不要像陪審團法庭裁定那樣來判斷美德。」

《農夫和毛驢》

有個農夫，他一輩子生活在鄉下，
從來沒有見過城市是什麼模樣。
如今，上了年紀，年老體弱、鬚髮蒼白；
他忽然想要親人們讓他進城瞧瞧夢中的天堂。
親人商量以後，便把兩頭毛驢套在車上，
不甚放心地對他叮囑，直到路旁：
「老頭子呀，你只管趕著毛驢、駕著大車，
它們自然會把你送到城裏、最繁華的市場。」
農夫趕驢起駕，又激動又緊張。
不料，半路上起了風暴，天地昏暗，迷迷茫茫，
毛驢不辨東西，暈頭轉向，
竟然瞎闖，闖到了懸崖峭壁上！

它瞪著下面的萬丈深淵嚇得呆若木雞。
農夫也混身冰冷，沒了主張。
情急之中，他默默地祈禱上天：
「嚴厲而公正的天神宙斯在上！
我向你祈禱，求你回答：
『我不知道觸犯你在什麼時候，那件事上？
因此，你要使我大禍臨頭，
摔死在深山谷底，屍骨不剩；
而且不是騎著馬兒，死在光榮的戰場，
或者駕著騾子死在高尚的勞作中，
而是死在小小的毛驢腳下！』」
最終，農夫救了毛驢，自己命喪。
因為天神宙斯讓他看見了
比城市更美好的天堂。
這就是我借《伊索寓言》給你們上的最後一課。

〔眾人驚呼、失望、點頭。〕

〔克里同偕眾弟子自觀眾右方下。〕

〔蘇格拉底起立，面朝東方，仰天祈禱。〕

蘇格拉底　禮讚你，光輝的太陽！禮讚你，偉大的阿波羅！……

〔蘇格拉底自屋內下。〕

第四合唱歌

歌隊　（第一曲首節）駕著金車的阿波羅呀，蘇格拉底即將死了！我們救不了他呵，心如刀絞。我們祈求萬能的大神把蘇格拉底從死神手中奪回來，交還給垂死的雅典。呵，世界上還有誰比他更高尚。他寧可死也要維護公民的榮譽？全雅典還有誰比他更高貴，他拒絕逃跑，也要維護法律的尊嚴？救救他吧，阿波羅！

（第一曲次節）手持長矛的雅典娜呀，蘇格拉底就要死了！我們置他於死地呵，笑逐顏開。我們祝願無敵的大神別讓蘇格拉底逃脫嚴密的法網，保護新生的雅典。呵，世界上還有誰比他更頑固，他寧可死也要與我們對抗到底？全雅典還有誰比他更危險，他拒絕逃跑，是為了對法庭蔑視？

（第二曲首節）呵，你我的分歧猶如矛和盾一般尖銳，真理有時掌握在少數人手裏，你們把無辜者推入地獄，卻給誣陷者戴上桂冠。我們有充分的證據表明，那三個原告是卑鄙的罪犯，我們應該對蘇格拉底重新審判。否則，可怕的詛咒就會像冰雹般打到雅典的頭上！

（第二曲次節）對，你我的分歧就像水和火一般難容！真理永遠掌握在多數人手裏，你們曾對死刑犯網開一面，如今又想給起訴人套上棘冠。如果你們的證據確鑿，他也不能將功折罪；我們決不允許讓蘇格拉底翻案！不然，巨大的災難就會像海浪一樣毀滅我們的城邦！

（第三曲首節）阿波羅難道你聽不見我們的祈求？讓美與醜混淆了位置、任善和惡顛倒了命運，讓群氓像狄奧尼索斯那樣狂歌亂舞，讓野心家把你的精神踐踏殆盡？

（第三曲次節）雅典娜，你可聽清楚我們的禮請？讓黑與白不甚分明，讓真和假難以辨認，讓一小撮像克柏羅斯那樣狂叫亂咬(16)，讓瀆神者把你的形象玷污糟蹋。

第五場：監獄（訣別）

〔尼克斯山麓・死牢。〕

〔蘇格拉底自室內上。〕

蘇格拉底　感謝阿波羅，讓我每天交談、思索、學習、寫詩，在我生命的盡頭，給我抹上夕陽的最後餘暉。今夜，我將和我的親人、朋友、弟子告別，然後吹熄生命的燭火。

〔獄吏自室內上。〕

獄吏　蘇格拉底，你的妻子和孩子來看望你了。

蘇格拉底　謝謝你，獄吏。

〔獄吏自室內下。〕

〔克珊娣珀和三孩子自觀眾右方上。〕

克珊娣珀　冤家！

三孩子　爸爸！（朝蘇格拉底撲去；摟抱，啼哭）

蘇格拉底　親愛的，我就要到另一個世界上去，你攜帶孩子們前來送行，應該高高興興才是。

克珊娣珀　狠心的！你就要永遠離開我們，卻一點也不感到痛苦，我們怎麼能高興得起來？

三孩子　「爸爸，我們不能讓你走！」「我們是來帶爸爸回家的！」「回家！回家！」

蘇格拉底　克珊娣珀，城邦的法律判我死刑，我不能不死，只有我死──

克珊娣珀　（打斷）你明明知道法律對你的判決是不公正的！

蘇格拉底　如果法律對我的判決是公正的，我就該遵守去做，如果法律對我的判決是不公正的，它自己也會受到審判。

克珊娣珀　可是你死了，做了犧牲品，帶給你的親人無限的痛苦。老死鬼！

蘇格拉底　總要有人敢於犧牲，世人才會覺悟到自己的糊塗。

克珊娣珀　我不跟你調嘴弄舌！我問你：你為何拒絕克里同、柏拉圖出的主意，讓你逃離監獄？

蘇格拉底　我不跟你講大道理。我告訴你：為了我的可愛的克珊娣珀和親愛的孩子們不受連累，所以，我才婉言謝絕了朋友們的好意。

克珊娣珀　你是存心找死！你一走，我和孩子們失去了支柱，日常的生活、孩子的教育，叫我這孤苦伶仃的弱女子怎麼辦？

蘇格拉底　我是死得其所。我活著，從來不是一個好丈夫、好父親；所以經常給你受氣和對我的埋怨。我深信你這位女強人一定會把沒有了我這個討厭鬼的家庭持理得更好。

克珊娣珀　（摟抱，狂熱親吻）親愛的！親愛的！你怎麼不懂打是情來罵是俏，老糊塗？

蘇格拉底　（動情地親吻）親愛的！親愛的！我怎麼不懂你是真心愛我，所以才表達得如此強烈，俏佳人？

克珊娣珀　我不能讓你去死，除非我跟你一起去死！

蘇格拉底　我一定要你活得更好，才不愧為蘇格拉底的妻子！

克珊娣珀　你一死，豈不是給了世人更多誹謗我的話頭？

蘇格拉底　我活著，才遭人們更多攻擊你的機會。

克珊娣珀　蘇格拉底，在我最恨你的時候，才覺悟到我有多麼愛你。

蘇格拉底　克珊娣珀，在我跟你訣別的時候，才發現你格外美麗。

三孩子　（鼓掌）爸爸媽媽和好了！

克珊娣珀　誰說我跟你們的爸爸爭吵過？

蘇格拉底　孩子們，你們應該興高采烈地為爸爸送行。蘭普羅勒克，你是老大，你要聽媽媽的話，就像我從前開導你的一樣。你現在是媽媽的好幫手了。

大兒子　是的……爸爸。（哭泣）

蘇格拉底　這多不好，你快步入成年了，你應該拿出男子漢大丈夫的氣概！

〔克里同和若干弟子自觀眾右方上。〕

弟子丙　（激動）老師！老師！

弟子丁　（制止）阿波羅多勒斯！

蘇格拉底　呵，你們都是來為我送行吧，歡迎，歡迎！

克里同　不；是……蘇格拉底。

眾弟子　是；不……蘇格拉底。

蘇格拉底　呵，這是怎麼回事呢？

克珊娣珀　蘇格拉底，這是你的朋友跟你的最後一次談話。（痛哭）

蘇格拉底　克珊娣珀，聽我話回去。克里同，你最好派人把她送回家去！

克里同　你不必操心，蘇格拉底。（克里同和大兒子扶著哭泣的克珊娣珀和兩孩子下）

弟子丙　老師，我給你帶來了喜訊，大喜訊！

蘇格拉底　又是奇蹟：我的死刑將延期？又是建議：我能活著出去？

弟子丙　差不多吧。太叫人激動了，我甚至興奮得直掉眼淚，想大喊大叫。善有善報，惡有惡報。善還未報，惡倒先報。

眾弟子　（應聲）善還未報，惡倒先報！

蘇格拉底　你們說了半天，我一點兒也不明白究竟是什麼喜事，使阿波羅多勒斯這樣欣喜若狂？

弟子丁　那三個誣陷你的人也被押上了被告席！梅勒托被判處死刑，呂孔被判處流放，安尼托被判處終身流放。

蘇格拉底　這到底是怎麼回事，梅勒托、呂孔、安尼托這三位正義者轉瞬都成了罪犯？你們大概是在編喜劇吧，免得我的悲劇太多悲傷的味道？或者出於美好的幻想，讓我痛飲甜蜜的毒藥而安然睡去？

〔**眾弟子七嘴八舌地「不不，這是真的！」「老師，請相信我們！」「老師，我親眼目睹法庭對他們的審判。」**〕

蘇格拉底　安提西尼，還是你來解開蘇格拉底的疙瘩。

〔克里同上。〕

克里同 蘇格拉底，我已經把你的妻小託付給外面的僕人，讓他護送他們回家。

蘇格拉底 謝謝！克里同，你也來聽聽他們炮製的神話，說什麼指控我犯罪的三個原告自己也被判了罪？

克里同 我剛才也聽到這種說法，不過，在沒有被確認之前，我寧可相信這是你的同情者的良好願望；免得我們空歡喜一場。

弟子丙 我發誓如果我說謊，你們殺了我！

蘇格拉底 安提西尼，不要讓阿波羅多勒斯的歡笑，變成大家的怒眼。

弟子乙 梅勒托、呂孔、安尼托從公證人變成罪犯確實富有戲劇性。在你被當作雅典的大敵而宣判死刑、等待處決的日子裏，他們卻被奉為凱旋歸來的英雄，受到人們的熱烈歡迎：掌聲、桂冠、醇酒、美女……這就是城邦給他們豐厚的獎賞。寫戲、演講、經商、參政，更使他們的榮譽和事業直上雲霄，如日中天。可是，一個小小的紕漏，造成了大大的醜聞。梅勒托在一次宴會上酗酒發洩對安尼托的不滿、對呂孔的嫉妒。原來他沒有得到前者所許諾的全部酬金；如果對蘇格拉底指控成功。相反，後者得到的酬金要多得多。醜聞引起了公憤。昨天，他們被喚到法庭上接受審判，罪證確鑿。由於安尼托畏罪潛逃；梅勒托、呂孔將推遲一天執刑。

蘇格拉底 你說的是實話嗎，安提西尼？你們相信這是事實嗎？

弟子乙 我以阿波羅的名義起誓，我說的是實話！

歌隊長 蘇格拉底，安提西尼說的是事實。你若信不過，可問問參與對梅勒托等三個被告判決的陪審團。

歌隊 是事實！是事實！梅勒托明天要被處死了！呂孔要被放逐了！安尼托永遠回不了家鄉了！

克里同 老朋友，祝賀你！你有救了！

蘇格拉底 我還是不明白：他們被公正地罰罪，為什麼我因此而得到赦免？

弟子丙 呵呀，這不是明擺著的道理嗎？他們指控你原來是出於骯髒的交易、卑鄙的動機。現在他們自食其果，這不就證明你是一樁冤假錯案嗎？

弟子丁 法庭應該對你的案子予以重審，宣判你無罪！

蘇格拉底 柏拉圖！柏拉圖來了沒有？他應該是第一個向我祝賀的人。

弟子戊 他病了。

蘇格拉底 恐怕他犯的是心病，知道我的案翻不了？

〔弟子們焦急地：「不！不！」「趕快行動吧，老師時間不多了！」「獄吏！獄吏！」〕

〔獄吏手持鐐銬上。〕

弟子丙　你？你要幹什麼？（揪住獄吏）蘇格拉底快要無罪釋放了！

歌隊長　我們沒有得到執政官的命令，對蘇格拉底的案件進行重審。

弟子丙　該死的執政官！

獄吏　執政官派人來命令給老先生上鐐銬，以防他在最後時刻逃跑。

〔克里同和眾弟子傷心絕望，忿忿不平。〕

蘇格拉底　（笑道）還是服從神的旨意吧。

弟子丙　不！他們以不公正對待公正，我們只好以不公正對待不公正，否則，我們就是殺害蘇格拉底的幫兇！

弟子丁　你說該怎麼辦？

弟子丙　赫摩基尼斯，以前老師不願意逃跑，是法庭自以為幹了件好事；現在老師應該逃跑，因為法庭瞧見自己幹了件蠢事！

〔除斐多外，眾人均表示「同意」。〕

獄吏　逃吧！你們帶蘇格拉底逃跑，我來承擔責任。我已吩咐手下，帶你們從後面一扇小門出去，穿過一片樹林，沿著一條秘密通道出去就是城外。雅典勢力難以管到的地方。

弟子丙　太好了，謝謝你！（緊握獄吏）

〔弟子們過來攙扶蘇格拉底，但他巋然不動。〕

蘇格拉底　獄吏，我一直感謝你的好意。這一個月來你照顧我、服侍我，讓我和家人見面，和朋友們談話，使我以恬適澄澈的心境幸福地向人世告別。可是，我現在要責備你：你不僅擾亂了我的心境，而且你自己犯罪，又縱容我犯罪，教唆青年人犯罪！

獄吏　老先生……好蘇格拉底……

蘇格拉底　獄吏、阿波羅多勒斯，還有安提西尼、赫摩基尼斯、斐多……如果我同意你們的作法，不是印證了當初原告對我的控罪？我一旦逃跑，豈不是落得和畏罪潛逃的安尼托一樣的罵名嗎？這反證了被法律判刑的梅勒托等三人是無辜的，而我蘇格拉底則是名副其實的罪犯？呵，我還是以我的悲劇來使人世驚醒，而不是以喜劇收場使世人麻木！

弟子丙　老師，你痛罵我這個不長進的弟子吧！

弟子們　老師，我們錯了。

蘇格拉底　好了，好了。我們就要話別了。

〔獄吏過來給蘇格拉底上腳鐐。〕

蘇格拉底　謝謝你，好獄吏！你給我準備湯水，我要沐浴淨身。

〔獄吏熱淚盈眶，點頭而去。〕

〔弟子們席地而坐，圍在蘇格拉底的床邊。〕

克里同　蘇格拉底，你還有什麼吩咐嗎？關於你的孩子或者其他事，我們願意為你效力。

蘇格拉底　克里同，只要你們能照我平常所說的去做，好好照顧自己，這就是幫助我和我的孩子們。否則，不遵循我所講的道理，無論你們多麼熱心贊同我的觀點，都無濟於事。

克里同　我們會盡力照你說的去做。可是，我們該如何為你舉行葬禮呢？

蘇格拉底　只要你們心中感覺到我還活著，沒有離開你們，願意怎麼辦就怎麼辦吧。

弟子戊　老師，你能否詳細說說？

蘇格拉底　一個真正把一生獻給哲學的人，面對死亡時是心境快樂的。因為他越過死亡之門，肉體得到解脫，靈魂得到解放，在另一個世界上找到神所賦予的最大幸福。當然，無論是好人還是壞人在死後都會由神的引導，在阿刻戍河(17)乘上死亡之舟，去到阿刻盧西河(18)接受審判。善的升入天堂，惡的墮入深淵，永世不得超生。我喝了毒藥之後便啟程去天堂得到至上的幸福。你們埋葬我的只是屍體。所以隨你們的意願去埋葬它吧！

〔獄吏上。〕

獄吏 老先生，浴水準備好了。（解脫其腳鐐）

〔蘇格拉底隨獄吏下。〕

第五合唱歌

歌隊 （第一曲首節）今夜，大街小巷火炬照天、載歌載舞，因為我們做出了公正的判決：梅勒托、呂孔、安尼托將遭到法律的嚴懲。人民感謝我們！雅典讚許我們！我們正帶領兄弟盟邦高歌猛進在光明大道。

（第一曲次節）今夜，窮街陋巷黑燈瞎火、鬼哭狼嚎，因為我們堅持了不公正的判決：蘇格拉底將飲毒死去。人民詛咒我們！阿波羅拋棄我們！我們正在把自己連同國家推向窮途末路。

（第二曲首節）什麼，你們在胡說些什麼？民主政體從未有今天這樣鞏固，我們清除了最危險、最兇惡的內奸：蘇格拉底和梅勒托等人是同一夥狐狸。雅典城從未有今天這樣強大，我們每個公民都是國家的主人，有朝一日將重新登上霸主的寶座！

（第二曲次節）唉，你們沉溺在迷夢中！民主政體就像烏洛諾斯吞噬了敵人也吞噬了自己的兒子；(19)蘇格拉底是最優秀的兒子。雅典城已無可挽回地傾倒了，我們每個人都在使國家變成一盤散沙，總有一天被強敵綁為奴隸！

（第三曲首節）呵，宙斯在天上降下閃電，它像雪亮的匕首插入雅典的胸膛；呵，波塞頓(20)在海上掀起了巨浪，它像蛇一般的三叉戟動搖著城邦的基礎。雅典娜救救我們吧！達摩克利斯劍懸在我們的頭上。(21)我們殺死了蘇格拉底！我們殺死了蘇格拉底！

（第三曲次節）呵，阿耳忒彌斯收起了自己的光輝(22)，不再眷顧她寵愛的雅典；得墨忒耳帶走了豐收的季節，一向垂憐的城邦叫她目擊心傷。阿波羅也救不了我們！復仇女神將追殺我們！我們殺死了蘇格拉底！我們殺死了蘇格拉底！

退場：監獄（服毒）

〔尼克斯山麓・死牢。〕

〔克里同和席地而坐的弟子們黯然神傷。阿波羅多勒斯在啜泣。〕

〔蘇格拉底披著浴袍上。坐到床邊和眾人低聲交談。〕

〔獄吏陪同典獄官自觀眾右方上。他們和蘇格拉底握別。〕

〔典獄官自觀眾右方下。〕

獄吏 蘇格拉底，不管怎麼樣，我在執行政府的命令讓死刑犯就刑時，總是招致他們對我的憤怒和詛咒；如果你也這樣，我並不認為有什麼不對。你是我所見到的來這兒的人中間最高尚、最勇敢、最體面的人。永別了！請盡力放鬆心情來忍受無法改變的命運吧。

蘇格拉底 再見，我會照你說的去做！

〔獄吏掩淚而去。〕

蘇格拉底 你們瞧，多好的人呀！他時常來看我，還和我討論問題，對我極為友善，現在竟為我的離去而流淚。克里同，我們要遵照他說的去做。請你叫人把毒藥拿

克里同　來；如果還沒有準備好，叫他快些。

蘇格拉底　太陽還沒有落山呢。再說按慣例，臨刑的人在接到通知後要拖延一段時間才服毒；他們還要吃正餐和品酒，盡情快樂，然後才死。所以你不必著急，有的是充裕時間。

我覺得拖延時間服毒對我沒有益處，如果我留戀和惋惜已經沒有意義的生命，只能把自己弄得十分可笑。來吧，按我的交代去做，不要再找藉口了。

〔克里同下。〕

〔克里同偕監刑官自觀眾右方上，監刑官拿著盛有毒藥的杯子。〕

蘇格拉底　請你告訴我該怎麼做？

監刑官　你喝下這杯毒藥，然後起來行走，直到你感覺兩腿發沉便躺下，藥性就會發作。

蘇格拉底　（接過杯子）我可否從杯子裏取一點作奠酒呢？

監刑官　我們只準備通常的劑量。

蘇格拉底　我明白了。我是想向諸神謝恩，祈求他們保護我順利地到達那個世界。（一飲而盡）

〔眾人悲不自禁，失聲痛哭。〕

〔弟子丙呼天搶地。〕

蘇格拉底　你們這是幹什麼？我之至所以把女人和孩子打發走，就是為了避免這種干擾。古人說一個人臨終時應當保持心靈的平和；你們應當鎮定下來，堅強些！勇敢些！

〔眾人止住哭聲，拭去眼淚，注視著來回踱步的蘇格拉底。〕

〔蘇格拉底感到腳步沉重，走到床邊躺下。〕

〔監刑官觸摸蘇格拉底的腳、腿、軀體，現出痛苦的表情。〕

〔監刑官拿來一塊白布覆蓋在蘇格拉底的臉上。〕

〔弟子們一擁而上，圍視蘇格拉底。〕

〔忽然，蘇格拉底伸手掀開臉上的蒙巾。〕

蘇格拉底　克里同……

克里同　呵，老朋友，你有什麼吩咐？

蘇格拉底　克里同，我還須向阿斯克勒庇俄斯(23)祭獻一隻公雞，拜託你了。

克里同　你放心吧！蘇格拉底，你還有否其他事？

〔蘇格拉底拉上蒙巾，撒手而去。〕

〔一瞬間，監獄裏響起一片哭聲。〕

〔眾人抬著蘇格拉底的屍體自觀眾右方下。〕

歌隊　雅典人呀，你幹了些什麼？我們自詡為民主、自由的母邦，卻指控以言論自由而著稱的哲學家蘇格拉底為最大的罪犯；殘暴的三十僭主也不敢對蘇格拉底動武；慈悲的萬千民眾卻毫不猶豫地把蘇格拉底殺害。我們為什麼對罪惡累累的政敵予以大赦，而對沒有任何行動犯法的思想家處以極刑？是大腦殺死了心臟？感情戰勝了理智？駿馬和馬虻同歸於盡?!

〔歌隊自觀眾右方下。〕

——**劇終**

二〇〇三年四月初稿

二〇〇八年一月改稿

注釋：

(1)阿波羅：希臘神話中的太陽神，主神宙斯之子。權力很大，祭祀他的神廟德爾菲神廟為最著名。

(2)赫斯提：希臘神話中的灶神或家室女神。傳說為家庭創立者。

(3)阿佛洛狄忒：希臘神話中的愛與美的女神；羅馬神話中稱維納斯。

阿瑞斯：希臘神話中的戰神。

(4)雅典娜：希臘神話中的智慧女神、雅典城邦的保護神。

(5)赫拉：希臘神話中的天后，宙斯之妻，婦女的保護神。

(6)宙斯：希臘神話中的主神，是諸神和人類的主宰。

(7)狄俄尼索斯：希臘神話中的酒神，希臘戲劇即起源於此。

(8)倍多：雅典城邦的說理神。

宙斯阿戈拉奧斯：雅典城邦的議會神。

(9)愛洛斯：希臘神話中的愛神。

赫耳墨斯：希臘神話中的神使、亡靈的接引神。

得墨忒耳：希臘神話中的穀物女神、冥后。

(10)靈機：是介於神諭的外在東西和精神的純粹內在東西之間；它是內在東西，但不過被表象為一種獨特的精靈、一種異於人的意志的東西。
(11)阿卡提：即希臘的阿卡提半島；當時的雅典城邦，便是兩地合成。
(12)智者派：即詭辯派，古希臘的哲學派別，以傳授知識為職業。
(13)復仇女神：即厄里尼厄斯，希臘神話中的三個復仇女神的總稱。
(14)獻祭：希臘神話忒修斯曾駕船遠航克里特島，途中遇難，他曾發誓：「要是能被救起，我每年都會向阿波羅神獻祭。」後果然脫險，此風俗沿襲至今。
(15)弗提亞：在色薩利島，神話中的樂土。
(16)克柏羅斯：希臘神話中生有三頭、蛇尾的惡狗，地獄大門的看守者。
(17)阿刻戎河：希臘神話中的冥河，亦為擺渡亡靈去冥府的船夫名。
(18)阿刻盧西湖：希臘神話中的冥湖。
(19)烏洛諾斯：希臘神話中的提坦神族，他和蓋亞生有宙斯、波塞頓等天神。
(20)波塞頓：希臘神話中的海神。
(21)達摩克利斯劍：希臘神話中敘拉古暴君的寵信達摩克利斯，暴君請他赴宴，讓其坐上寶座，並將寶劍用馬鬃懸在其頭上，讓他知道帝王的憂患。
(22)阿耳忒彌斯：希臘神話中的月神，以貞潔著名，阿波羅的攣生姐姐。
(23)阿斯克勒庇俄斯：希臘神話中的醫藥神。

波德賴爾

——一個世紀病患者的命運——

（電影文學劇本）

序言

夏爾・皮埃爾・波德賴爾（一八二一～一八六七）法國傑出詩人、法國象徵派詩歌先驅，被尊為現代詩歌的鼻祖。出身巴黎平民家庭。幼年喪父、母親改嫁。他和繼父的矛盾、一八四八年六月起義的失敗、波拿巴的上臺、加上美國詩人愛倫・波的影響等因素，使他對資產階級傳統觀念和道德價值採取了挑戰的態度，成了資產階級的叛逆者。但他由於找不到出路而苦悶、孤獨、放蕩、憂鬱，又成了資產階級的浪子，是十九世紀法國青年一代的世紀病(1)患者的典型病例。他的那種消極、孤獨的反抗最後只能落得失敗、死亡的結局。他留下的作品不多，但價值極大，除了在法國文學史上佔有重要地位的詩集《惡之花》外，幾乎在詩歌、小說、繪畫、雕塑、音樂、舞蹈等文藝的各個領域，都有深刻獨特的批評文字；故而學者認為，波德賴爾又是位偉大的文學批評家。主要作品：詩集《惡之花》；散文詩集《巴黎的憂鬱》、《人為的天堂》；文藝評論集《美學窺管》、《浪漫主義藝術》；翻譯愛倫・波的《奇異故事集》、《續集》。

歷來對他和他的《惡之花》有不同的評價，保守的評論家認為他是頹廢詩人，《惡之花》是毒草；在蘇聯等社會主義國家裏長期以來也沿用這種觀點。只有極少數人對他予以肯定，比如雨果讚賞說：「《惡之花》的作者創作了一個新的寒戰。」波德賴爾及其作品被否定、曲解，置於不公正的現象，只是在詩人死後將近百年時，才得到糾正、重視、重新評價。

《一個世紀病患者的命運》是用電影文學劇本形式所寫的有關詩人的「病史紀錄」。其實，這個病史紀錄，詩人自己已在其作品《惡之花》中做了。他說：「在這部殘酷的書裏，我注入了自己的全部思想、整個心靈（經過改裝）、整個宗教意識，以及全部仇恨。」

《惡之花》在一八五七年六月初版問世時被告發，以妨害公共道德和風化罪被法庭判處作者罰款三百法郎，並刪去其中六首「淫詩」。在第三版時才作為定本。

波德賴爾創作《惡之花》前後耗時十多年。《惡之花》中的「惡」，法文原意是指疾病和痛苦，病即「世紀病」。詩人自己也稱詩集是朵「病態的花」。《惡之花》是一個患有世紀病的詩人，對腐朽、醜惡的資本主義社會進行揭露、鞭撻、反抗，並憧憬光明、幸福的未來，但歸於寂滅的病史。

寥廓的天地間，一座廟宇矗立在地平線上。
畫面上出現一個人的背影。
他似乎被遠方宏偉的廟宇所震撼，呆立了一會，然後朝它走去。
他越走越快，索性奔跑起來。
隨著他的接近，巍峨的廟宇令人驚奇地變幻著：
雅典巴特農神廟。
羅馬萬神殿。
西藏布達拉宮。
巴黎聖母院。
……
從廟宇裏傳出的聲音如泣如訴，但聽不清楚。
他進入廟宇，環顧，仰望，驚歎，迷醉。
空蕩蕩的廟宇高敞、明亮、豔麗、神秘……蕩漾一片音樂的和聲。
忽然，廟宇變成了一座森林。

一、理想

他——法國詩人波德賴爾，在森林裏走著。

四十歲左右，未老先衰，禿頂的腦袋垂下一綹頭髮，桀驁不馴地橫在寬闊而高突的前額；不時劫掠的病痛，使他那希臘型的鼻子、弓形的剛毅的嘴唇發生痙攣。但他那雙眼睛出奇地明亮、銳利——狼的眸子、蛇舌般的目光！一身灰暗的長襟禮服顯出他的窮愁潦倒；可是，他氣度高雅，步伐堅定。

波德賴爾被林中的良辰美景所吸引：

斑駁的光影、氤氳的霧氣、鳴囀的鳥雀、絢麗的野花、辛勤的蜂蝶、蕩漾的清風……

波德賴爾俯身朝一朵鮮花聞去。

波德賴爾抬頭在空氣中快意地嗅著。

那看不見的香味，充滿了感官，展示了一個個奇妙的現象：

一條孩子的柔嫩手臂。

一管正在嗚嗚響的牧笛。

一群牛羊在吃草的翠綠牧場。

這些各別的景象立即構成一幅美麗的圖畫。

一個牧童在草原上一邊放牧，一邊吹奏蘆笛。

波德賴爾則坐在溪石上心醉神迷地傾聽。

蘆笛中漸次地加入小提琴、大提琴、六弦琴、雙簧管、單簧管、巴松管、小號、大號、長號、響板、豎琴、定音鼓等樂器。

牧歌變成了合奏、五重奏、奏鳴曲、交響曲……

北極光的奇麗、炫目的光輝照亮了大森林和千人演奏的音樂會堂。

音樂的神力把波德賴爾托了起來。

波德賴爾飛出了森林。

波德賴爾飛過高山、大海、雲彩、太陽……

波德賴爾飛出太陽系；在光輝燦爛、清明寧靜的水晶天極樂地飛翔。

波德賴爾通體透明，身穿雪白的長袍。

一隊天使從他頭上飛過。光芒似乎是從他們那組合成薔薇形的花蕊中放射出來的。

波德賴爾朝他們追去，但已無蹤影。

波德賴爾在焦慮、躊躇之中，突然發現離他不遠處，石台上供著一隻聖杯。比金銀珠寶還富麗、比金剛鑽還光亮、比極光還燦爛的聖杯！

波德賴爾迅速地朝它飛去。

光芒從聖杯中放射、熠耀出來。

一位身披古代盔甲，全身銀光閃閃的武士在一旁守護聖杯。

波德賴爾充滿幸福地、虔誠地讚美天主：「仁慈的主啊，我感謝您，讚美您給我至福！我知道您在天國的諸天使的品位裏，給詩人留了一個席位。我這個窮詩人生活在一個比地獄還腐敗、黑暗、邪惡的泥淖裏。我孤獨、憂鬱、無聊、痛苦；但是我又比任何人更嚮往光明、崇高、美。主啊，是您把我拔出苦海，帶到這無限光明、極樂的境界裏來的，而且讓我有幸瞻仰到這只聖杯——神子耶穌在最後的晚餐時用過它……榮耀歸於主！」

「和散那！」「和散那！」「和散那！」(2)

天庭響徹讚美的歌聲。

波德賴爾虔誠地向守護聖杯的騎士請教：「感謝你神聖的騎士！我懷疑自己是白日做夢。像我這樣一個被視為頹廢、放蕩、墮落而被遺棄的人，居然能被你——天主差遣的天使帶到天上？這是否是一個比自然更真實的現實，還是一個比夢幻更虛幻的假象？」

聖杯騎士回答：「這不是夢幻，而是真的，波德賴爾。你是被天主帶到天國來了。」

波德賴爾被聖杯騎士的光輝燦爛的形象弄得目眩神迷，不由自主地：「神聖的騎士，請告訴我你是誰？」

聖杯騎士威嚴地：「不許問！」

波德賴爾：「我還想知道，是天主要你守護這只聖杯嗎？」

聖杯騎士舉起了十字星形的寶劍，他的回答像劍鋒一樣寒光閃閃，冷氣逼人：「波德賴爾，你怎麼竟敢懷疑起天主的慈悲？天主是全能的！天主的意志任何人不准窺探！我只不過執行了天主的旨意，實現了你所願望的事；你應該知足了。你必需發誓，不再探問我的姓名和來歷，以及有關聖杯的一切事情。」

波德賴爾的野性死灰復燃了，一股反抗的烈火燒得他熱血沸騰，以致連他的白袍也變紅了。「不，不！我一定要知道！就算不是感恩戴德，我也不能忘恩負義，沒有良心到連恩人的大名也不問一下。縱使我重墮泥淖，一想到我曾在天堂裏待過，我也會暫時忘掉地獄的烈火燒灼我的痛苦。」

「好吧，你這不敬神的反叛者。我讓你知道這一切，你付出的代價將使你後悔無窮！」聖杯騎士怒氣衝衝地警告。

波德賴爾不寒而慄，但依然堅持：「我決不後悔，決不……」

話音未落，他吃驚地發現，什麼聖杯、聖杯騎士、天堂……都倏忽不見。他是置身在一個大劇院的樓座裏。

舞臺上在演出德國音樂家瓦格納(3)的歌劇《羅恩格林》。

波德賴爾頗感迷惘，環視，沉思，恍然大悟。最後為舞臺上的男女主角羅恩格林和愛爾莎的對唱，驚人地吻合剛才他和聖杯騎士對話的情景而感到震驚：

羅恩格林：「假如我為你取得勝利，你願意我作你的丈夫嗎？……愛爾莎，如果你願意我作你的丈夫……你得答應我，永遠不問、永遠也不想知道我從哪兒來、我的名字和我的血統。」

愛爾莎：「大人，你永遠也不會從我口中聽到這個問題。」

波德賴爾一陣眩暈。響起的〈畫外音〉：

波德賴爾：「不，不！我一定要知道！」

聖杯騎士：「你付出的代價將使你後悔無窮！」

波德賴爾嚇醒了，急切地注視。

波德賴爾惴惴不安地問鄰座的觀眾：「愛爾莎怎麼啦，有沒有違背諾言？」

鄰座驚奇地：「你走神了？」

波德賴爾：「啊……不。我剛才有點頭暈。」

鄰座惋惜地：「完了，愛爾莎算是完了！她受了兩個惡人，女巫奧特呂特和弗雷德里克的蠱惑，一定要她的丈夫說出他的身世。結局必然是懷疑毀掉了信仰，背誓帶走了幸福。你瞧吧！」

舞臺上繼續演出的一場。

羅恩格林在薩克森國王、武士和百姓面前說出自己的來歷：「……任何人如果被選定為聖杯服務，就立即具有一種超自然的力量；哪怕他被派往一個遙遠的地方，都負有保衛美德權利的使命。只要他的聖杯騎士的身分不為人所知，他就不會失去神奇的力量……假如他被你們認出，他就必須立即離開你們。現在，請聽他如何回答這個被禁止的問題！我是聖杯派到你們這兒來的，我的父親帕齊瓦爾戴著它的王冠，我是它的騎士，我的名字叫羅恩格林。」

愛爾莎匍伏在丈夫的腳下：「親愛的，親愛的，什麼樣的懲罰我都願意忍受，只要我永遠在你的身旁！」

愛爾莎淚流滿面，緊緊地摟住丈夫。

羅恩格林卻像一縷輕煙地從妻子的懷抱中飄去，登上了停泊在湖畔的小舟。

人們在「和散那」的歌聲中目送羅恩格林遠去。

愛爾莎昏厥過去。

樓座。波德賴爾頭痛欲裂，雙手緊捂頭部。

二、沉淪

波德賴爾迷失在森林裏。樹林越來越密，陰森、黑暗。風在嗚咽，獸在號叫。出現了豺狼、豹子、鬣狗、猴、蠍子、禿鷲、毒蛇……滿地亂竄，朝他撲來。

波德賴爾慌忙逃跑，呼喊：「救救我！救救我！」

呼應他的則是四面八方傳來的嘲弄似的回聲：「救救我！救救我！救救我……」

波德賴爾逃到一處安全地方，驚魂未定地坐下喘息。忽然，他瞧見自己是待在繼父奧皮克上校的明亮寬敞的客廳裏就餐。一面大立鏡映出風華正茂的他，一身學生制服，頸項裏掛著金十字架；正在狼吞虎嚥。

他的母親卡羅莉娜•迪費站在一旁嘮叨，

母親氣憤地說：「……夏爾，你別做白日夢了！你竟說你要當作家？」

波德賴爾忍不住地：「媽媽，你別嘮嘮叨叨了！當作家有什麼不好？生活多自由，多浪漫！我能追求美，表現善，我能像許多偉大的作家，巴爾扎克、雨果、拜倫、雪萊……創作美的作品，我能和志同道合的青年朋友們沒有束縛地在酒吧——」

母親惱火地打斷他的話頭：「瞧你多醜惡！你竟說你要和那些下流的戲子、酒鬼、流浪漢、不務正業的人混在一起，過墮落的生活？啊，我寧可生下一團蝰蛇，也不願生你這個惹人恥笑的東西！我要像詛咒撒旦那樣詛咒你的一生，如果你不放棄你那愚蠢而瘋狂的念頭。」

波德賴爾塞了滿嘴的食物，說話還是那麼清楚：「媽媽，你頭腦糊塗的根本原因是你嫁給了奧皮克這頭蠢驢！可憐的爸爸屍骨未寒，你就倒入了別人的懷抱，奪走了我的雙重的愛。你別打斷我，媽媽！我已經十八歲了，我有權過自由的生活，別指望我給你們光宗耀祖！我要當作家！我討厭你們！你們這些冒牌的貴族、把什麼都拿來買賣的資產者、比酒鬼、娼妓、流浪漢還下流、墮落的偽善者！」

母親氣急敗壞地奪過他的叉起一塊豬肉的叉子，吼道：「你，你……你給我滾！」

波德賴爾離座，嘲諷地：「我才巴不得走呢，親愛的媽媽。」

波德賴爾大步流星地走出家門。

後面傳來母親的哭喊聲：「不要走！不要走！我的孩子……」

青年波德賴爾踏進一個貴族夫人的沙龍。

人們正在鄙夷不屑地議論他。

紳士甲：「……他是一下流胚、浪蕩子，放著他繼父、尊敬的奧皮克上校為他鋪好的錦繡前程不走，放著他家庭為他安排的出國計畫不要，偏偏要在麇集罪惡的場所裏吹拉彈唱，縱情聲色地鬼混。」

藝術家乙：「不能讓他玷污夫人尊貴的客廳，我建議夫人把他名字劃去。」

小姐丙驚呼：「天哪，瞧波德賴爾！」

波德賴爾剛出現，喧鬧的客廳就像中了魔法似地一瞬間變得死寂，一個個目瞪口呆地坐立不動、惶恐不安。

波德賴爾一瞥周圍情景，聳聳肩，嘴角上浮起了冷笑，他走到自己的座位上入座。

僕人給他拿來食品。

他拿起了麵包，麵包上留下了指印——上面積滿了灰塵，他放下麵包。

他往杯子傾倒葡萄酒，酒裏沾有痰液，還有蒼蠅。

他放下酒杯，推開食具，起身離去。

人們如同解除了魔法似地復活過來，蜂擁而上，把他的麵包、酒、盛器統統甩掉。並掏出手帕揩那被弄髒的手指。

波德賴爾憂鬱地在大街上行走。

一個風騷的女郎把他拉住：「哈哈，我到底把你逮住了。波德賴爾！」

波德賴爾難堪地：「讓那是你？哎，別這樣，叫人看見了像什麼樣子？」

讓娜：「親愛的，我就是要讓你當眾出醜！大家瞧！這個騙子，自稱是我的情人、是他最值得崇拜的美人、像黑檀木一樣的維納斯。心肝寶貝地哄我，說要把我這尊女神全身貼金地包裹起來！是的，他確實有十萬金法郎的遺產……可是我過的是豬狗不如的生活；他把錢花在別的浪蕩女人的無底洞裏……」

路人紛紛圍看，指謫，哄笑。

波德賴爾惱羞成怒，打了讓那一記耳光。

讓那被打得矇頭轉向。

波德賴爾將女人拉走：「你明明知道母親卡斷我的財源，每月只給我可憐巴巴的二百法郎……我們不能屈服……你卻作踐我、陰損我，趕走我的繆斯！」

波德賴爾剛把讓娜帶進屋裏，女人撲了過來，對他又咬又抓。

波德賴爾逃到角落，讓那撲到他身上撒潑。

波德賴爾向上天祈求：「主呀！你賜予我的痛苦，就是治療我的污垢的靈藥。但為了編織我那神聖的花冠，我祈求你給我力量……」

波德賴爾變成了一隻信天翁破屋而出。

信天翁在蔚藍的海天中翱翔，發出歡快的鳴叫。
一艘雙桅快船在海上航行。
水手發現了信天翁，用槍打中了牠的羽翼。
受傷的信天翁墜落到甲板上。
粗野、殘忍的水手們蹂躪信天翁。
水手甲用煙斗敲打牠的嘴。
水手乙可笑地模仿牠的姿勢。
水手丙用鐵練把牠繫在桅杆上。
所有的人對信天翁污辱：哄笑、恐嚇、拋擲汙物。
信天翁驚恐地哀鳴，竭力地掙扎，氣息奄奄。滲出的鮮血，染紅了潔白羽毛和白帆。

波德賴爾躺在污穢的病床上。面黃肌瘦，形銷骨立。
燭光發出綠熒熒的鬼火。
紅色、黃色、綠色的鬼怪在牆上、床頭和他的身上跳舞。

寒風撲打窗戶，雪花鑽進門縫。
波德賴爾坐在桌前，裹著破舊的秋衣在吃力地寫作。

突然，他將鵝毛筆擲掉：「出賣靈魂的東西！」

波德賴爾凍得簌簌發抖，搖搖晃晃地站起，走到壁爐前。爐火熄滅。

波德賴爾打開食品櫃。裏面空空如也。

波德賴爾回到桌前，頹唐地落座。拿起筆來，一邊揮毫一邊吼叫：「賣淫去！賣淫去！」

波德賴爾伏在桌上嚎啕大哭。

教堂門口。波德賴爾穿著黑色的苦修士服。

一位天使降落，在他的背脊上放下巨大的十字架。

波德賴爾背負十字架往前走去。前面是一片風景優美、野花爛漫的草原。

波德賴爾感到十字架越來越沉重。他步履艱難，汗水淋漓。汗水變成了晶瑩的珍珠。

落地的珍珠消失不見。

兩旁的花草更加鮮豔、茂盛。

波德賴爾背負十字架往前走去。他的額上出現皺紋，頭髮變得稀疏，衣服破舊，背脊出現血跡。血從傷口裏流下。

鮮血立即被土地吸乾。兩旁的花草更碩大、更芳菲。但轉眼便凋謝、枯黃。

波德賴爾背負十字架往前走去。他頭禿、齒落、寸步難行、衰弱不堪，終於跌倒在地。

十字架摔成兩半。

波德賴爾這個垂死的老人被壓在十字架下。

四周寸草不生，墓碑林立，白骨累累。

撒旦從墳墓裏升起，對他表示歡迎。

波德賴爾嚇醒了。原來還在大劇院裏，剛才他是在觀看瓦格納的另一部歌劇《湯豪舍》時墜入夢幻。他不知道是鬼魅還是劇場的騷亂聲把他驚醒的。

觀眾們正朝舞臺上的湯豪舍喝倒彩，將果皮、雞蛋、酒瓶等東西擲去。

波德賴爾起立，憤懣地斥責：「這是為什麼？為什麼？既然湯豪舍這位基督教式的武士一度被維納斯誘惑而墮落，後來他逃出了她的迷宮向教皇請求赦罪，那麼教皇有什麼理由拒絕對他赦免呢？他只得飲恨投入撒旦的懷抱。」

頓時，劇場裏分成兩派，爭論、吵架、毆打。

一個觀眾朝波德賴爾怒喝：「閉住你的臭嘴！」

一枚飛來的雞蛋擊中波德賴爾，稀糊的卵黃流得他一頭一臉。

反對派將果皮、鞋子等東西朝波德賴爾擲去。他成了眾矢之的。

波德賴爾隨著倉皇的人們逃離劇場。

入夜的巴黎。燈火輝煌，車水馬龍，珠光寶氣，不啻是天上人間。

波德賴爾和瓦格納在林蔭道上散步。

波德賴爾不修邊幅，情緒激昂。瓦格納高傲、堅強、熱情；一身奇裝異服：頭戴黃色無邊帽、身穿短藍外套飾以紅辮穗、白色馬袂、黑漆長統靴。

波德賴爾：「……我沒有想到那些自詡為歐洲最有教養、最懂音樂的同胞、那些畜生是怎樣侮辱您——一位至少在您的國家被理解、尊敬、歡迎的偉大音樂家的？我永遠也不會忘記今夜那些白癡是怎樣糟蹋您的絕妙的藝術——把戲劇和音樂用詩意，天才地結合起來，從而創造的一種新的藝術……使我認識到這場由您進行的戲劇革命的意義。這如同上帝把自然的各種美給我們觀賞、聆聽、觸嗅……這是巴黎的恥辱！法國的恥辱！」

瓦格納則語調平靜地：「對於這次失敗，我下意識有一種不詳的預感。雖然皇帝陛下給我的《湯豪舍》演出提供了一切令人感戴的方便，我心中還是有所不安。勝利來得這麼容易，回想我半生的經驗？這是場革命，音樂上的革命。成見和守舊勢力太強大了。我得讓那些可惡的貴族騎士把我的一塊完璧似的歌劇，被從幕間硬插入的芭蕾舞而弄得支離破碎；只為那些芭蕾演員是他們的情婦或姘頭……他們刁難我，擅自竄改我的心血之作，並讓一個又老又醜、又健忘又愚蠢的怪物，作歌劇的樂隊指揮。我要求接棒，被他們駁回……如此等等。因此——」

波德賴爾接過話頭：「因此『考驗結束，未來的音樂已被埋葬』！所有喝倒彩者和密謀者、寫專欄文章的蠢貨、在馬路上閒逛的人都興高采烈、異口同聲、人云亦云地歡呼。混蛋們，你們高興得太早了！這考驗在世界末日之前還要進行千萬次，因為任何偉大嚴肅的作品不經過激烈的爭議都不能留在人類的記憶之中，也不能在歷史上佔有一席之地……」

瓦格納：「我讓步過，但從來沒有屈服過！窮困、疾病、流亡……厄運總是緊扼住藝術家的喉嚨；這個世界太腐朽了！告訴你，我也參加過一八四八年的革命……」

波德賴爾眼前出現的畫面：

薩克森公國首府德累斯頓。

露天廣場，紅旗招展，萬眾雲集。

瓦格納佩戴「祖國會」的袖標，激昂地發表：「……國王被趕走了，戰鬥只是開始……最重要的是，人們必須戒除貪欲；進行藝術和劇院的革命，只有這樣，人類才能達到完全的解放，才能完成基督的教誨。因而……」

遠處響起了槍聲，人潮騷動。

瓦格納繼續演說。但喧譁聲蓋過了它。

槍聲大作，出現了騎兵，群眾四散。

畫面轉換成硝煙彌漫、槍林彈雨的巴黎。

政府軍隊向紅色街壘發起進攻。

波德賴爾和起義者與政府軍進行巷戰。

彈痕累累的牆上醒目地寫著「社會民主共和國萬歲」的標語。

波德賴爾和起義者且戰且退，地上橫陳幾十具戰友的屍體。
波德賴爾打中了一個敵軍官。
波德賴爾身旁的戰友不斷地中彈倒下，
大隊敵人蜂擁而來。
波德賴爾發現沒有了子彈，只得逃竄。
敵人的一排火槍齊發，波德賴爾倒下。

三、搏鬥

波德賴爾在黑暗的森林裏一瘸一拐地走著，斷枝朽木擋住了他的去路。
波德賴爾俯身去搬開一根粗大的斷木，斷木反把他壓倒，無力動彈。
波德賴爾感到有人在搬開他身上的斷木，並將他扶起。
這時，一束光線從森林的穹頂上投射下來，照亮了那位好心人。
波德賴爾驚喜地叫了起來：「是您救了我，德拉克洛瓦！」(4)
德拉克洛瓦中等身材，面容清秀，衣冠楚楚。身穿一件嶄新的黑色禮服，雖然病弱，但全身洋溢一種高貴的氣質、熱情的魅力、浪漫的情調。
德拉克洛瓦微笑地搖頭說：「你瞧我能夠嗎？老了，步履蹣跚，簡直是弱不禁風！」痛苦地捂住胸部。「沒有什麼，有點兒胸疼；只要拿起畫筆就好了……不過，畫筆變得沉重呀！」

波德賴爾雄辯滔滔：「大師，您過謙了！誰說你是柔弱的、纖細的？不！您聽我說，從前您在敵人的心目中是頭怒吼的醒獅，現在您在我們眼裏仍然是頭震懾百獸的雄獅。您全身都是精力，一種源泉是神經和意志的精力。您以原始人的狂放的精力、靈魂、夢幻；您用熟練畫家的完美、敏銳作家的嚴格、熱情音樂家的雄辯，為我們的世紀爭了光……您敢於隨著古羅馬詩人維吉爾進入地獄，您屹立在米索倫基廢墟上抵抗土耳其的侵略，您在一八三〇年七月革命的街壘上高舉三色旗，領導人民進軍，您在暴風雨的湖上戰勝驚濤駭浪，您橫戈躍馬獵獲過獅子……在您六十歲的今天，您又被精力的旋風鼓起，將格鬥的兩匹野馬分開……」

在波德賴爾述說時，出現了德拉克洛瓦的一系列油畫傑作：

《但丁與維吉爾》。

《屹立在米索倫基廢墟上的希臘》。

《自由領導人民》。

《基督在日納紮斯勒湖上》。

《獵獅》。

《馬廄中的阿拉伯馬》。

……

德拉克洛瓦的畫室。

波德賴爾在畫架前欣賞《馬廄中的阿拉伯馬》。

德拉克洛瓦吃力地說：「……我認為一幅好的畫，一幅忠於並等於產生它的夢幻的畫，應該像一個世界一樣產生出來。如同創造，都是好幾次創造的結果！」

波德賴爾讚歎地：「雄勁的線條、自然的筆觸、明暗的對比、野性的魅力、簡潔而強烈的風格！美，美像冬夜的爐火從畫布上投射出光輝。大師，您的整個作品就像是為宿命和不可平復的痛苦而寫的一曲可怕的頌歌……」

德拉克洛瓦談起話來就忘了病痛，語流像傾注在畫布上的色彩：「我想你一定注意到了，那兩匹格鬥的馬，是和以前我所畫的任何馬都不同。例如在《希奧島的屠殺》中的那匹馬，我被一種慵懶困惑了、攪擾了；《摩洛哥蘇丹從梅克內斯宮中出巡》的那匹馬？太呆板，病懨懨地沒有精神，與蘇丹的氣派也不協調；《獵獅》的那匹馬，我顯示了它的精神，但似乎還有缺憾……啊，在想像力的觀照下，我畫了這幅畫，抹去了上述的毛病。」

波德賴爾插話：「想像力！想像力是有著神奇的魔力！」

德拉克洛瓦：「想像力是比自然更真實、更美、更寶貴的東西。最美的藝術作品就是表達藝術家的純粹幻想。想像力，創造美的藝術都必須有忘我精神，要永遠不停地工作！工作！所以，我很欣賞愛默生(5)的一句名言：『英雄就是那種矢志不移的人』。」

波德賴爾表示贊同：「大師，這句話同樣適於詩的領域。文學的英雄，即真正的作家，就是那種矢志不移的人。」

德拉克洛瓦拿起了畫筆：「請原諒，波德賴爾！我已經讓這種放任自流的閒談，佔去了不少時間。工作吧，或者說我們去尋找美吧！」

畫面化還森林。波德賴爾和德拉克洛瓦在林中散步，越來越多的光束灑下來，映出他們原來是在藝術之宮的長廊裏徜徉。

兩旁是一列列古希臘、古羅馬和文藝復興時期的傑出雕像：雅典娜、阿波羅、維納斯、拉奧孔、大衛、夜……

波德賴爾目眩神迷，歎為觀止。

德拉克洛瓦被觸動了心事似的：「那些新古典派，冰冷的殭屍！說我不喜歡古典藝術、不懂得素描、不重視線條、不關注外形，只重視色彩、自由、激情……這是無知和偏見！有一點，他們倒是說對了：激情。試問：人如果沒有了激情，不是成了冰冷的殭屍？繪畫，如果不產生震撼人心，被它捲裹去的力量，哪還有什麼價值？面前的雕像不是給我們證明了：一切真正的藝術品無一不是充滿激情的嗎？」

波德賴爾：「大師，您說得對！比如這尊——」他的手指觸摸到米開朗琪羅的雕像《夜》——美女的身上。「頓時，我感到她裏面有心臟正在跳動！」

德拉克洛瓦：「這是創造她的藝術家的心臟在怦怦跳動。」

「夜」的眼簾似乎在掀動。

波德賴爾鼓起餘勇，朝她細看。她的眼裏竟沁出晶瑩的淚珠。

所有的雕像都哭泣起來。

德拉克洛瓦消失不見。

波德賴爾驚恐地逃跑。

波德賴爾闖進了蘇丹后妃的寢室。

猩紅的地毯、精工的壁飾、濃郁的麝香……

一張碩大無朋的床上，雜亂地堆放閃光的綾羅綢緞。

上面橫陳一個一絲不掛、豐滿瑩潔的美女。

美女狐媚地對波德賴爾嫣然一笑。

波德賴爾又驚又喜地撲了上去，狂熱地和她接吻，把手插入她那濃密的頭髮裏、撫摸她的暖和、溫馨的肉體，陶醉於愛情之中……

突然，美女哈哈大笑。

波德賴爾仔細一瞧，竟是他的情人讓那・迪瓦爾！

波德賴爾還未弄清原委，就被讓那推下床，摔得疼痛不已。

波德賴爾試圖站起，發現自己被鐵練牢牢地捆綁，躺在墓棺裏。

棺材旁坐著撒旦，對他獰笑。
波德賴爾昏了過去。
曙光將波德賴爾喚醒。他驚訝地看見自己躺在高山流水、芳草如茵的山坡上，身穿雪白的長袍。
一位美麗純潔的仙女站在他的身邊。
波德賴爾感激地說：「美麗的天使，我感謝你把我帶到伊甸園。」
仙女噗哧一笑：「波德賴爾，你的想像力真豐富！我沒有福氣做你的天使，我這兒也不是上帝恩賜的伊甸園。」
薩巴蒂埃夫人的客廳。
波德賴爾抬頭瞧去，頗感不好意思，這兒確實是薩巴蒂埃夫人的著名沙龍。
作家、詩人、藝術家和社會名流濟濟一堂，佳賓雲集，談笑風生。
天花板上有畫家為夫人畫的裸體像。
音樂家在一邊彈奏《茶花女》的鋼琴曲。
一位女高音歌唱家唱起了《祝酒歌》。
波德賴爾和薩巴蒂埃夫人則躲到一角去談情說愛。

人們的羨慕、嫉妒、渴求、關注的視線不時地投過來。

波德賴爾撫摸夫人白皙細膩的手臂，充滿情感地說：「親愛的，你是女神，女神中最可愛、最光輝的一位——維納斯！我發誓永遠愛你！」

夫人嬌媚地一笑。

波德賴爾：「美神，我獻給你的頌歌，不過是微弱的燭火；而你是照亮我想像力的繆斯！我的太陽！我崇拜你！」

夫人賜給他親吻，他狂熱地吻她。

波德賴爾一邊接吻一邊說：「親愛的，最親愛的！我祈求你：請賜給我幸福、健康、歡樂和光明！」

波德賴爾深情地凝視夫人的情意綿綿的淡藍色眸子。眸子化成春風麗日下明亮的碧波。

波德賴爾在河中歡快地游泳。

天氣驟變，烏雲遮住日頭，天空中起了暴風雨。河水灰暗，洶湧澎湃。

波德賴爾奮臂往岸邊遊去。

河岸。波德賴爾又冷又濕，疲憊不堪，縮作一團地坐在地上。

波德賴爾驚訝地瞥見樹上的貓頭鷹。

貓頭鷹一隻、二隻、三隻……共有十一隻，排成一行蹲在樹上，一動不動。綠眼睛射出深不可測的幽光。

波德賴爾若有所思，不再理會，躺了下來，隨手折了根草葉放入嘴裏。

草葉變成煙斗。波德賴爾似乎並不感到驚奇。

波德賴爾舒暢地抽煙。

吐出的煙　像肥皂泡那樣美麗，色彩變幻，最後變成了一朵乳白色的雲。同時響起了和諧的旋律。

波德賴爾登上了白雲。

白雲變成了獨木舟。

波德賴爾駕駛獨木舟在銀河裏遨遊。

太陽、月亮、無數星星閃爍、照耀，對他表示歡迎。

波德賴爾繼續飛馳。

遠處，一個黑點風馳電掣地朝他飛來，越來越大——巨大無邊的黑色災星！

波德賴爾來不及避開，也不可能躲避。轟然巨響，連人帶舟被撞得粉碎。

碧海青天變成一片漆黑。

喪鐘陣陣。鐘聲破碎、無力、含糊，似乎在說：「憂鬱啊，憂鬱啊……」

四、掙扎

波德賴爾仰面倒在林中的泥地上。

波德賴爾哀歎：「憂鬱啊，憂鬱啊……我的病是絕對治不好。」

「你怎麼躲在這兒等死，我的波德賴爾先生？起來！起來！」不知從哪兒出現一個一呎高的侏儒般的小妖精，聲色俱厲地拉扯他。

波德賴爾的聲音微弱得如同游絲：「你是誰？」

「哈哈，人人都認識我；你這博學多才的詩人反而像大傻瓜！」小妖精嘲諷地說。

波德賴爾絞盡腦汁，百思不解：「你是？唉！」

小妖精高傲地說：「我是不死的精靈、絕望的對頭——大名叫『希望』的天使！人們說我是潘朵拉的匣子裏惟一留存的寶貝。(6)這是胡扯！我是與疾病、瘋狂、罪惡、嫉妒等等惡魔一起出來的。不同的是，我始終友好地被接待在人們心中的殿堂供奉，和人們做伴。」

波德賴爾：「歡迎你，『希望』！但你打算把我帶到哪兒去？我的病——」

「希望」打斷他的話頭：「去巴黎治你的病！」

波德賴爾叫嚷：「天哪！我已經厭倦了巴黎的一切：貴族的沙龍、盛大的舞會、庸俗的戲劇、甜蜜的愛情……凱旋、節慶與我何干？科學、物質教人墮落；錢財這個老妖怪，也不比我的貧窮更有價值；歌功頌德、拍馬奉承，早就是爛調子，我已永棄；善這朵假花，我把它踩在腳下。唯有美，我還想讓她說句真心話……」

「希望」說：「波德賴爾先生，你的病也真夠嚴重。不過，我會給你好好治療；我會讓你看到真正美與善的巴黎！瞧！天上藍瑩瑩，月光亮堂堂，咱們正好上路。」

「希望」輕而易舉地將波德賴爾扶起，一同趕路。

巴黎城，繁華，熱鬧，新的景象。

一個個腳手架搭起。

一幢幢建築物矗立。

一座座大橋橫貫南北東西。

萬人空巷，熙熙攘攘，人們歡聲笑語，穿著節日的盛裝。

波德賴爾卻視而不見，充耳不聞，心事重重，目光游離。

盧森堡區街頭。圍著一堆人。

波德賴爾擠了進去。

一個金栗色頭髮的姑娘在賣唱。姑娘一副病容，衣不遮體，一邊彈奏吉他，一邊憂傷地歌唱。

波德賴爾瞥見有的觀眾對她裸露的肉體和高聳的乳房感興趣。

賣唱姑娘的腳前，只有少得可憐的幾塊錢幣。

崇武廣場。拆除的建築垃圾堆積如山：木板、磚瓦、石塊……

垃圾堆旁，有一隻鐵籠子。

鐵籠裏囚禁一隻白天鵝。它用翅膀撲打鐵柵欄。

一陣狂風，垃圾飛揚，籠子翻倒，天鵝出逃。

天鵝在湖上游。

天鵝在空中飛。

波德賴爾仰望飛去的天鵝默默祈禱。

孔費朗斯河濱街。陰沉的天。翻騰的霧。

波德賴爾瞧見一個猶太老人在濃霧中出現。

老人長相奇特，打扮古怪，姿態醜陋：長鬍如戟，銳眼似鷹，脊樑和下肢折成直角，身穿黃色的破衣，手持拐棍，一瘸一拐地行走，像個幽靈。

一眨眼，波德賴爾瞧見又一個猶太老人從濃霧中出現。他的長相、打扮、姿態與前者一模一樣，彷彿是雙胞胎。

緊跟在他倆之後，出現第三個猶太老人，彷彿是從同一個模型中鑄出。

驚魂未定的波德賴爾目瞪口呆：4、5、6、7……七(7)個猶太老人從霧中出現，朝他走來。同樣鷹鷲般的眼睛射出陰暗、冰冷、仇恨的目光！

莫名其妙的波德賴爾怔了一下，恐懼地撒腿而逃。

漁市郊區街。寒風凜冽。

波德賴爾被另一種景象所吸引，臉上現出理解和同情的表情。

九(8)個一模一樣的小老太婆低頭趕路。

她們身材矮小，神態謙卑，目光銳利但富有魅力；身穿灰色的布衣、破舊的裙子，腋下夾著一個繡花的小提包……

波德賴爾神往地注視她們，跟隨而思索她們，敬仰地注視她們的動作。

她們坐在夕陽映照下的河岸長椅上沉思。

她們起立，傾聽公園裏飄來的軍樂聲。

她們不理會醉鬼的侮辱和頑童的模仿，莊重地趕路。

殘廢院廣場。浮雲蔽空的日子。

一群盲人像孤鬼游魂地或走或坐或站，全都默默無言。

他們的眼窩有的空洞，有的深陷，有的則是混濁的眼珠，有的如兩枚卵子。有的盲人低頭，呆瞪地面。

有的盲人直愣愣地望著遠方。

有的盲人姿勢始終不變地仰望天空，臉上掛著微笑。

波德賴爾大惑不解。他順著他們的「目光」瞧去。

空中除了白雲，什麼也沒有！

聖安娜街。雲層的縫隙處漏下一道陽光。

行人匆匆趕路。

一個身穿喪服的女人，驚鴻一瞥地出現在猥瑣、憔悴、醜陋的路人中。她是那麼挺拔、高傲、端莊、鶴立雞群。

波德賴爾被她的美所劫掠，呆若木雞。

波德賴爾驚醒，美人已失去蹤影。

巴黎節日廣場。天氣晴朗。節日景象。

遊人如織，市聲喧囂。

店鋪林立，貨物琳琅滿目。

商販們招攬、叫賣貨物。

賣藝、雜耍在表演。

人們在買賣、觀看、歡笑、爭吵……

波德賴爾也在人流中東張西望地觀看。突然，他的目光一亮，定神地向前方注視，一排貨棚盡頭設著一個攤位，一個又老又瘦的賣藝人像具木乃伊地呆坐。

波德賴爾在人叢中擠了過去。

老藝人的棚子又破又舊，黑暗而搖搖欲墜。一支蠟燭快要燃盡。

人群從他的鋪子前經過，但無人光顧，彷彿它從不存在過。

波德賴爾恍然大悟：鋪板上一無所有。鋪子裏也看不出有什麼。

老藝人默然坐著，既不乞求，也不表演；可怪的是，這個像化石般的老人，目光如刀子般的鋒利！

波德賴爾驚訝地窺視老藝人：（內心獨白）

「他可是解剖世人靈魂的出色作家？還是表現人們精神和欲求的天才演員？抑或是畫出人的美德或者邪惡的偉大畫家？他為人類娛樂過、服務過、貢獻過……如今，他年老體衰、行將就木；卻被世人冷落、遺忘、拋棄了。可他的眼睛還在解剖人心！」

波德賴爾掏出身上僅有的一個法郎，放到他的鋪板——

洶湧的人潮立即把波德賴爾捲走了。

伯利雅爾區，傍晚。

筋疲力竭的工人們拖著沉重的步子回家。

妓女和竊賊悄悄地鑽出他們的巢穴，出現在大街小巷。

酒吧間飄出酒菜的香味和淫蕩的樂曲。

波德賴爾朝酒吧間走去。

喧囂、骯髒、下流的場所。賭徒們在昏暗的燈光下聚賭。

一邊，一個無賴和老妓女摟抱調情。

波德賴爾在賭臺前坐下，掃視賭徒。

每個賭徒的眼睛都是血紅、混濁和瘋狂的。

波德賴爾注視著漸漸堆起的籌碼、錢幣、項鍊、金銀首飾……

忽然，賭臺變成了一個黑洞洞的漩渦。

轟然巨響，籌碼、錢幣、項鍊、金銀首飾以及賭徒們全都掉進漩渦。

波德賴爾也落入漩渦。

漩渦越轉越快。

波德賴爾和賭徒們恐懼地眼看快要捲入漩渦底部。

忽然，從漩渦壁上穿出一條小船。

落水者欣喜若狂，爭先恐後地攀登小船。

人滿為患的小船不勝重負，但落水者還在不斷地登船。

在船上的人竭力把攀登者推下水去。

重新落水的人立即被漩渦捲走、吞沒。
波德賴爾目睹這幕觸目驚心的慘像，忘了自己的處境。
一個身強力壯、攀住船舷的落水者，強行上船。
一個蠻橫的划手用船槳朝「入侵者」頭部猛擊。
入侵者慘叫一聲，摔了下去，鮮血染紅了水面。
划手的木槳也脫手飛去。
波德賴爾眼明手快，抓住了槳。
小船上的人對剛才的事情認為理所當然，對划手的英雄行為表示讚賞，紛紛過來吻他、擁抱他、親熱地捶他……
一轉眼，漩渦把這條滿載逃難者的罪惡之舟拋擲漩渦，吞沒殆盡。
緊接，大漩渦逆轉起來。
慘遭滅頂之災的人們只有波德賴爾一人死裏逃生，笑逐顏開。
格列涅爾區，天色微明，朝霧濛濛。
波德賴爾在塞納河的一座橋頭凝望什麼。
霧中出現一座用大理石建造、金銀寶石鑲嵌，林立雕像、噴泉、花園的水上城市。
一陣狂風颳來，水上城市隨即消失。

波德賴爾失望地離去。

波德賴爾在塞納河畔彳亍獨行。

工人們睡眼惺忪地扛著鐵錘、钁頭等工具越過他去上班。

賣淫婦打著呵欠，拖著疲憊不堪的身子，和他打個照面回去。

一個老乞丐倒斃路旁。

……

波德賴爾絕望地喊叫：「希望在哪兒？希望在哪兒！」

「我在這兒，波德賴爾先生！」突然，那個被世人遺棄的賣藝老人出現在波德賴爾面前。

波德賴爾驚疑不置地：「您？您不是？您怎麼？……啊，你就是那位在巴黎街、節日廣場上設攤，然而沒有人光顧的老藝人！」

「什麼老藝人？你仔細瞧瞧！你跟我打了十多年的交道——你剛才還沉緬在我的大作《大漩渦餘生記》中，居然說我是賣藝的？」

波德賴爾揉揉眼睛，又驚又喜：「啊，我的朋友、親愛的愛倫・坡！(9)真是不可思議，您還活著？您還活著！」

愛倫・坡瘦小，但富於女性的魅力和純潔。

酒吧間，波德賴爾和愛倫・坡在喝酒交談。

波德賴爾充滿敬意地：「您是我精神上的老師和兄長，十多年來我一直在翻譯您的傑作，陶醉在您的創造中。這是怪誕而純粹的美、這是罕見的天才、美學的高峰！」

愛倫・坡：「謝謝你的過獎……」猝然，歇斯底里地，「什麼『精神上的老師』？什麼『天才』？什麼『美』？統統是胡說！我是什麼，你知道嗎？神經病！酒鬼！惡魔！哈哈哈哈。」放肆地狂笑。

笑聲驚動了周圍的顧客。

波德賴爾忙道：「聽我說，愛倫・坡先生！」一邊給他倒酒。「我也一樣被人冠以這許多雅號……美國是個暴發戶的國家、崇拜物慾和工業萬能的惡魔、靈魂骯髒的猶太佬！總有一天在大洋彼岸，人們會給您豎立紀念碑的！」

愛倫・坡喃喃地：「紀念碑，紀念碑……」

愛倫・坡像個野蠻人似地牛飲起來。

波德賴爾吃驚地：「您？」

愛倫・坡：「喝！喝！我一喝酒全都忘了：痛苦、憂鬱、貧困、厄運、人世的惡濁和偽善……唔，酒精，還有鴉片，都是好東西。給我帶來了夢幻、想像力、歡樂、光明……來，咱們喝個痛快！」

波德賴爾也一杯接一杯地喝酒，一邊凝視豔麗的酒，頗有同感地：「一醉解萬愁……這勞力的汗水和陽光的結晶是靈丹妙藥。我看見撿垃圾的喝了它，連皇帝老子也不放在心上；孤獨者喝了它，錢袋和女人的吻也不屑一顧，因為重新有了青春和幸福；情侶們喝了它，飄飄欲仙，沉醉于理想的樂園中……而我波德賴爾喝了它，就有了美好的詩！看到墳墓後面的光輝、人世彼岸的完美……」倒頭睡去。

波德賴爾醒來，一瞥周圍情景依然，潸然淚下。

「你怎麼啦？」愛倫・坡驚訝地問。

波德賴爾啜泣：「除了憂鬱，我什麼都沒有看到……」

愛倫・坡放下酒杯，拖起波德賴爾：「走！咱們到巴黎最罪惡的地方，到人間最陰暗的角落裏去採幾朵病態的花……或許會使你忘掉不幸？」

波德賴爾嚷嚷：「惡之花！惡之花！」

波德賴爾和愛倫・坡在冷霧彌漫、夜色濃重的街上走著。

霧氣像幽靈似地在他們身旁飄蕩，引導他們往更加黑暗的巷子裏走去。

一間帷幔掩蔽的閨房。波德賴爾和愛倫・坡不知用什麼法術鑽了進去。

波德賴爾和愛倫・坡躲在帷幔後面，心驚肉跳地瞧見：

朦朧的燈光下，兩個處女一絲不掛，肌膚閃光，像蛇一般地糾纏，在墊子上嬌喘吁吁地搞同性戀。

一間單身漢的房間，波德賴爾和愛倫．坡潛入。

波德賴爾和愛倫．坡躲在屋角，令人作嘔地瞧見：兩個男子——一老一小、一瘦一壯，赤身裸體，醜陋不堪地在搞同性戀。

一間香豔、寬敞的臥室，波德賴爾和愛倫．坡踅了進去。

裏面空無一人。

波德賴爾差點驚叫起來。

一具無頭女屍精赤條條，肆無忌憚地橫陳，鮮血還在頸項裏流淌。

她的胸罩和內褲狼藉地甩在地上。

床頭，有一幅死者的畫像：年輕、嬌媚。

米洛斯島，愛琴海。

波德賴爾和愛倫．坡乘船在海上航行。

揚起的船帆驚散了聒噪、雲集的海鳥。

一個三叉絞架高聳天空。

絞架上懸蕩一具腐爛的屍體，鷙鳥在啄食。

波德賴爾慘不忍睹，痛苦地哀號：「維納斯，我在你誕生的島上看到的這具屍體，正是我自己！天主啊，我要讓世人看看這些病態的花朵！」

陋室，波德賴爾在寫詩。

波德賴爾在推敲、修改、苦吟……

愛倫・坡站在一旁，表示讚賞。

波德賴爾深入到創作中，邊寫邊叩擊自己的頭：「消耗了我的年華，消磨了我的形體，傾注了我的心血，託付了我的信仰，從惡中發現美，從醜中尋求善，這是件吃力不討好的工作！向著天主，我就飛升；向著撒旦，我就墮落！」

巴黎帝國法庭，波德賴爾站在被告席上。愛倫・坡則成了他的影子，躺在地上。

審判長宣布：「波德賴爾炮製的淫穢詩集《惡之花》有傷風化、妨害公共道德……經本法庭宣判如下：波德賴爾罰款三百法郎，勒令從《惡之花》中刪去六首淫詩：〈累斯博斯〉、〈被詛咒的女人〉、〈首飾〉、〈忘川〉、〈給一位太快活的女郎〉、〈吸血鬼的化身〉……」

曠野，波德賴爾扯下頸上的金十字架，拋棄。

波德賴爾發狂地對天詛咒：「我責問你，天主！你說要有光便有了光，你說你是全能的，只要人祈禱；你說讓我下凡受苦受難是為了救贖人類；你說你要和我立約，讓我做我和我的後裔的上帝(10)……可是，我為你做了這一切，為你傳播福音、為你頭戴荊冠、為你釘死在十字架上……你卻欺騙了我！我但願像不敬神的該隱(11)的子孫，有朝一日登上天堂，將你這個無恥的暴君揪下寶座，甩到地上！我將奉雄偉的撒旦——被你逼反的大天使——為天主！」

五、死亡

天上降下霹靂與雷火，地上燃燒硫磺與瀝青。

波德賴爾驚恐萬狀地東逃西竄。

波德賴爾被一個火球擊中。

波德賴爾在地上打滾，撲滅了身上的烈火。

波德賴爾瞥見愛倫・坡死在他面前。

火光照亮波德賴爾所在的處所——森林。

樹木熊熊燃燒，森林成了一片火海。

波德賴爾掙扎而起，走了幾步。

又一個霹靂把波德賴爾打倒。

波德賴爾仰面躺在地上，奄奄一息。
波德賴爾瞧見天上有個天使對他怒目瞪視。
大天使迦伯利手持倚天長劍朝他刺下。
波德賴爾視死如歸，臨終還不脫其嘲諷的天性：

啊，死亡，來吧！
死亡不過是一次有趣的旅行！
我但願跳進深淵，管它天堂或地獄，
跳進未知世界去獵取新奇！

浩茫的森林。
在波德賴爾死去的地方，盛開了一朵奇異、閃光、碩大的鮮花！

注釋：

(1)世紀病：是十九世紀流行於法國及歐洲的青年一代的政治病。他們以個人對社會的徒勞的對立為表現形式的個人反抗，或者對社會、對生活的前途產生悲觀情緒。病症是苦悶、孤獨、冷漠、頹唐、憤忿、嫉妒，最顯著的是憂鬱和無聊。

(2)「和散那」：讚美、求救天主的意思。

(3)瓦格納（一八一三～一八八三）：德國傑出的作曲家、文學家。曾致力於戲劇改革，他主張歌劇（自稱「樂劇」）應以神話為題材，音樂、歌詞與舞蹈等必須結合成有機的整體；交響樂式的發展是戲劇表演的主要手段。《湯豪舍》、《羅恩格林》是其主要的歌劇作品。波德賴爾對其評價很高。

(4)德拉克洛瓦（一七九八～一八六三）：法國偉大畫家。他對浪漫主義畫派的形成與發展做出了重大貢獻，被稱為「浪漫派之獅」。一八三〇年，他創作了反映法國七月革命的名畫《自由領導人民》

(5)愛默生（一八〇三～一八八三）：美國十九世紀中葉浪漫主義文學的代表，美國超驗主義運動領袖

(6)天神宙斯命美女潘朵拉帶到人間去的一隻魔匣，她私自打開，藏在裏面的各種災禍一齊飛

出，只有希望留在匣裏。

(7)七：七為最高之數，具有神秘意義。有人以為七個猶太老人象徵基督教的七大罪惡。

(8)九個小老太婆：九在基督教中有神秘的象徵意義，是呼應神聖的三位一體的概念。波特賴爾原作中並未指明數目。

(9)愛倫・坡（一八〇九～一八四九）美國著名作家、文藝批評家。生前潦倒，死後寂寞，被評為「頹廢作家」。他的才智、思想、際遇和波德賴爾驚人地相似。他提倡為藝術而藝術。他的作品對西歐尤其法國現代主義文學影響很大。他是波氏「精神上的老師和兄長」。波德賴爾在最後寫成《惡之花》時，他早已死去。

(10)這兒是波德賴爾把自己比喻成神子基督耶穌。

(11)該隱：人類始祖亞當之子，他殺死其弟亞伯。但西歐浪漫主義者，如莎士比亞、拜倫、雨果都把他當成反叛的英雄，波德賴爾亦然。

跋文

經濟並不是衡量一個國家實力的唯一標準，文化有其更重要的作用。

國學大師、吾師朱季海先生如是說：「衡量一個國家是強國、是大國，不僅要看經濟，更要看文化，文化才是一個國家和民族的靈魂、支柱。」請看：世界五大文明古國：巴比倫、古埃及、古印度、古代中國、古希臘當初經濟是何等發達，物質是何等豐富、創造是何等輝煌，可是，由於時間的洪流與人為的因素，這些古國早已灰飛煙滅，蕩然無存。如果不是文化的豐功偉績，後人哪裏知道古代曾經存在過這些光輝燦爛的文明古國？然而，中國的優秀文化卻被幾千年來的封建統治者不斷摧殘，其始作俑者是「焚書坑儒」的秦始皇。共和國建立後更是走向極端，人類歷史上最大的文字獄——無產階級文化大革命，卻是大革文化命，摧殘文化、毀滅文化更是達到了登峰造極的地步。改革開放後，這種摧殘文化、破壞文化的現象則以另一種面目出現。與此相比，在華人世界，中國國粹、中國優秀的文化傳統保存得比較好的、薪火相傳的卻是在臺灣！事例不勝枚舉。在此僅舉拙著的情況便一葉知秋。

筆者花了十四年心血創作了世界上首部描繪古今中外大詩人創作心靈的紀實文集《屹立在心靈世界上的巨人》，它既是文學作品，又是學術著作。但是努力了二十五年出版比登天還難！拙著儘管被大陸等一些出版社看中，有的予以很高的評價，例如安徽文藝出版社的許宗元編輯這樣寫道：「尊稿……『代序』、『後記』拜讀兩遍，至為感動。願引用您的後記中的話：『倘使它是蘭，……會香聞十里。』它是蘭！在物質的壓力下，作為一個出版工作者，不能出版他認為上好之作，我很痛苦！我堅信它會有香聞千里、萬里的那一天！」朱季海先生如是說：「世界上有三部有價值的描繪文藝家的紀實文學專著：一部是帕烏斯托夫斯的《金薔薇》，一部是茨威格的《人類群星閃耀時》；還有一部就是你朱樹的《屹立在心靈世界上的巨人》，可惜沒有出版。」出版難的原因眾所周知，不需贅述。如果不是朱老的鼓勵、慈母的期望，筆者真是哀莫大於心死。難以想像的是，這樣一部碰壁四分之一世紀的書稿卻奇蹟般地被臺灣出版界的殿堂——臺灣商務印書館看中。其敬業精神、其遠見卓識、對高雅文藝精品的重視與支持，即便在歐美出版界也是罕見的，中國文化的希望，出版業優秀傳統卻是在臺灣！

一千多年前，「唐宋八大家」之一的韓公退之說得好：「世有伯樂，然後有千里馬。千里馬常有，而伯樂不常有。故雖有名馬，祇辱於奴隸人之手，駢死於槽櫪之間，不以千里稱也。」而臺灣商務印書館總編輯方鵬程先生就是這樣的伯樂！「機遇比才能更重要」。如果拙著沒有遇到方總編輯，可能會從此埋沒，成為一堆廢紙！出版學術著作難，出版劇本，尤其是未演出、拍攝的話劇、電影劇本更難；大陸除了一家中國戲劇出版社外，幾乎不出版劇本，即便自費出版也不易。海外的朋友們告訴我，港臺出版社也很少出劇本，就連獲得諾貝爾文學獎的華裔法國作家高健行也遭遇過困境。然而，臺灣商務印書館不僅出版拙著《屹立在心靈世界上的巨人》，同時出版筆者的話劇電影劇本代表作文集《朱樹中外戲劇選集》（包括十部劇本），真是慧眼識英雄，伯樂拔良馬。啊，這是一種什麼樣的精神！什麼樣的頭腦！什麼樣的視野和膽魄！

近年來我國不少專家、學者、有識人士深刻指出：中國的經濟增長舉世矚目，但文化交流誤區不少、文化赤字嚴重，造成民族危機。「我們的文藝作品，要面對外國受眾，要讓當地的民眾瞭解並喜愛，這才是我們對外文化交流的目的。」「中國現在還沒有能夠吸引人的、佔領國際市場的文化產品，尤其是被人們廣為接受的品牌性文化產品。」「中國文化的『走出去』之路依然任重道遠。我們要加大對國外市場的調研，針對國際市場製作一些產品……在製作文化產品之時，不要局限於狹隘的受眾範圍，要放眼國外消費者的喜好，才能更廣泛地弘揚中華民族文化。」

拙著《屹立》與《戲劇選集》既是向國內讀者介紹鮮為人知，古今中外大詩人的創作生活和思想，中外名人可歌可泣的生平事蹟，又是適合對外文化交流、為外國讀者瞭解並喜愛的文化產品。

朱老生前曾對筆者說：「我現在要做的便是這兩件工作：一是把中國古老的文藝遺產研究整理出來，介紹給世界人民；外國人實在不瞭解、不知道；這件工作只有我有能力做好，然而得不到支持，人力財力的支持。二是把外國的優秀文藝介紹到中國來。」

朱老在學術上未竟的事業，筆者在文學創作上繼往開來。

拙著能夠面世，應該歸功於施嘉明董事長、方鵬程總編輯以及葉幗英副理、徐平先生、王窈姿小姐、吳郁婷小姐、張麗莉小姐等臺灣商務印書館全體同仁！

還要感謝先後仙逝的慈母朱毓芬、恩師朱季海先生、知音許宗元編輯。特別是養育我的母親，她領我走上文學創作道路，啟蒙課就是講莎士比亞的戲劇故事。在我最困難的時候，天災人禍、貧病交加、生計無著、彷徨歧路，面臨來自親友和社會的巨大壓力，我孤立無援，痛苦不堪。母親挺身而出，力排眾議，說：「人各有志，不必強求。他把創作看得比自己的性命還重要，去年火災，他的手稿、藏書大部分被燒掉，接連幾天不思寢食、瘋瘋顛顛，我真擔心他會變成癡呆。幸虧他從垃圾堆裏找到了拿破崙劇本的手稿，又忘乎所以地寫了起來。後來人家接連給他介紹了兩個對象，對方只要求人品好、老實；可是這個書呆子連眼也不瞧一下便一口回絕。他說現在不是考慮個人問題的時候，他的創作能否成功還是個未知數。我做娘的，只要有一口飯吃，就分給他一半。」

就這樣，我絕處逢生，繼續文學事業。母親成了我的良師益友，精神支柱。她是拙作的第一位讀者、批評者，糾錯改字，甚至到了耳提面命的地步。

慈母去年臨終前的遺言卻是：「你要寫好蔣百里的劇本呀。」她對我遺憾的是：「我看不到你的《莎士比亞》上演的一天了。」今天拙著的出版，不僅能告慰慈母、恩師、知音在天之靈，而且將鞭策我在有生之年為中國高雅文藝精品躋身於世界優秀文藝之林而拚搏、獻身！

最後，我還要感謝朋友和海內外華文報刊的編輯先生、女士的助人為樂、雪中送炭的精神，沒有他們的垂青與支持，拙作也不可能結集出版。他們是：中國社科院外國文學研究所鄭土生研究員，《江蘇戲劇叢刊》徐傑、王佩英、王海清，北京《新劇本》祖惠、中文獨立筆會《自由寫作》王一梁、天津《散文》雜誌劉鐵柯、美國《僑報》總編鄭衣德、王榮、德國《歐華導報》總編錢躍君、法國《歐洲導報》總編張英等。

讓我們共同為中國的文藝復興而攜手前進吧！

二〇一三・九・十八　蘇州書癡居

追記

先母的傷悼猶在心頭，胞兄的噩耗接踵而至。正當我校對拙著《朱樹中外戲劇選集》下冊時，胞兄榮培德卻因胃癌而轉瞬永訣。「平生不下淚，於此泣無窮。」椎心泣血，創巨痛深！

在親朋好友中，除了慈母，他是我唯一的知音，儘管他是學理科的，但愛好文藝，擅長文藝批評，琴棋書畫無一不通，與我志同道合，意氣相投，幾十年來在精神和物質上支持我創作，鼓勵我奮鬥……難以言表，銘心刻骨！他是父母最孝順的兒子，手足最敬愛的兄長。他既為我取得的每一成績而感到高興，又對我提出更高的要求，再是對我的作品進行評點。當他在第一時間獲悉拙著將在臺灣商務印書館出版的佳音，他是怎樣對我讚歎方鵬程先生是中國出版界難得的伯樂，你一定不要辜負方總的器重與支持呀！他在臨終前夕萬念俱灰，卻是怎樣向我表達深情厚意的：「我什麼都不感興趣了，只希望看到你出版的兩部書籍，它會走向世界的。你要繼續努力呀！」他終於沒有等到拙著面世就走了，但唯一安慰的是，他看到了《朱樹中外戲劇選集》上冊樣書。

若干年前，胞兄曾寄給我嶽飛《小重山》詞，意味深長。如今，我真是「欲將心事付瑤琴，知音少，弦斷有誰聽？」

大詩人陶淵明說：一個人最大的痛苦是沒有知音。知音難得！難怪古時候，音樂家俞伯牙聽到他的知己、樵夫鐘子期病故的噩耗，便心碎得就此在其墳頭將珍琴砸碎。莊子和宋國的惠施是知心朋友，惠施一死，莊子便不再開尊口了。一個人要是理想破滅了，心便死了一半；如若知音也沒有，心就死了另一半；一個心靈全死的人，好比一根枯木。

我不是枯木，母兄雖去，知音猶在，那就是伯樂、臺灣商務印書館總編輯方鵬程先生！我不會消沉，「老驥伏櫪，志在千里；烈士暮年，壯心不已。」我將不改初衷，堅持不懈：「為信仰而創作，為理想而創作！」

二〇一四年四月十日 蘇州書癡居

朱樹中外戲劇選集 二冊

作者◆朱樹
發行人◆施嘉明
總經理◆王春申
副總編輯◆沈昭明
主編◆葉幗英
責任編輯◆徐平
校對◆張麗莉
封面設計◆吳郁婷

出版發行：臺灣商務印書館股份有限公司
10046 台北市中正區重慶南路一段三十七號
電話：(02)2371-3712　傳真：(02)2371-0274
讀者服務專線：0800056196
郵撥：0000165-1
E-mail：ecptw@cptw.com.tw
網路書店網址：www.cptw.com.tw
網路書店臉書：facebook.com.tw/ecptwdoing
臉書：facebook.com.tw/ecptw
部落格：blog.yam.com/ecptw

局版北市業字第993號
初版一刷：2014 年 6 月
定價：新台幣 800 元

ISBN 978-957-05-2930-2

朱樹中外戲劇選集 ／ 朱樹 --著. -- 初版. -- 臺北市：
臺灣商務, 2014.06
面 ； 公分. --

ISBN 978-957-05-2930-2（全套；平裝）

813.7　　103005380

10660
台北市大安區新生南路3段19巷3號1樓
臺灣商務印書館股份有限公司　收

請對摺寄回，謝謝！

傳統現代　並翼而翔

Flying with the wings of tradtion and modernity.

讀者回函卡

感謝您對本館的支持，為加強對您的服務，請填妥此卡，免付郵資寄回，可隨時收到本館最新出版訊息，及享受各種優惠。

姓名：＿＿＿＿＿＿＿＿＿＿＿＿ 性別：☐ 男 ☐ 女

出生日期：＿＿＿＿年＿＿＿＿月＿＿＿＿日

職業：☐學生 ☐公務(含軍警) ☐家管 ☐服務 ☐金融 ☐製造 ☐資訊 ☐大眾傳播 ☐自由業 ☐農漁牧 ☐退休 ☐其他

學歷：☐高中以下（含高中）☐大專 ☐研究所（含以上）

地址：＿＿＿＿＿＿＿＿＿＿＿＿＿＿＿＿＿＿＿＿

＿＿＿＿＿＿＿＿＿＿＿＿＿＿＿＿＿＿＿＿

電話：(H) ＿＿＿＿＿＿＿＿ (O) ＿＿＿＿＿＿＿＿

E-mail：＿＿＿＿＿＿＿＿＿＿＿＿＿＿＿＿＿＿＿＿

購買書名：＿＿＿＿＿＿＿＿＿＿＿＿＿＿＿＿＿＿

您從何處得知本書？

☐網路 ☐DM廣告 ☐報紙廣告 ☐報紙專欄 ☐傳單

☐書店 ☐親友介紹 ☐電視廣播 ☐雜誌廣告 ☐其他

您喜歡閱讀哪一類別的書籍？

☐哲學・宗教 ☐藝術・心靈 ☐人文・科普 ☐商業・投資

☐社會・文化 ☐親子・學習 ☐生活・休閒 ☐醫學・養生

☐文學・小說 ☐歷史・傳記

您對本書的意見？（A/滿意 B/尚可 C/須改進）

內容＿＿＿＿編輯＿＿＿＿校對＿＿＿＿翻譯＿＿＿＿

封面設計＿＿＿＿價格＿＿＿＿其他＿＿＿＿＿＿＿＿

您的建議：＿＿＿＿＿＿＿＿＿＿＿＿＿＿＿＿＿＿

＿＿＿＿＿＿＿＿＿＿＿＿＿＿＿＿＿＿＿＿＿＿＿＿

※ 歡迎您隨時至本館網路書店發表書評及留下任何意見

臺灣商務印書館 The Commercial Press, Ltd.

台北市106大安區新生南路三段19巷3號1樓　電話：(02)23683616

讀者服務專線：0800-056196　傳真：(02)23683626

郵撥：0000165-1號　E-mail：ecptw@cptw.com.tw

網路書店網址：www.cptw.com.tw　網路書店臉書：facebook.com.tw/ecptwdoing

臉書：facebook.com.tw/ecptw　部落格：blog.yam.com/ecptw